MOISSONS NOIRES

Créé et dirigé par Romain Naudin

MOISSONS NOIRES

www.gesteditions.com

PARADISE ISLAND

Du même auteur

Romans

- *8865*, Hugo&Cie, 2020
- *Cette nuit-là, un chat*, Oskar Éditions, 2017
- *Retour à My Lai*, Le Castor Astral, 2016
- *Les Grilles du Passé*, Oskar Éditions, 2014
- *Le Sang du Goanna*, Bruit Blanc, 2013
- *In memoriam N.K.*, Bruit Blanc, 2011
- *Déserteurs*, Nouveau Monde Éditions, 2010
- *Un amour sous la Terreur*, Oskar Éditions, 2010
- *Le Point de Connexion*, Éditions Anne Carrière, 2003
- *Rouge New York*, Atout Éditions, 1999
- *Décorum, Journal d'Alexandre Davos, assassin*, Atout Éditions, 1998 ; Babel Noir 2001

Nouvelles

- *Dédé la mascotte*, dans *Poilus, dix récits d'animaux pendant la Grande Guerre*, Éditions Thierry Magnier, 2018

Essais

- *La Passion Polanski*, Marest Editeur, 2017
- *Les territoires interdits de Tobe Hooper*, Playlist Society, 2017
- *David Fincher, explorateur de nos angoisses*, « Septième Art », Éditions du Cerf, 2009
- *Brian De Palma, le rebelle manipulateur*, « Septième Art », Éditions du Cerf, 1995 et 2010

Dominique LEGRAND

PARADISE ISLAND

MOISSONS NOIRES

À Marie-Emmanuelle, William et Aurélien,
qui éclairez chaque jour mon chemin.

« Dans une société totalement saine, la folie est la seule liberté. »

J.G.Ballard, *Sauvagerie*

Première partie

Le territoire des lézards

I

C'est Ralph Bogolan qui m'a parlé pour la première fois de Paradise Island.

Il nous a regardés avec insistance, Elizabeth et moi, et il a prononcé ces deux mots, *Paradise* et *Island*, en veillant bien à les détacher. Alors, j'ai su immédiatement que ce lieu dont j'ignorais jusqu'ici l'existence allait entièrement accaparer mon esprit. Son expression, son intonation chargée de mystère, son sourire énigmatique, tout dans son attitude laissait penser que nous nous trouvions dans la confidence, que notre statut de *privilégiés* allait une fois encore jouer en notre faveur.

Mais avant de vous conter cette histoire de fous, à laquelle de toute façon vous ne voudrez jamais croire, juste un ou deux mots sur moi.

Je suis un Blake. Cela signifie que j'appartiens à cette immense famille implantée depuis plusieurs générations sur la côte Est des États-Unis, une dynastie de milliardaires. Avec le recul, cette fortune semble avoir été un don familial se transmettant génétiquement.

Je n'ai pas connu mon arrière-grand-père, à la tête d'une compagnie maritime assurant la liaison entre l'Angleterre et l'Amérique.

Mon grand-père, Walter Blake, détenait les plus grandes imprimeries du New Jersey. Il est mort à l'âge de 93 ans en léguant un empire financier colossal à son fils Thomas.

Mon père a poursuivi la carrière de mon grand-père, ajoutant à cet arc puissamment bandé la corde de l'édition.

Quant à moi, Simon, le digne héritier de cette lignée, j'ai intégré à l'âge de dix-huit ans une prestigieuse école de commerce de Boston, dont je suis sorti major. Il n'y a aucun doute possible : dans ma famille, nous sommes naturellement doués pour faire de l'argent, et une fois celui-ci acquis, le faire fructifier avec talent.

Outre la passion des affaires, j'ai rapidement éprouvé une ferveur particulière pour l'informatique. Les deux conjugués m'ont amené à fonder une entreprise dans ce domaine. J'avais vingt-sept ans quand je me suis lancé dans cette aventure. Je n'avais pas peur du risque. Rockefeller et Howard Hughes étaient mes modèles. J'étais prêt à tous les sacrifices pour le pouvoir, dussé-je en mourir plutôt que renoncer. Rien n'avait jamais empêché un Blake d'atteindre le but qu'il s'était fixé. L'exception ne commencerait certainement pas avec moi.

Ma première société, située à Washington, était une maison d'édition de logiciels présentant des guides de voyages. Au lieu de feuilleter un ouvrage, vous partiez à la découverte d'un pays en cliquant. C'était ludique, interactif et passionnant. Le résultat ne se fit pas attendre, et le produit, fort bien lancé sur le marché, remporta un succès immédiat. Cette collection s'enrichit d'une seconde, consacrée à l'apprentissage de la peinture et de la musique. Grâce à mes CD Rom, vous pouviez en quelques clics vous perfectionner dans l'art du portrait ou l'exécution d'une toccata de Jean-Sébastien Bach.

Puis Internet prit son essor, et le CD Rom éducatif se trouva très vite condamné. Il fallait anticiper. Comme tout progrès, le web avait ses faiblesses : l'apparition galopante de virus nécessitait une réaction aussi immédiate qu'efficace. Je décidai aussitôt de créer une nouvelle société entièrement tournée vers la protection informatique. C'est ainsi que naquit APS (Absolute Protection System) Company. Non seulement j'étais pionnier, mais le produit était inattaquable sur le marché.

Une fois de plus, le succès fut au rendez-vous.

APS vit sa notoriété décoller à la vitesse d'une navette spatiale. La société fut cotée en bourse, et je me retrouvai propulsé au sommet.

Une fois qu'on est arrivé en haut, le but est toujours d'y rester. C'est là qu'il faut avoir suffisamment d'imagination, de talent et d'énergie pour se renouveler. Avec mon équipe, et surtout avec Terence Bishop, mon bras droit, APS fonctionnait à merveille. Il nous fallait un siège plus important, des bureaux plus spacieux. Un déménagement s'imposait.

Pendant plusieurs mois, ce fut avec Terence l'un de nos sujets de conversation quotidiens. Nous devions trouver un lieu, un espace de liberté et de créativité qui nous faisait défaut là où nous étions. Après d'interminables recherches, nous trouvâmes enfin. Je pris donc la décision de délocaliser APS de Washington à New York, et plus précisément à Manhattan. La moitié des salariés décida de nous suivre pour continuer l'aventure avec nous. C'est Bob Harrison, un de nos « anciens », qui se chargea du recrutement des futurs collaborateurs. Après seulement quelques semaines, nous avions à nouveau une équipe prête à fonctionner entre les buildings de Manhattan, renforcée par la présence de notre secrétaire hors pair, Laura Levine.

Elizabeth est mon épouse depuis quinze ans. Curieusement, nous nous sommes rencontrés à Paris. Il n'y a rien d'étrange à cela puisque Elizabeth est d'origine française par sa mère, et américaine par son père, d'où le z de son prénom, à la place du s plus usité outre-Atlantique.

J'étais en France pour faire la promotion d'APS. La société venait d'être créée, et je tentais tout ce que je pouvais pour la faire connaître au plus grand nombre. Ça marchait plutôt bien. En quelques jours, je multipliai les contacts. Un soir, une jeune femme m'aborda au cours du traditionnel cocktail accompagnant ce genre de manifestation. Le métier qu'elle exerçait nécessitait énormément de recherches sur Internet, donc un risque majeur et journalier de contracter des virus. APS l'intéressait, mais elle avait besoin de davantage de garanties : elle tenait vraiment à savoir si mon système de protection était suffisamment fiable.

Elle ne me lâchait pas. Je compris alors rapidement que ce logiciel protecteur n'était pas mon seul atout. Elizabeth était grande, ravissante et de surcroît d'une beauté à couper le souffle.

Je me conduisis en parfait gentleman jusqu'à la porte de sa chambre d'hôtel, où je la raccompagnais. Mais au moment de se séparer, nous perdîmes tous deux le contrôle de nous-mêmes. Quelques minutes plus tard, nous étions dans sa chambre, et débarrassés de nos vêtements, nous livrâmes à une série d'ébats aussi violents qu'éphémères. Cette union charnelle précipitée et intense allait donc marquer le début d'une histoire durable et essentielle pour chacun de nous.

Ce n'est vraiment qu'à l'aube que nous avons commencé à nous parler. Elizabeth m'interrogea sur ma profession. Je lui énumérai mes diverses activités tout au long de ces dernières années. Elle me confia qu'elle était traductrice. À l'époque, elle traduisait de l'anglais au français des essais et des guides touristiques pour différents éditeurs. Son style était apprécié et ses qualités reconnues sur le marché. De nombreuses maisons se disputaient ses traductions. Elizabeth brûlait du désir de se lancer dans la traduction de romans, mais la plongée dans l'univers d'un écrivain lui faisait peur. D'une certaine façon, les autres formes d'écriture la rassuraient, sans doute nécessitaient-elles moins d'implication de la part du traducteur.

Ce fut un éditeur pour qui elle avait traduit un guide sur l'Alaska qui lui mit le pied à l'étrier. Il lui proposa un roman policier, plus exactement un thriller, une sombre histoire de tueur en série dans une région sauvage de Floride, au milieu des Everglades. Cela n'avait aucune valeur d'engagement. C'était juste pour essayer. Elizabeth essaya, et elle aima instantanément la sensation enivrante de pénétrer le cerveau de l'auteur, comme celle de devenir brusquement son porte-parole.

Elle prit son temps, traquant sans relâche le mot juste, miroir parfait de la pensée de l'auteur dans un idiome autre que le sien. Sa traduction fut jugée excellente. Son goût pour le roman était né.

Depuis sept ans, Elizabeth est la traductrice « officielle » des thrillers publiés chez Constellations, une maison d'édition au marketing particulièrement offensif. Elle est devenue la « voix française » d'Anthony Burdell, de Richard Somerset, et de Nelly Taylor-Jones, trois valeurs sûres de ce genre anglo-saxon par excellence. Grâce à cette reconnaissance chèrement acquise, ses honoraires ont triplé.

Le succès d'Elizabeth a favorisé notre entrée dans le club très fermé des « nantis ». En unissant nos deux fortunes personnelles, nous pouvions donc prétendre à un joli capital.

Sullivan, notre fils unique, aujourd'hui âgé de onze ans, est venu définitivement sceller notre couple.

Lorsque j'ai décidé de transférer APS à Manhattan, je savais à la minute même où je prenais cette décision qu'elle s'accompagnerait d'un déménagement personnel. Nous avions largement les moyens de choisir quelque chose de spacieux et de confortable, encore fallait-il opter pour l'endroit le plus approprié.

La vie au cœur de Manhattan est par nature stressante. Cette hyperactivité au quotidien avait fini par générer une fatigue de plus en plus tenace que nous peinions à évacuer. Emprisonnés au milieu des artères et des buildings, nous rêvions secrètement d'espace. Pourtant, nous n'arrivions pas à formuler concrètement cette irrésistible envie d'ailleurs.

Une fois de plus, Rupert G. Masterton allait s'avérer l'homme providentiel. RG, comme nous l'appelions tous chez APS, savait toujours dénicher des lieux enchanteurs pour les cadres les plus fortunés. J'étais déjà passé par lui pour l'implantation d'APS à New York. Il avait des contacts dans une agence immobilière de Manhattan.

Sur un simple coup de fil de Rupert, celle-ci s'était occupée de notre dossier.

Un jeudi après-midi, vers trois heures, le téléphone sonna à mon bureau. L'homme, voix grave et ton chaleureux, se présenta : Ralph Bogolan. Si mon emploi du temps le permettait, il souhaitait que je passe le voir dans ses locaux. Il avait des propositions à me faire. J'en informai aussitôt Elizabeth. Elle décida sur le champ d'abandonner les personnages du dernier Burdell pour m'accompagner à ce rendez-vous. C'était capital pour nous deux ; elle voulait être présente.

Elizabeth et moi nous retrouvâmes chez Rizzoli, la librairie la plus prestigieuse de la ville. Alors que je parcourais quelques pages du dernier Stephen King, je sentis deux mains passer derrière moi pour m'enlacer.

Nous avions un peu d'avance, et l'agence n'était qu'à deux pas. Elizabeth en profita pour parcourir les nouveautés en matière de thrillers, peut-être de futurs romans qu'elle traduirait pour Constellations, si toutefois l'éditeur en achetait les droits. De la terreur à l'espionnage, l'éventail était large, et le lectorat tout autant. En parcourant les tables de ce temple du livre, nous perdions la notion du temps. Tous ces auteurs, pêle-mêle les uns à côté des autres, nous faisaient tourner la tête. Quand je jetai un œil à ma montre, il était temps de traverser la rue pour nous rendre à notre rendez-vous.

L'agence occupait le quatrième étage d'un immeuble cossu. À notre arrivée, une secrétaire au tailleur strict nous fit patienter dans un salon particulier. Meubles XVIIIe et peintures en harmonie nous plongeaient dans une atmosphère sereine et raffinée. Après une dizaine de minutes d'immersion dans ce siècle passé, notre gardienne du temple nous introduisit dans le bureau de notre hôte.

Ralph Bogolan, l'œil pétillant et la poignée de main énergique, nous invita à nous asseoir. La quarantaine, grand et svelte, le teint hâlé, il était l'incarnation outrancière du mot réussite.

Rupert Masterton avait eu mille fois raison de nous recommander à lui. Nous allions forcément trouver le produit que nous recherchions, et nous ne serions pas déçus. La décoration de son bureau était en accord avec celle de l'antichambre dans laquelle nous avions patienté. Monsieur Bogolan était un passionné du siècle des Lumières. Dans son agence, on choisissait les biens sur catalogue. Aucun prix n'était affiché, seulement les prestations. Ici, le visiteur se trouvait dans une autre dimension, qui visiblement n'était pas celle du commun des mortels.

Page après page, des appartements de rêve se succédaient. D'immenses séjours avec baies vitrées donnant sur Central Park provoquaient instantanément des envies vertigineuses. Elizabeth et moi étions comme deux gamins devant la vitrine d'un magasin de jouets. Nous avions potentiellement l'argent pour nous offrir l'un de ces joyaux, sans pour autant savoir lequel choisir. En plus de l'appartement lui-même, d'autres éléments entraient en ligne de compte : proximité d'un établissement scolaire pour Sullivan, commerces, magasins, cinémas, salles de sport, autant de refuges nécessaires aux New-Yorkais stressés d'aujourd'hui. Les appartements que nous présentaient Ralph Bogolan étaient majestueux, mais il leur manquait quelque chose de singulier, d'unique.

C'est là que notre entretien prit un tour mystérieux. Il rangea avec soin le classeur dans un tiroir, puis lissa la surface vide de son bureau de la paume des deux mains.

Il prit une longue inspiration et nous scruta tous les deux d'un regard appuyé :

— Monsieur et Madame Blake, avez-vous déjà entendu parler de Paradise Island ?

2

Nous habitions une maison dans Brooklyn, et nous aurions pu continuer longtemps à vivre là. Sullivan et Elizabeth adoraient cet endroit ; ils s'y sentaient bien. Au début, nous avions choisi cette demeure pour un temps très court, et puis finalement, nous nous étions habitués à ces pièces chaleureuses, à ce quartier. Mon fils n'en avait pas connu d'autre auparavant. Il y était terriblement attaché.

Pourtant, avec l'évolution de nos carrières respectives, nous avions facilement mesuré le besoin de changement qui nous affectait. Pour nous trois, il fallait quelque chose de plus grand, de plus spacieux, et pourquoi pas… de grandiose. Elizabeth était devenue une traductrice de renom, j'étais un homme d'affaires respecté : nous avions forcément des envies de sublime. Nous rêvions d'un nouvel espace, sans parvenir ni à le définir ni a fortiori à le décrire.

En sortant de l'agence, nous savions secrètement que nous avions trouvé ce qu'il nous fallait, ce qu'il nous manquait, si on admettait toutefois l'idée que quelque chose pouvait encore nous manquer.

Ralph Bogolan avait refermé le classeur des offres, puis nous avait observés longuement en nous gratifiant d'un léger sourire entendu. Après une pause interminable, il avait lâché le nom de Paradise Island.

S'il nous mettait dans la confidence, c'était parce que nous avions « le profil », parce que nous rentrions dans sa « grille de pensionnaires idéaux ». Il ne faisait pas cette proposition à n'importe qui. Tout le monde ne la méritait pas. Nous devions bien réfléchir.

En fait, il ne nous avait rien dit dans son bureau, entretenant le mystère jusqu'au bout. Il avait sorti d'un tiroir une brochure soigneusement rangée dans une pochette plastifiée. Sur celle-ci, un palmier bleu sur un fond arc-en-ciel, et en capitales imposantes toujours les deux mêmes mots incontournables : *PARADISE* et *ISLAND*.

— Vous lirez ça chez vous, à tête reposée, avait-il conclu en nous serrant la main et en nous raccompagnant jusqu'à la porte.

Un sourire éclatant avait illuminé son visage lorsqu'il avait tapoté la pochette de l'index en murmurant sur le ton de la confidence :

— Quels chanceux vous faites ! Je donnerais tant pour être à votre place ! Mais ne tardez pas trop à me donner votre réponse !

La pochette était restée une bonne partie de la soirée sur la table basse du salon. Elizabeth et moi étions bien passés une vingtaine de fois chacun devant elle sans qu'aucun de nous ne prenne l'initiative de l'ouvrir. Chaque fois, nous avions des raisons bien plus légitimes de faire autre chose.

Malgré les compétences de son professeur de géographie, Sullivan avait du mal à comprendre le principe des fuseaux horaires. Je pris donc un temps pour tenter de lui expliquer à nouveau. Il fut insensible à ma démonstration sur son ballon de basket. J'avais beau user de tous les arguments en orientant la sphère dans tous les sens sous l'éclairage bien dirigé d'une lampe de chevet, il ne semblait pas convaincu. En fait, mon fils s'était désespérément accroché au phénomène de l'attraction terrestre, et mélangeait cet élément à celui de la rotation. Si par malheur j'ajoutais à cela la révolution autour du soleil, je le noyais définitivement. Nous passâmes donc un bon moment à jouer les Copernic et Galilée. Lorsqu'il consentit enfin à se glisser entre ses draps, la soirée était déjà bien entamée, et Elizabeth et moi épuisés.

Je me laissai littéralement tomber dans le sofa, face à la table basse, la pochette remise par Ralph Bogolan à portée de ma main droite. La tentation était trop belle. Je saisis l'un des angles du rectangle et fis glisser doucement la chemise plastifiée vers moi.

— Alors, de quel château de la Belle au Bois Dormant s'agit-il exactement ? soupirai-je en faisant sauter les élastiques servant de fermeture.

Je n'avais jamais lu quelque chose de la sorte. Était-ce une plaisanterie, un canular, un rêve d'utopiste ? J'étais bien incapable de le dire. Je lus toute la brochure d'une traite, soit une trentaine de pages, sans avoir ni la force ni la présence d'esprit d'appeler Elizabeth. J'avais beau retourner cet objet publicitaire dans tous les sens, je ne parvenais pas à croire qu'une telle chose puisse exister. *PARADISE* et *ISLAND*, à présent je comprenais mieux la signification de ces deux mots rapprochés.

Après une vingtaine de minutes, le catalogue me tomba des mains pour atterrir sur la moquette. J'étais abasourdi. C'est à ce moment précis qu'Elizabeth vit ma tête. Elle comprit instantanément qu'elle aussi devait découvrir le contenu du livret.

Elle ramassa la brochure et la lut, elle aussi d'une traite, sans bouger la tête un seul moment. Une fois la dernière page parcourue, elle leva les yeux vers moi, une expression étrange sur le visage, mélange d'incompréhension et de fascination.

— Alors ? hasardai-je.

Elle mit plusieurs secondes à me répondre, donnant l'impression qu'elle s'efforçait vraiment de trouver les mots justes. Après une longue inspiration, elle se lança enfin, quelque peu hésitante au début :

— Je ne sais pas… C'est si…

— Étonnant ? lui soufflai-je.

— Oui, étonnant, c'est cela. J'avoue même que j'ai beaucoup de mal à y croire. Ça semble tellement… irréel. Tu crois vraiment qu'un tel endroit existe ? insista Elizabeth.

— Je n'imagine pas un seul instant une agence mettre au point une telle brochure pour le seul plaisir de s'amuser. Ou alors, quel serait le but d'une telle entreprise ?

J'avais déstabilisé Elizabeth. Je la sentais écartelée entre le scepticisme et l'envie tenace de croire à ce qu'elle venait de lire. Je voyais bien qu'elle cherchait des arguments irréfutables, mais sans pouvoir les trouver. Elle voulait avant tout se convaincre elle-même, mais trop de choses la retenaient des deux côtés. Après un moment, j'abrégeai ses souffrances :

— Je sais exactement ce que tu penses. Tu es en train de te demander pour quelles raisons tu n'as jamais entendu parler de ce lieu avant aujourd'hui. N'est-ce pas ?

— Avoue tout de même que c'est étrange. Qui croirait qu'un endroit pareil puisse exister ? Et surtout qu'il puisse être tenu aussi secret ?

— Moi, par exemple, laissai-je tomber brusquement.

— Personne n'en aurait jamais entendu parler ? Et en admettant que quelqu'un s'y soit rendu, comment l'information n'aurait-elle pas été divulguée, ne serait-ce que par les gens qui ont visité cet endroit ?

J'essayai de réfléchir à la vitesse de l'éclair :

— Et si les visiteurs avaient tout intérêt à garder le secret pour eux ? Si les futurs habitants de ce Neverland ne souhaitaient qu'une chose : rester entre eux et protéger leur bonheur ?

Notre discussion enflammée se prolongea une partie de la nuit. À l'issue de celle-ci, nous étions au moins d'accord sur un point : bien décidés à en savoir plus dès le lendemain.

Et le lendemain arriva vite.

Depuis mon bureau, j'avais tenté de joindre Ralph Bogolan dès 10 h du matin. À mon premier appel, la secrétaire m'informa qu'il n'était pas encore arrivé.

La seconde fois, soit une demi-heure plus tard, elle m'annonça qu'il était déjà en réunion. Incontrôlable, je sortis de mes gonds : il venait d'arriver au bureau, et il était déjà en réunion ! À qui allait-elle pouvoir faire croire cette parade éhontée. Elle m'assura d'une force convaincante que c'était l'exacte vérité. En ce moment, ça bougeait beaucoup à l'agence, le marché de l'immobilier était en pleine restructuration : il fallait s'adapter, évoluer très vite, être prêt à changer à tout moment pour s'orienter vers d'autres directions ! Il fallait être réactif, et Ralph Bogolan était un homme d'action autant que de décisions !

J'insistai, mais rien ne filtra de cette secrétaire plus efficace qu'un Cerbère. Je pouvais retenter ma chance d'ici une heure, mais elle ne m'assurait de rien. Soixante minutes plus tard, montre en main, je rappelai l'agence. La réunion venait de se terminer. Monsieur Bogolan allait pouvoir me parler d'ici quelques instants. Une sonate de Mozart débuta pour me faire patienter. Elle s'interrompit après une vingtaine de secondes.

— Bogolan ! beugla l'agent immobilier, davantage surexcité que dynamique.

Je le rappelai aussitôt à mon bon souvenir.

— Ah, Simon, Joanna m'a glissé entre deux portes que vous aviez déjà essayé de me joindre en début de matinée.

— Si j'avais pu venir directement, je l'aurais fait. Il faut absolument que je vous vois ! Enfin, je rectifie : il faut absolument qu'Elizabeth et moi puissions vous voir le plus rapidement possible. Si cela vous convient, nous pourrions même nous libérer tous les deux aujourd'hui !

Ralph Bogolan laissa échapper un long rire en cascade.

— Vous, vous avez lu la brochure, n'est-ce pas ?

J'étais debout derrière mon bureau, la main crispée sur le téléphone, je ne tenais plus en place :

— C'est incroyable ! On a des tas de questions à vous poser ! On a vraiment besoin d'en savoir plus !

Bogolan coupa court à mon excitation :

— Écoutez, il se fait que je n'ai pas de visite prévue ce soir. On pourrait se retrouver vers six heures à l'agence, et je vous emmène tous les deux en voiture là-bas. Westchester

County ne se trouve qu'à une vingtaine de kilomètres de Manhattan. Non seulement vous pourrez me poser toutes les questions que vous voudrez, mais en plus vous découvrirez ce lieu magique par vous-mêmes. Ça vaut tout de même mieux qu'un catalogue, non ?

— Vous accepteriez de nous y conduire ? bredouillai-je presque.

À l'autre bout du fil, j'entendis Bogolan rire aux éclats.

— Non seulement ça ne me dérange pas, mais en plus j'en serais ravi ! Après la visite, nous pourrions même aller dîner ensemble. Il y a pas mal de restaurants très sympathiques dans le coin, et puis ça me permettrait de répondre à toutes vos questions. Qu'est-ce que vous en dites ?

J'étais fou de joie, et j'imaginais déjà la réaction d'Elizabeth quand je lui annoncerais. Un coup de fil à Matilda, notre baby-sitter de dépannage, et Sullivan serait cocooné pendant que nous tenterions de percer les mystères de Paradise Island.

Nous avions retrouvé Ralph Bogolan au bas de l'immeuble de son agence. Avec dix minutes de retard sur l'heure du rendez-vous, il s'était présenté à nous essoufflé mais souriant.

Après quelques excuses de rigueur, il nous avait conduit jusqu'à sa voiture, un 4X4 Dodge flambant neuf garé non loin de là, dans la 56e. Nous lui emboîtâmes aussitôt le pas.

— J'ignore comment s'est passée votre journée, mais pour moi ça a été un cauchemar !

— Et on vous fait faire des heures supplémentaires ! lançai-je en tentant de justifier notre visite.

— Au contraire, vous êtes ma récompense ! soupira-t-il en nous gratifiant de son sourire le plus commercial. Terminer par Paradise Island est un bonheur que vous n'imaginez pas ! Si toutes les journées de travail pouvaient s'achever ainsi !

Bogolan pressa le bip d'ouverture des portes du Dodge, et nous invita à monter à l'arrière du véhicule. Dans un geste de galanterie, il ouvrit la portière d'Elizabeth et attendit qu'elle soit entrée pour la refermer. Puis, il s'installa au volant, ajusta le rétroviseur intérieur et nous transperça de son regard le plus convaincant.

— Alors, prêt pour une promenade au Paradis ?

Le Dodge quitta le trottoir lentement, puis s'inséra dans le flot des voitures, passant d'une file à l'autre pour progresser.

Très vite, le 4X4 longea Central Park. Nous passâmes devant le Majestic, le San Remo, et surtout, situé entre les deux, le Dakota, à l'entrée duquel John Lennon s'était effondré sous les balles de Mark Chapman un soir de décembre 1980. Bogolan conduisait vite, avec maîtrise et assurance. Nous laissâmes sur notre gauche le Muséum d'Histoire Naturelle pour entrer dans Harlem. Nous continuâmes à remonter Manhattan, quittant l'île par les Cloîtres, passant à proximité du zoo et du jardin botanique du Bronx. À présent, le nombre de voies augmentait sur les autoroutes, devenant plus larges. Nous filions vers l'Hudson Valley.

Notre chauffeur avait retrouvé toute son énergie. Il était intarissable, volubile et généreux de remarques et de commentaires sur le marché de l'immobilier.

— Vous savez, les médias annoncent toujours une légère baisse, mais c'est un leurre : ça ne baisse jamais. Ou alors, cette variation est si infinitésimale qu'elle en devient invisible, car compensée aussitôt par la hausse d'un autre paramètre. Il faut être bien naïf pour croire que le marché de l'immobilier puisse baisser. Je crois que même une catastrophe nucléaire ne parviendrait pas à l'atteindre. Soit les habitations n'existeraient plus, soit les rares logements encore debout seraient aussitôt transformés en forteresses. Vous ne pouvez pas imaginer ce que l'Homme est prêt à faire pour défendre son toit.

Elizabeth piaffait d'impatience. Elle voulait tout savoir sur le lieu que nous nous apprêtions à découvrir. J'avais la même fièvre intérieure, mais elle se voyait moins.

— Pour ne rien vous cacher, lançai-je soudainement, votre brochure nous intrigue. Nous nous demandons même si cet endroit existe vraiment, s'il ne s'agit pas d'un canular.

Ralph Bogolan s'étouffa presque de rire :

— Vous croyez que mes journées ne sont pas assez longues ! Il faudrait qu'en plus j'emmène les visiteurs à vingt kilomètres de là dans un endroit qui n'existe pas ! Vous êtes durs avec moi !

Le Dodge fonçait sur la voie du milieu. Bogolan semblait confiant et serein, tel un candidat aux élections certain de se retrouver dans la phase finale. Nous approchions de *Golden Apple*; la « Pomme d'Or », c'était ainsi que les newyorkais avaient surnommé Westchester County.

Au loin, un soleil gorgé de sang nimbait l'horizon, faisant disparaître la longue bande d'autoroute dans un ciel cramoisi.

La question me brûlait les lèvres; je ne pus m'empêcher de la lui poser :

— Mais comment un endroit comme celui-ci peut-il être gardé secret à ce point ? Comment les médias, qui sont toujours à l'affût de tout, et informés de tant de choses, peuvent-ils entretenir le silence sur ce lieu… s'il existe vraiment !

Pour la seconde fois, j'entendis le rire profond et sonore de Bogolan.

— Il existe vraiment ! Dans moins de dix minutes, vous pénétrerez dans un monde dont vous ne soupçonnez même pas l'existence !

— J'ai l'impression que je vais visiter Jurassic Park, murmura Elizabeth.

— Il y a un peu de ça, Madame Blake, répondit l'agent qui l'avait entendue, mais en beaucoup moins dangereux !

Il lui envoya un sourire ravageur par l'intermédiaire du rétroviseur.

Nous approchions.

Sur la banquette arrière, notre excitation était palpable.

3

Le 4X4 avait quitté l'autoroute depuis un moment.

Il circulait sur une route déserte qui serpentait en descendant vers un petit port de plaisance : Bee's Dream Harbour.

L'endroit était typique : quelques baraques en bois peintes de couleurs vives offraient un accès direct à la mer. Des restaurants côtiers affichaient avec fierté leurs menus de poissons et fruits de mer. Les cris des mouettes donnaient la touche finale à ce tableau maritime empreint de clichés. Les habitations – de hautes maisons aux façades en bois – s'alignaient l'une après l'autre jusqu'au rivage. Quelques hôtels exhibaient leur pancarte *complet.* Nous touchions au but.

Une exaltation certaine parcourait l'habitacle. À l'instant précis où nous découvrîmes l'embarcadère du modeste ferry reliant le continent à Paradise Island, Elizabeth me prit la main.

— À notre retour sur la côte, nous irons dîner dans un de ces restaurants ! lança Bogolan. C'est l'agence qui vous invite !

Une longue cohorte de voitures stationnait devant la porte encore fermée. Bogolan prit place à l'extrémité de la file.

— Ne me dites pas que tout ce petit monde habite dans votre île perdue ? m'étonnai-je.

— Pourquoi cette pointe de mépris dans votre remarque, Simon ? Ces gens-là aiment leur job et gagnent beaucoup d'argent. Que leur reprochez-vous ?

— Peut-être d'habiter un soi-disant paradis auquel j'ai moi-même beaucoup de mal à croire.

Je sentis Elizabeth enfoncer ses doigts dans ma cuisse droite en signe de colère et d'exaspération.

— Eh bien, ne vous posez pas tant de questions ! Ouvrez les yeux et regardez ! me lança Bogolan avec son irrésistible sourire de conseiller en marketing.

Devant nous, la porte arrière du ferry s'abaissait. Le personnel s'affairait déjà pour orchestrer l'embarcation.

— Il y a beaucoup de passages dans la journée ? demanda Elizabeth pour détendre l'atmosphère.

— Une vingtaine d'aller-retour. Bien sûr, l'essentiel est plutôt concentré sur les heures de pointe. La traversée ne dure que quelques minutes.

Enfin, la file des véhicules s'ébranla pour progresser lentement vers cette gigantesque gueule béante engloutissant pneus et carrosseries avec un appétit carnassier.

Je repris la parole :

— Ralph, pardonnez ma nervosité et mon impatience, mais des dizaines de questions se bousculent dans ma tête, et j'avoue que je n'arrive pas forcément à faire le tri. Pourquoi cette île, si elle représente un tel Eden, n'est pas plus connue de la plupart d'entre nous ?

Le Dodge n'était plus qu'à quelques mètres de la rampe d'embarquement.

Bogolan prit une longue inspiration et scruta mon regard quelques secondes dans son rétroviseur.

— Parce que certaines personnes ont tout intérêt à ne pas ébruiter l'existence de cet endroit. Tous les gens que vous voyez autour de nous, dans leurs luxueux 4X4 et sur le pont, là-haut (je levai les yeux pour les apercevoir), appartiennent à une classe privilégiée. Ce sont les enfants de l'ère reaganienne. Je n'aurai pas l'impudence de vous faire un cours sur le libéralisme, mais vous en connaissez forcément les conséquences directes : l'argent doit rester à tout prix dans les porte-monnaie de ceux qui en ont. Il ne doit en aucun cas changer de classe sociale. Monsieur et Madame Blake, VOUS êtes des privilégiés, JE suis un privilégié. NOUS avons, VOUS et MOI, travaillé très dur pour ça, et PARADISE ISLAND n'est que la matérialisation de cette récompense !

Une fois à l'intérieur du ferry, nous abandonnâmes le 4X4 pour rejoindre le pont.

Je découvris alors toute la réalité de ce que venait de m'expliquer Ralph Bogolan dans le confessionnal de notre Dodge. Des hommes aux costumes noirs de marques illustres, portant des sacoches griffées, se pressaient à l'avant du pont. Certains étaient déjà assis, l'ordinateur portable sur les genoux. D'autres étaient accompagnés de femmes ravissantes, étincelantes dans des tailleurs chics. Lorsqu'on regardait ces couples dignes de gravures de mode, on comprenait aisément que des hommes comme ceux-ci ne pouvaient forcément côtoyer que des femmes comme celles-là. Il n'y avait aucun doute possible. Je sentis alors soudainement poindre un petit plaisir au fond de mes entrailles : une fierté manifeste de pouvoir rejoindre cette caste. Ralph Bogolan avait raison : j'avais travaillé dur pour en faire partie. Aujourd'hui, je méritais comme tous ceux présents sur ce bateau de pénétrer dans ce saint des saints.

À l'arrière du ferry, Elizabeth vint se serrer contre moi. Nous regardions ensemble la côte s'éloigner. Notre agent immobilier se tenait un peu à l'écart, nous laissant en couple avec un sens naturel de la discrétion et du savoir-vivre. Il se tenait à la rambarde, les yeux fermés, le nez au vent, semblant goûter pleinement le plaisir simple d'un moment de solitude au milieu de sa journée mouvementée…

À l'horizon, le soleil couchant grignotait le décor de couleurs mordorées. Il faisait doux, presque chaud, une température semblable à celle d'un soir d'été.

— J'ai l'impression de partir en vacances, me murmura Elizabeth à l'oreille.

Je lui souris et nous échangeâmes un baiser.

Nous approchions du rivage. Ralph Bogolan nous rejoignit. La foule, impatiente – était-ce la hâte de retrouver le nid douillet du paradis ? – mais néanmoins disciplinée, abandonnait déjà la passerelle pour descendre vers les véhicules. Tous les trois attendions dans le Dodge que les voitures se dispersent. À notre tour, nous franchîmes la pancarte d'entrée. Les lettres formant les deux mots *Paradise* et *Island*, surmontées d'un *Welcome to* plus discret, constituaient une arche sous laquelle la population devait passer chaque fois qu'elle entrait dans l'île.

— C'est ici que notre visite commence ! lança notre guide.

Cette fois-ci, plus aucun doute n'était permis : nous y étions.

La route prolongeant l'embarcadère disparaissait dans une forêt touffue d'où la lumière du jour semblait absente. Nous serpentions au milieu des bois, doublés de temps à autre par quelques conducteurs qui semblaient connaître parfaitement leur itinéraire.

Elizabeth et moi échangeâmes un regard. Je ne la connaissais que trop pour savoir exactement ce qu'elle pensait : nous n'étions qu'à une vingtaine de kilomètres de Manhattan, et avions l'étrange sensation de circuler au milieu de la jungle amazonienne. Allions-nous encore rouler comme ça pendant longtemps ? Quand allions-nous apercevoir les premières habitations ? L'espace d'un instant, je crus que notre chauffeur avait pu lire dans nos pensées :

— Nous sommes presque arrivés, nous rassura-t-il, accompagnant ses intonations apaisantes d'un sourire à l'attention du rétroviseur.

Sa phrase à peine achevée, la forêt se transforma en une gigantesque colline. Une construction d'un blanc éclatant se profila à l'horizon. Derrière elle en apparut une seconde, une troisième, une quatrième, et encore bien d'autres, dont les façades immaculées faisaient des taches de lumière complétant le décor vert émeraude.

Plus nous approchions des bâtiments, plus ceux-ci semblaient harmonieux, à l'architecture douce et humaine, adaptée à un cadre de vie chaleureux. Tous les immeubles – pas plus de quatre étages – se situaient à des degrés différents, à des hauteurs bien marquées les unes par rapport aux autres. Une succession de terrasses en décrochements, de balcons aux rambardes originales, formaient un ensemble esthétique et convivial à la fois. Devant la blancheur immaculée des murs, je brisai le silence installé dans l'habitacle :

— Les murs sont si blancs... De quand datent ces constructions ?

Dans le rétroviseur, je vis un sourire poindre sur le visage de notre chauffeur.

— La touche finale remonte à environ trois mois. Les personnes que vous avez vues sur le ferry sont toutes de nouveaux arrivants. Tous les emménagements ont eu lieu il y a seulement quelques semaines.

Je tournai un regard ahuri vers Elizabeth, qui me renvoya la même expression.

— Vous voulez dire qu'il y a trois mois personne n'habitait l'île ?

— C'est exact, répondit Bogolan.

— Mais comment est-ce possible ? On ne peuple pas une telle superficie en seulement quelques semaines... sans que ça ne se sache...

— Il existe des secrets que chacun a tout intérêt à protéger. Paradise Island fait partie de ceux-ci.

Le Dodge avait ralenti son allure. Nous circulions sur une route agréable, passions à proximité de petites habitations blanches aux balcons en fer forgé. J'avais l'impression de visiter un site idyllique, de me trouver à l'intérieur d'un spot publicitaire financé par un grand constructeur pour un lotissement récent.

Derrière son volant, Ralph Bogolan exultait :

— Les immeubles sont déjà presque tous occupés. Mais il nous reste encore quelques maisons individuelles. C'est l'une d'elles que je veux vous faire visiter. Je sais que financièrement vous pouvez prétendre à ce produit, et dans votre cas, ce serait dommage d'opter pour un de ces appartements. Ce n'est pas qu'ils soient dépourvus de charme, bien au contraire, mais les maisons, là... c'est vraiment quelque chose ! Une autre dimension ! Du jamais vu !

J'étais partagé entre les talents de bonimenteur de l'agent immobilier, et l'irrésistible attirance pour son discours.

— Ces maisons, où se trouvent-elles ? demanda Elizabeth.

— Dans un autre périmètre, à deux kilomètres de là... Une sorte de second paradis à l'intérieur du premier.

Je frémis de curiosité.

Alors, le 4X4 emprunta une autre route, en direction d'une colline plus lointaine.

— Vous n'avez jamais rien vu de tel ! lança Bogolan, comme pour couper court à mes pensées.

Je sentis la main d'Elizabeth serrer la mienne. Elle faisait toujours ainsi au moment de vivre une grande émotion. Le Dodge serpenta au pied d'un vallon. Brusquement, au détour d'un groupe de peupliers, un ensemble d'une dizaine de villas s'imposa à nous, impressionnantes, inévitables.

— Elles ont été conçues par Richard Meier. Ce nom vous dit quelque chose ?

J'avouai mon inculture en matière d'architecture. Mis à part Frank Lloyd Wright et Oscar Niemeyer, j'étais totalement néophyte dans ce domaine.

Notre chauffeur continua :

— Richard Meier est un de nos plus grands architectes contemporains. Il est l'auteur du musée Getty de Los

Angeles et de la villa en Floride pour l'industriel allemand Klaus Neugebauer. Sa spécialité, c'est le blanc.

La dizaine de villas était répartie sur l'ensemble de la colline. Celle devant laquelle Ralph Bogolan arrêta le véhicule se trouvait sur les hauteurs, située un peu au-dessus d'une autre propriété à l'aspect similaire.

Elizabeth et moi restions bouche bée devant la stature à la fois intime, gigantesque et chaleureuse de cette maison.

Celle-ci, toute en longueur et de plain-pied, était surmontée d'un toit à deux pans. L'ingéniosité de Meier était d'avoir retourné le toit en V plutôt qu'en A.

Meier, qui comme tous les grands architectes maîtrisait parfaitement les volumes et les masses, avait bien compris que le blanc trouvait toute sa dimension à l'horizontale et perdait en surface dès qu'il se retrouvait à la verticale. Dix baies vitrées parcouraient la villa dans toute sa longueur, englobant les différents salons, salles de repos, chambres des propriétaires et des invités. Cet espace, séparé par une cloison, débouchait sur les pièces intérieures, à savoir la salle à manger, la cuisine et les multiples salles de bain, trois au total. Quatre pièces pouvant être aménagées en bureaux s'ajoutaient à l'ensemble. Le sol était composé d'un parquet gris magnifique.

Au moment où Ralph Bogolan nous avait fait franchir le seuil, après avoir refermé l'énorme porte de bois blanc, nous avions éprouvé le sentiment de connaître quelque chose d'inconnu auparavant, une sensation nouvelle qui nous chavirait littéralement. Durant notre vie commune, Elizabeth et moi avions vécu peu de moments semblables à celui-ci, de ces minutes précieuses où notre vie bascule soudainement, où on se dit qu'on est devant quelque chose d'exceptionnel et qu'on risque de passer à côté si on ne réagit pas assez vite. Ce que nous découvrions n'avait plus rien à voir avec une maison classique. C'était autre chose, un palace, un Xanadu. Bogolan avait raison lorsqu'il évoquait un paradis.

Il nous laissa un long moment passer d'une pièce à l'autre – mais pouvions-nous encore parler de pièces tant celles-ci étaient vastes et aérées – et nous livrer à toutes les observations que nous voulions. Nous avions la curieuse impression d'arpenter un musée vide, sans bien sûr imaginer une seule minute que cet endroit pouvait devenir le nôtre. C'était prodigieux et irréel. Tant de beauté, tant d'immensité. De larges bureaux en bois de teck, associés à des canapés blancs, meublaient les salons donnant sur l'extérieur. Derrière l'enfilade de baies vitrées s'étendait la piscine au fond turquoise tout droit sortie d'une toile de David Hockney. Au-delà de la piscine, la colline descendait vers d'autres villas, à la blancheur aussi étincelante.

Émerveillé et abattu en même temps, je revins vers Bogolan :

— C'est extraordinaire, certes, mais ça n'a rien à voir avec notre budget !

— C'est un peu au-dessus de ce que vous vous êtes fixés, c'est vrai, mais j'ai étudié votre dossier, et selon moi c'est faisable. C'est la raison pour laquelle je me suis permis de vous la montrer. Si je n'étais pas sûr de moi, je ne vous aurais jamais attirés jusqu'ici.

— Il faudrait trois vies pour rembourser les traites ! laissa tomber Elizabeth.

Je souris à cette image. Je sentais indubitablement la femme de lettres derrière cette formule choc.

— Vous aviez choisi un prêt sur dix ans. En le prolongeant de quelques années, c'est tout à fait envisageable ! renchérit Bogolan.

— Nous ne comptions pas dépasser les dix ans ! m'exclamai-je.

— Une fois que vous serez dans vos murs, qu'est-ce que ça change ? me rétorqua l'agent.

L'argument était solide, et je ne savais que répondre. Je cherchai le regard d'Elizabeth, mais elle était repartie dans une autre salle. J'étais tiraillé entre mon désir immédiat d'habiter ce lieu et le carcan de la raison qui me l'interdisait.

— Alors ? tenta Bogolan, en me gratifiant de son large sourire à la blancheur aussi éclatante que celle de Richard Meier.

— Alors ? répétai-je, abasourdi, incapable de trouver immédiatement les mots qui convenaient. Bien sûr que c'est formidable, bien sûr que je suis d'accord, à 200 % même ! Mais c'est un rêve, Ralph, seulement un rêve, et même en associant les revenus d'Elizabeth et les miens, nous sommes loin du compte !

— Refaites les calculs et vous verrez que vous installer ici est parfaitement possible.

Aussi loin que je remontais dans ma mémoire, je n'avais pas le souvenir d'avoir un jour été perdu à ce point. J'étais un homme de décisions, souvent amené à rendre des avis tranchés sur des points précis, et ceci rapidement. Cette fois, au contraire, je n'étais plus que l'ombre de moi-même. Oublié, l'homme d'affaires réactif et efficace, celui dont la parole était attendue comme celle du Messie ! Lorsque Elizabeth réapparut, après une nouvelle visite des pièces, j'accueillis son retour comme une délivrance.

— Ah, chérie, où étais-tu passée ?

Elle me regarda avec étonnement, et aussi avec une pointe d'amusement non dissimulée. Le fait que je ne l'appelais jamais « chérie » y était sans doute pour quelque chose.

— Je faisais le tour du propriétaire ! déclama-t-elle d'une façon solennelle en adressant un clin d'œil à notre agent et chauffeur.

Un effondrement intérieur m'envahit soudainement. J'avais besoin d'un soutien, et le seul être en qui j'avais placé tous mes espoirs se ralliait désespérément à la cause de celui qui nous avait entraînés dans ce traquenard.

Dépité, je lançai à Elizabeth :

— J'étais en train de dire à Ralph que ça n'a pas de nom, que c'est merveilleux, mais que ce n'est pas possible !

Notre interlocuteur saisit la balle au bond :

— J'étais en train d'expliquer le contraire à votre mari.

Je les regardai tous les deux, désemparé.

Ralph Bogolan nous proposa de refaire avec lui un tour dans chaque partie de la maison, intérieure et extérieure.

À chaque pièce que nous franchissions, je ressentais davantage l'aiguillon de la douleur me transpercer. Je ne cessais de penser : c'est d'une beauté renversante, mais tu ne l'auras pas. La seconde d'après, l'interrogation fatidique intervenait : et s'il avait raison, si nous pouvions nous offrir ce paradis. À chaque mètre, à chaque pas, je me remettais en question : peut-être avions-nous une chance, même infime, d'habiter cet endroit, et puis tout s'écroulait en quelques enjambées supplémentaires : non, il fallait définitivement oublier ce auquel nous étions en train de goûter, ne plus y penser, en faire notre deuil.

Alors que nous nous trouvions à proximité de la piscine, de cette eau limpide et turquoise, étale et immobile dans son écrin blanc, et que Ralph Bogolan se tenait à l'écart, en train de répondre à un appel sur son téléphone portable, Elizabeth s'approcha de moi et me prit par le bras, semblant vouloir tout à coup me mettre dans quelque confidence.

— Écoute, Simon, ça vaut la peine d'y réfléchir. Je suis incontournable chez Constellations, ils ne peuvent plus se passer de moi. Je pourrais demander davantage de traductions, augmenter mon volume de travail, et bien sûr exiger des règlements plus importants. Je suis sûre qu'ils accepteront. Et si ce n'était le cas, d'autres maisons seraient prêtes à m'engager. Depuis quelque temps, mon nom circule parmi les éditeurs parisiens les plus importants.

Sans réfléchir, je lui répondis :

— Et moi étendre les affaires dans de nouveaux domaines. Nous avons quelques dossiers en préparation. Si deux ou trois contrats voient le jour, APS va toucher le jackpot.

Mes neurones se connectaient à la vitesse de l'éclair. En admettant que nous puissions accéder à cette propriété, il restait tout de même un problème majeur que nous n'avions peut-être pas encore mesuré : nous étions sur une île, donc isolés. Cela voulait dire que nous allions vivre à l'écart des autres, que notre fils allait grandir dans une sorte de bulle protectrice, qu'il nous reprocherait peut-être un jour de l'avoir enfermé à Paradise Island alors qu'il aurait pu s'épanouir à deux pas de Central Park. Et d'un point de vue pratique, même si Elizabeth travaillait à la maison, il me faudrait chaque jour couvrir une cinquantaine de kilomètres aller et retour pour rejoindre les locaux de ma société. Et où Sullivan suivrait-il sa scolarité ?

Elizabeth partageait mon inquiétude au sujet de toutes ces questions. Bogolan, qui avait terminé sa conversation téléphonique, s'approcha de nous. Il perçut immédiatement nos réticences.

— Je crois deviner ce qui vous préoccupe. Arrêtez-moi si je me trompe, mais je suis certain que vous êtes en train de vous dire : tout ceci est bien beau, mais une fois sur cette île, qu'est-ce qu'on fait ? Je me trompe ?

Je regardai Elizabeth, interloqué. Ce type devait avoir un scanner à la place des yeux. Il formulait ce que j'étais exactement en train de penser.

J'avais une foule de questions à lui poser, mais la première était bien de savoir comment on pouvait vivre ici, à l'écart, sans en souffrir. Quelle qualité de vie justifiait un tel isolement, à une si lointaine distance de son lieu de travail ?

— La suite de la visite répondra à toutes vos questions ! lança-t-il en se dirigeant vers la porte de la villa.

4

Il était un peu plus de 8 heures du soir. Nous étions attablés tous les trois au *Prince of the Seas*. Le serveur apporta les plateaux de fruits de mer. Le restaurant était très fréquenté, mais on nous avait trouvé une table à l'écart, dans une sorte de box isolé. Nous pouvions donc parler librement sans être obligés de hausser la voix.

Après la maison, Elizabeth et moi avions eu droit à une visite complète de l'île. Nous pensions que celle-ci durerait une trentaine de minutes. En fait, nous avions visité Paradise Island pendant près de deux heures.

Au-delà de la zone d'habitation, nous avions découvert le centre commercial, sorte de garde-manger providentiel qui nourrissait toute l'île. Outre un immense supermarché où tout semblait à profusion, toutes sortes de magasins étaient présents pour satisfaire le client : vêtements, loisirs, sports, arts ménagers, spécialistes du bio, etc. Rien ne manquait.

Des articles de choix pour une clientèle triée sur le volet. Mais, s'empressa de nous préciser notre guide, quasiment tout le monde se faisait livrer. Du coup, ce grand espace commercial était donc devenu un lieu de détente et non de contrainte. Pour assurer le quotidien, sur simple appel ou connexion Internet, des véhicules affichant le logo de l'unique réfrigérateur de l'île en parcouraient toute la superficie.

Derrière ce quartier des magasins commençait une seconde zone, cachée par une vallée. Lorsqu'on y accédait, on découvrait un monde insoupçonnable, irréel, appartenant davantage au rêve qu'à la réalité, une planète entière consacrée aux loisirs.

Un gigantesque centre aquatique dominait le complexe. En plus des différentes piscines et des toboggans vertigineux dignes d'un scenic-railway, une plage authentique du Brésil avait été reconstituée au détail près. Inutile de se rendre à Copacabana, puisque ce nirvana maritime avait été reproduit avec l'exactitude d'un faussaire de toiles de Vermeer. Bien sûr, un gymnase multisports et un temple du fitness jouxtaient le centre. Suivait une enfilade de salles de squash et de courts de tennis, complétée par une armada de saunas, hammams et espaces de relaxation. Plus loin, un immense dôme s'élevait vers le sommet de la colline. Une pente reconstituée offrait une neige artificielle toujours onctueuse, véritable bonheur pour tous les amoureux du ski, débutants et chevronnés. Voisine de la piste, une patinoire permettait toutes les évolutions possibles sur toutes sortes de musiques.

La vallée suivante abritait un golf de dix-huit trous, un haras et un parcours d'équitation, ainsi que deux circuits de jogging.

Au-delà de la colline débutait le département consacré aux loisirs culturels. Une médiathèque, comprenant elle-même une bibliothèque bien fournie, une dizaine de salles de cinéma, un théâtre permettant d'accueillir des opéras, ainsi qu'une discothèque.

Mais avant cela, près des habitations s'élevait le secteur consacré à l'enfance. Plusieurs crèches, ainsi que des écoles allant de la maternelle au collège, formaient le paysage scolaire de Paradise Island. Selon Bogolan, les promoteurs avaient engagé d'excellents professeurs ayant fait leurs preuves dans les meilleurs établissements du New Jersey.

Jouxtant le bloc réservé à l'éducation s'élevait celui consacré à la santé : cabinets de médecins et dentistes, ainsi que de spécialistes en tous genres, pharmacies, au milieu desquels se dressait une clinique pouvant accueillir une grande population de patients.

Derrière les bâtiments, un temple, une église et une synagogue constituaient les trois lieux de culte principaux de l'île. Ainsi, les trois confessions religieuses les plus représentées par la population insulaire étaient honorées comme il se devait.

Lorsque nous avions repris le ferry pour le continent, Elizabeth et moi étions dans une autre dimension, celle de Paradise Island. Comment mesurer que ce que nous venions de découvrir se trouvait aux portes de New York.

Bien sûr, j'avais des milliers de questions à poser à Ralph Bogolan. Je commençai donc par la première, la plus évidente, celle qui me taraudait depuis qu'il m'avait parlé de cet endroit. Il m'avait déjà donné sa réponse, mais je devais l'entendre encore une fois de sa bouche pour en être vraiment sûr :

— Je n'arrive pas à croire que l'existence de ce lieu ne soit pas médiatisé. Il y aurait de quoi faire des centaines de reportages sur cette île. Ça dépasse l'entendement !

— Je vous l'ai déjà expliqué, Simon : si demain la population new-yorkaise avait connaissance de cet endroit, ce paradis se transformerait instantanément en enfer. Il faut bien comprendre ceci : dans ce cas présent, ce ne sont pas les propriétaires qui choisissent Paradise Island, c'est notre agence qui choisit les propriétaires. En fait, nous travaillons en partenariat avec deux autres agences de Manhattan, mais nos critères de sélection sont similaires.

— Je n'ai jamais vu autant de prestations accompagnant l'achat d'une maison ! s'exclama Elizabeth.

— C'est ce qui explique le coût exorbitant des charges, n'est-ce pas ? renchéris-je.

— Les charges sont élevées, certes, mais réfléchissez une seconde : avez-vous déjà vu autant de facilités, de richesses et de loisirs à portée de mains ? En quelques semaines, Paradise Island sera devenue un cocon protecteur qui supprimera radicalement en vous toute envie de sortir de l'île. Croyez-moi, lorsque après votre journée de travail vous reprendrez le ferry pour regagner votre maison, vous éprouverez le sentiment de retrouver un havre de paix, de laisser derrière vous le brouhaha et les turpitudes de la cité pour replonger avec délice dans la sérénité, un peu comme lorsqu'on quitte un cocktail bruyant d'une centaine de personnes pour réintégrer la douce quiétude de son foyer, isolé et insonorisé, à l'abri du monde.

— Justement, le risque d'isolement n'existe-t-il pas ? me hasardai-je au moment où le serveur apportait de superbes tourteaux.

Très en forme malgré la fatigue de la journée, Bogolan répondit instantanément :

— Notre population d'insulaires est très récente, il est donc encore trop tôt pour se faire une idée, mais les premiers sondages tendent à prouver que les infrastructures de l'île sont une vraie réussite. Si je peux vous donner un avis personnel : beaucoup d'entre nous rêveraient d'un tel endroit. Je donnerais tout pour y habiter...

— Alors, pourquoi ne le faites-vous pas ? rétorquai-je aussitôt.

Bogolan marqua un léger temps d'arrêt, celui de la réflexion, puis il reprit :

— De vous à moi, je trouve que cet endroit est idéal pour une famille, peut-être même pour un couple. Je suis célibataire et j'aime trop la ville. Je cherche encore à faire des rencontres, nous regarda-t-il en souriant. Je ne suis pas encore trop vieux, et j'aime sortir le soir, me rendre dans un bar, retrouver des amis ; et justement, tous mes amis habitent Manhattan. Mais c'est sûr, si mon existence était différente, j'opterais sans hésiter pour Paradise Island !

Je sentais Elizabeth indécise. Elle prit la parole en fixant d'un air distrait la carapace rouge vif de son crabe :

— Ça fait tout de même beaucoup d'argent... Bien sûr que c'est tentant, cette maison est magnifique ! Et puis tout ce qu'il y a autour, c'est tellement... extraordinaire !

Notre hôte l'arrêta d'un signe de la main :

— On n'achète pas forcément une maison pour la vie. Je suis bien placé pour le savoir, c'est mon métier. Prenez ça pour une expérience ! Vous n'en aurez peut-être jamais plus l'opportunité par la suite ! Si j'étais à votre place, je n'hésiterais pas une seconde ! Et puis, songez à votre fils, vous pensez qu'il aimerait l'île ?

Le regard amusé de Bogolan allait du visage d'Elizabeth au mien. Nous nous regardâmes tous les deux et déclarâmes en cœur :

— Il adorerait !

À cette seconde précise, nous savions déjà que nous allions accepter. Il ne pouvait en être autrement. À ce stade de la vente, Ralph Bogolan avait fait le plus gros du travail. Je savais de quoi je parlais, c'était mon métier. Son travail allait désormais consister à trouver les arguments qui allaient achever de nous convaincre. Nous étions un « couple modèle », « une famille rêvée », des « candidats remarquables » pour vivre « l'expérience Paradise Island ». Notre guide et chauffeur était subitement redevenu un agent immobilier, et l'illusion de cette proximité n'effaçait nullement sa volonté de parvenir à ses fins.

La saveur du dessert n'entama en rien son dynamisme. Malgré la longue journée qu'il avait derrière lui, Bogolan avait retrouvé une énergie nouvelle, un second souffle, qui tels ces marathoniens qu'on imagine déjà aux portes de l'abandon, allait lui permettre de tenir la distance jusqu'au bout.

Chacune de nos questions trouvait une réponse la seconde suivante. Le moindre de nos doutes était balayé par un sourire, anéanti par un geste. Ici, la persuasion n'était plus un métier, mais un don naturel qu'il exerçait avec une étonnante virtuosité. Je tentais de me raccrocher à quelques derniers paramètres, mais à mes côtés je sentais qu'Elizabeth avait déjà rallié le camp de notre orateur. Telle une victime du fameux syndrome de Stockholm, elle avait épousé la cause de son ravisseur. J'agitai même le spectre de la crise, mais elle n'était plus en mesure de m'écouter. Elle me rétorqua que concernant ladite crise, nous nous en étions plutôt bien sortis, qu'APS avait essuyé la tempête sans couler tout en maintenant le cap, que ses contrats de traductrice n'avaient pas été revus à la baisse pour autant, et que de toute façon il y aurait forcément un jour une autre crise, alors…

Cela demandait encore réflexion, mais c'était pour la forme, car je savais secrètement que Bogolan avait gagné. Rien ne pourrait entraver notre destinée : nous allions habiter cet endroit dont nous ignorions encore l'existence quelques jours plus tôt.

5

Les jours et les nuits qui suivent la perspective d'acquérir ou non un bien immobilier sont toujours synonymes d'enfer. Elizabeth et moi nous trouvions donc précisément au cœur de ce maelström d'angoisse et de tergiversations. Le dîner au *Prince of the Seas* s'était avéré le début du cauchemar. Au fur et à mesure que Ralph Bogolan passait en revue les raisons irréfutables d'acheter cette maison, je sentais monter en moi une sensation nourrie à la fois de haine et d'excitation. À chaque phrase qu'il prononçait, je détestais un peu plus notre agent immobilier. En même temps, et c'était bien là tout le mystère de cet étonnant paradoxe, je ne pouvais m'empêcher de l'écouter religieusement. L'homme était en train de nous convertir à notre futur statut d'insulaires, et ni mon épouse ni moi n'essayions de l'arrêter, ou même simplement de le freiner.

Son numéro parfaitement rôdé, agrémenté de clams et d'un excellent Chardonnay, avait été infaillible du début à la fin. Lorsqu'il nous avait raccompagnés dans Manhattan, la nuit était déjà tombée, et Sullivan dormait à poings fermés depuis plusieurs heures sous l'œil bienveillant de Matilda, notre baby-sitter.

Après une douche salvatrice, nous avions erré comme des âmes en peine dans notre salon, emmitouflés dans nos peignoirs aux couleurs vives. Le matin même, nous allions parfaitement bien, mais à présent, nous subissions les assauts répétés de milliers de questions, incapables de faire face à la terreur qui nous étreignait, telle une marée montante dont les vaguelettes venaient grignoter progressivement les remparts d'un château de sable.

Elizabeth commençait désespérément ses phrases sans parvenir à les terminer :

— Tu crois que…

À ses doutes et à ses silences, je devinais la suite de ses interventions :

— Qu'il faut réfléchir encore ? Je l'ignore. Je n'en sais pas plus que toi. Ce qui est certain, c'est qu'une telle opportunité ne se reproduira pas. Nous ne retrouverons jamais une maison comme celle-ci, ni à New York ni ailleurs.

L'inquiétude taraudait Elizabeth. Elle était assoiffée. Pour la troisième fois depuis que nous étions rentrés, elle partit à la cuisine se verser un verre de jus d'orange. Elle qui d'ordinaire était patiente, calme, mesurée, je la découvrais nerveuse, intarissable, incapable de rester en place. J'essayais d'être le plus impartial possible, d'envisager tous les paramètres.

— Je n'ai jamais vu une telle villa… C'est un rêve… murmurai-je.

— C'est surtout un gouffre, l'entendis-je soupirer… mais c'est vrai que c'est un rêve…

Et au moment où je m'apprêtai à quitter le salon pour me rendre moi aussi à la cuisine, je l'entendis ajouter :

— Et c'est vrai que nous serions fous de passer à côté.

Elizabeth, prétextant que la nuit porte conseil, au bord de l'épuisement, se dirigea finalement vers la chambre. Pendant des heures, je ne cessais de l'entendre s'agiter dans le lit, tourner et se retourner. Quant à moi, j'explorais sur Internet les sites d'architecture consacrés aux créations de Richard Meier. Cet homme était un créateur de génie, et nous avions tout simplement l'opportunité d'habiter l'un de ses temples.

Cette villa coûtait près de 7 000 000 de dollars. Du fait du confort et de toutes les structures sur l'île, les charges atteignaient presque 6 000 $ par mois. C'était un caprice de milliardaire, et nous étions prêts à l'assumer pleinement. Lorsqu'il nous avait senti hésiter, Ralph Bogolan avait brisé le silence en émettant l'hypothèse qu'une revente ne poserait aucun problème. Ce type de produit aurait toujours la cote, même en cas de crise économique majeure. Son argument était que même si les trois quarts de la population mondiale crevaient de faim, il se trouverait toujours certaines personnes pour acheter des flacons de Chanel 5. Je savais que sur ce point il avait parfaitement raison.

Je me couchai vers 2 h du matin et, à mon tour, assailli par des légions de démons nocturnes, étais incapable de trouver le sommeil. J'avais beau baisser les paupières, je les relevai aussitôt. Je me trouvais devant l'une des décisions les plus importantes de mon existence, du moins sur le plan financier, et bien sûr j'étais taraudé par l'idée même de commettre une erreur, de précipiter ma famille dans une situation inextricable, dont il serait bientôt impossible de sortir.

Je connais par cœur le discours des agents immobiliers. Ce sont de redoutables négociateurs et de fins psychologues ; lorsqu'ils sentent que vous hésitez, ils sortent alors des arguments imparables et des formules chocs, se mettent à parler de « produits exceptionnels » et d'« affaires immanquables ». Bogolan ne faisait pas exception à la règle. Pendant tout le trajet du retour vers Manhattan, il nous exhorta à méditer efficacement, nous martelant que l'heure était à la réflexion, mais qu'il fallait faire vite quand même. Il restait encore quelques appartements de libres, mais le parc disponible des maisons commençait sérieusement à se raréfier. De toute évidence, les villas individuelles conçues par Richard Meier n'étaient pas réservées à tout le monde. S'il nous avait orientés dans cette direction, c'est que nous avions le profil pour prétendre devenir propriétaires d'un tel paradis. En jouant sur notre orgueil, il marquait encore un point supplémentaire.

Vers les 4 h du matin, j'étais assis dans notre cuisine, devant un verre de lait et un paquet de biscuits, en train de tourner frénétiquement pour la vingtième fois les pages de la brochure consacrée à Paradise Island. Le lait froid qui coulait au fond de ma gorge ne parvenait même pas à adoucir l'amertume de mes pensées. Je soufflais désespérément en contemplant les façades lumineuses des maisons sur papier glacé. J'étais à bout de fatigue et de nerfs. À ce stade du supplice, j'aurais tout donné pour que quelqu'un d'autre prenne la décision à notre place. Je sentais Elizabeth hésitante, et je ne pouvais faire autrement que de la comprendre : certes, nous appartenions à une classe privilégiée, mais la somme était néanmoins colossale. C'était un emprunt lourd, et quelque part je savais que nous n'avions pas droit à l'erreur. Comme elle, je redoutais l'isolement. En même temps, renoncer à cet Eden aurait fait figure de péché. Deux heures plus tard, j'étais encore debout en peignoir, contemplant la baie d'Hudson. Le jour se levait sur New York. Les premières lueurs de l'aube venaient caresser les arêtes tranchantes des gratte-ciel.

Incapable de me concentrer, j'avais besoin d'un dérivatif. J'essayais celui qui en de maintes occasions m'avait sauvé la mise, me redonnant le sourire quand tout s'annonçait perdu d'avance : je glissais un CD d'Otis Redding dans la chaîne. La voix chaude et sensuelle s'éternisait sur *I've been loving you too long* et me bousculait sur *Hard to handle*. Il avait toujours été là, accompagnant chaque période de mon existence. Pourquoi lui : je l'ignorais. Un jour de déprime, adolescent, j'avais écouté chez un disquaire *Try a little tenderness*. Étrangement, ce que disait la chanson, et surtout comment elle le disait, avec cette voix envahissante, enivrante, protectrice, correspondait exactement à mon état d'esprit de ce moment particulier. En d'autres occasions, j'avais retenté cette expérience avec Otis Redding, et de cette même façon il avait toujours su exprimer avec exactitude ce que je ressentais. Depuis, sa présence avait pris des allures de confidente, et sa musique devenue plus que nécessaire : indispensable.

Mais cette fois, rien n'y faisait, et la baie de San Francisco évoquée par cette voix emblématique de la soul ne suffisait pas à tempérer mes angoisses les plus profondes. J'étais au bord du gouffre. Mon cerveau, emprisonné dans les mâchoires de fer d'un étau invisible, allait exploser comme une pastèque. Au matin, après des heures de torture mentale, Elizabeth et moi nous retrouvâmes assis l'un en face de l'autre devant une tasse d'un café colombien auquel, pour la première fois, nous ne trouvâmes aucune saveur. C'est elle qui démina la bombe amorcée depuis deux jours :

— Je suis comme toi : je n'ai pas fermé l'œil de la nuit. J'ai refait la visite de la villa des centaines de fois, comme le tour de l'île. Je crois vraiment que nous sommes faits pour cette maison. Sincèrement, je pense qu'elle est là pour nous. Tu sais, j'ai toujours cru au destin. C'est lui qui t'a mis sur ma route, comme mon métier de traductrice, comme cette place chez Constellations, comme tout ce que nous avons obtenu depuis que nous vivons ensemble. Si ce lieu ne nous avait pas plu, nous l'aurions su tout de suite, au premier coup d'œil. Nous nous connaissons suffisamment pour savoir que notre hésitation n'est pas fortuite. Si nous hésitons, c'est qu'elle nous attire, c'est que secrètement nous savons que nous allons passer à côté de quelque chose que nous désirons terriblement tous les deux. Cette attirance est simple et complexe à la fois, simple parce que c'est une évidence, et il est inutile de prétendre le contraire, mais complexe parce qu'elle génère à la fois des tas de questions : sommes-nous prêts à vivre dans un tel endroit ? À devenir des insulaires ? À payer très cher pour avoir ce paradis ? Après avoir remué toutes ces questions dans ma tête la nuit entière, je pense franchement que ça en vaut la peine. Pour plusieurs raisons : ce style de vie va être une expérience unique, et même si on redéménage par la suite, on ne retrouvera pas quelque chose de semblable. Et puis, il faut bien savoir en signant que nous ne sommes pas condamnés à habiter Paradise Island jusqu'à la fin de nos jours. Personne n'a jamais acheté une maison pour la vie. Bogolan a raison. Quant au prix, si nous hésitons encore, c'est bien que nous sommes capables d'acheter cette villa. Sinon, la question ne se poserait même pas. Nos deux carrières respectives n'ont jamais été aussi florissantes, et je crois que nous travaillons depuis trop longtemps pour savoir que nous sommes parvenus à un stade où nous pouvons nous offrir nos rêves. Il n'est pas trop tard, nous avons l'âge idéal. Et pour finir, je pense vraiment que Sullivan adorerait grandir sur cette île, qu'elle le rendrait épanoui et heureux.

Puis, elle se tut, me laissant seul confronté au silence. Cette plaidoirie – ou ce réquisitoire, tout dépendait comment on se situait – m'avait poussé dans mes ultimes retranchements avant de m'achever. Moi, l'homme d'affaires à la réputation de rapace, j'étais vaincu par mon épouse, et par une défaite cinglante. Je déposai les armes et lui offris un sourire désarmant. Elle s'avança vers moi, m'enlaça, et dans mon dos j'entendis un murmure : un merci tendre et feutré.

Derrière la baie vitrée, la boule incandescente du soleil illuminait tout le séjour.

6

À la veille d'une décision difficile, on n'est jamais vraiment débarrassé du moindre doute. Mais une fois convaincu, l'angoisse se fait moins pesante. Parfois, elle disparaît presque, et on sait déjà que si on se trompe, les regrets se feront moins vifs. Car ce sont les regrets d'une erreur que nous craignons, davantage que les risques que nous prenons. À ce stade du cheminement, j'avais dépassé la phase de la crainte, et m'étais largement rallié à la philosophie d'Elizabeth. Son discours imparable avait dissipé en moi toute hésitation. Psychologiquement, je m'étais fait à l'idée d'habiter Paradise Island. Je me sentais prêt dans mon futur statut d'insulaire.

J'étais heureux, car soulagé. Le supplice était terminé, et donc la souffrance qui l'accompagnait. Devant les plus grandes bifurcations de l'existence, le pire est toujours de ne pas savoir. On est arrivé à un carrefour, on a devant soi plusieurs routes, mais laquelle emprunter ? On a terminé nos études : quelle grande école intégrer ? Vers quelle voie se diriger ? On aime une femme : doit-on l'épouser ? Est-ce le bon moment pour créer une société ? Lancer un produit sur le marché ? Quel que soit l'exemple qu'on prend, il y a toujours une part de risque, mais c'est justement celle-ci qui nous fait avancer, progresser, réaliser nos forces et nos faiblesses, et finalement changer. Certains appelleront peut-être cela un discours libéral, mais n'est-ce pas tout simplement un discours humain ?

Chez APS, ma bonne humeur était parfaitement visible. La matinée avait bien démarré. J'avais conduit Sullivan à l'école, puis j'étais repassé par la maison pour classer quelques papiers et surtout passer un coup de fil à Ralph Bogolan. J'avais mis l'ampli du téléphone pour qu'Elizabeth profite de notre conversation. Notre agent immobilier avait littéralement exulté lorsque nous lui avions fait part de notre décision d'acquérir une des villas de Richard Meier.

— Je savais qu'elle était pour vous ! avait-il hurlé dans l'appareil. Il ne pouvait pas en être autrement !

Bogolan coupa court à notre enthousiasme en nous annonçant qu'il devait la faire visiter à un autre couple en fin d'après-midi. Nous devions bien comprendre que face à un tel produit, il était inconcevable que nous soyons les seuls intéressés. Après quelques secondes, l'agent nous appris que ce couple avait déjà visité cette maison une semaine auparavant et revenait la voir pour se conforter dans leur décision, mais quelle serait leur décision ? Il n'en savait pas plus.

Il avait suffi de quelques nanosecondes pour que la crainte nous envahisse. Je pouvais même lire une certaine panique dans les yeux d'Elizabeth. Je perdis mon assurance légendaire et bredouillai quelques mots. Le matin même, j'hésitais encore, mais désormais, galvanisé par le discours de ma femme, et moi-même convaincus que nous étions faits pour habiter Paradise Island, il était impossible que cette maison nous échappe. C'est à ce moment précis, alors qu'il nous sentit en détresse, vulnérables, totalement à sa merci, que Ralph Bogolan sortit sa botte secrète :

— Écoutez, je sens votre impatience, j'ai une proposition à vous faire : ma visite est programmée pour 18 h. Dans ce cas, vous venez à l'agence à 15 h, vous signez la promesse de vente, et cela me laisse le temps de prévenir l'autre couple pour annuler leur visite.

Pour parvenir à un accord, il était vraiment prêt à utiliser toutes les armes de dissuasion possibles. Il n'était pas du tout certain que l'autre couple prendrait la maison, mais comment savoir ? Parfois, des clients hésitaient, avant de se décider au dernier moment. Bien sûr, le temps pressait, nous n'éprouvions pas le besoin de revoir la villa, nous avions encore présente à l'esprit chacune des pièces.

Je raccrochai le combiné en laissant échapper un immense soupir de soulagement. Manifestement, nous étions passés tout près de la catastrophe. Si nous n'avions pas téléphoné à Bogolan ce matin, nous n'aurions jamais su qu'une autre visite était prévue en soirée, et peut-être la villa ne serait restée qu'à l'état de rêve. Mais jusqu'à quel point tout cela était-il vrai ? Toutes ces tractations, ces manigances, ne ressemblaient-elles pas à une partie de poker ? Jusqu'où devait-on bluffer pour emporter la mise ?

Lorsque je poussai la porte de mon bureau une demi-heure plus tard, j'avertis aussitôt ma secrétaire que je n'étais là pour personne et que je quitterais APS tôt dans l'après-midi. Au moment où je croisai Rupert G. Masterton dans un couloir, je ne pus m'empêcher :

— Salut, RG… Au fait…

Alors qu'il avait une main posée sur la poignée de son bureau, il se tourna vers moi :

— Oui ?

— Merci pour l'agence. Ce Ralph Bogolan… il est vraiment très fort.

— Content de t'avoir rendu service, avoua-t-il avant de rejoindre ses dépendances.

Je n'avais pas la tête à mes dossiers. Mes pensées vagabondaient dans la maison de nos rêves. Je survolai les rapports et tableaux étalés devant moi. Les chiffres se mélangeaient, ma vue se brouillait. J'étais le commandant du navire APS, je savais que les décisions ultimes me revenaient, mais je savais aussi que celles-ci pouvaient attendre, comparées à celle que je devais prendre dans l'après-midi. Mes yeux ne cessaient de se poser sur la brochure consacrée à Paradise Island. J'en tournais les pages avec excitation et avidité. Savoir que j'allais devenir propriétaire d'un des joyaux de ce lieu avait ajouté à ces deux sentiments l'impatience.

Durant les quelques heures que je passai au bureau, je ne pris aucun appel. Je tentai vainement de me concentrer sur mon travail, mais rien n'y fit. Mon esprit était ailleurs, perdu au large de Westchester County, là où les îles avaient un goût de paradis.

Je quittai APS environ une demi-heure avant notre rendez-vous. Comme la première fois, je retrouvai Elizabeth chez Rizzoli. Elle me découvrit au rayon nouveauté, feuilletant le dernier Paul Auster. Je ne l'avais pas entendu arriver derrière moi ; aussi, et c'était là un de nos jeux favoris, elle me masqua les yeux avec ses paumes de mains. Quand je les rouvris, ce fut pour découvrir le cadrant de sa montre qu'elle exhibait devant mes prunelles. Il était trois heures moins cinq, et même si l'agence se situait à deux pas, nous devions nous y rendre sans plus attendre.

Nos deux cœurs palpitaient quand Ralph Bogolan nous fit entrer dans son bureau. Il arborait son sourire des grands jours, à mi-chemin entre les commissures doucereuses du dauphin et la mâchoire d'un grand blanc. Il s'apprêtait à réaliser une affaire de plus de sept millions de dollars. Lorsqu'on mesurait la marge que se prenait au passage Bogolan, on comprenait brusquement pourquoi à côté de ses stylos plume de luxe trônait une boîte de Monte-Cristo. Un simple coup d'œil me fit découvrir, posés devant l'agent, les promesses de vente déjà dactylographiées et préparées. Un Mont-Blanc au capuchon clinquant et cossu était posé en travers des exemplaires agrafés.

Avec la satisfaction d'un Bouddha, Bogolan se laissa engloutir dans l'épaisseur cocoonesque de son fauteuil de cuir, avant de nous fixer tous les deux, faisant aller et venir ses yeux pétillants de l'une à l'autre de ses proies. Car à cet instant précis, je réalisai cela pour la première fois : même quand l'homme le plus riche du monde vient signer pour l'achat d'un royaume, il n'en demeure pas moins à ce moment-là le jouet de son agent immobilier. J'avais redouté cette phase de l'opération, mais bien que la désirant ardemment, je trouvais cette rencontre incontournable particulièrement désagréable.

— Alors ? fit-il, brisant solennellement le silence, aucun regret ?

Je tournai la tête vers Elizabeth, qui me lança un regard rassurant, comme pour me donner sa permission.

— Aucun, répondis-je d'une voix assurée.

Avec le même œil malicieux, Bogolan poursuivit :

— Vous allez peut-être trouver mon discours démagogique, mais… je vous envie. J'aimerais tellement être à votre place, vivre ce moment unique. L'acquisition d'une villa conçue par Son Altesse Richard Meier…

Il leva les yeux au plafond en soupirant de ravissement. Était-il réellement sincère ? Son numéro était-il parfaitement rôdé ? À cet instant fatidique, comment pouvions-nous en être sûrs ? Sans plus attendre, il prit un exemplaire de la promesse de vente et la poussa vers nous. De l'autre main, il nous tendit un stylo bille au design raffiné.

— Je dois vous préciser que vous avez une semaine pour vous rétracter, mais je ne pense pas que ce sera nécessaire ! lança-t-il en nous offrant le panorama de sa dentition carnassière.

À l'instant où la pointe du stylo traça le premier paraphe dans la marge de la première page, et ensuite sur celle de toutes les autres pages, et ce jusqu'à la signature finale, j'eus le sentiment que nous étions en train de commettre une irréparable erreur. Cette sensation ne me quitta plus jusqu'à ce que nous sortions de l'immeuble. Mon enthousiasme avait disparu. Une fois dans la rue, Elizabeth me demanda même si je me sentais bien.

7

Dans l'opération d'un achat immobilier, une seconde période de doute, peut-être encore plus douloureuse que la première, survient justement après la signature de la promesse de vente.

La réglementation stipule que l'acheteur, tout comme le vendeur, ne bénéficie que de quelques jours pour revenir sur sa décision. Ce court délai peut avoir diverses résonances : ou l'impatience d'arriver au bout pour réaliser pleinement l'acquisition de son bien (c'est d'ailleurs ce qui se produit la plupart du temps), ou un long chapelet de journées interminables pendant lesquelles les mêmes paramètres sont inlassablement passés en revue jusqu'à épuisement. Dans ces cas, fort heureusement plus rares, des questions bien répertoriées reviennent indéfiniment : cet endroit est-il vraiment fait pour nous ? Va-t-on pouvoir s'y habituer ? Ne va-t-on pas se lasser trop vite ? Aurons-nous les finances nécessaires pour tenir la distance à ce rythme pendant tant d'années ?

Dans notre situation, nous étions finalement entre les deux : ni remplis d'un enthousiasme démesuré, ni assaillis par le doute. À vrai dire, nous semblions avancer dans un épais brouillard, dont le nuage se serait miraculeusement dissipé la semaine suivante. Pour être tout à fait sincère, je crois qu'Elizabeth comme moi étions très heureux à la perspective d'appartenir à la communauté des insulaires de Paradise Island, même si quelques doutes passagers planaient encore au-dessus de nos esprits.

En fait, dès le lendemain, nous replongeâmes à fond dans nos activités respectives, allant jusqu'à oublier l'échéance qui nous attendait quelques jours plus tard.

Elizabeth repartit avec une énergie peu commune à la poursuite des personnages créés par Anthony Burdell. La traduction de son dernier thriller, *Le Sacrifice d'Abraham*, lui donnait du fil à retordre. Outre la langue de l'auteur à restituer avec une extrême fidélité, elle devait également réunir une documentation importante sur les réseaux terroristes du Proche-Orient. Bien évidemment, mon épouse suivait l'actualité comme tout le monde, mais elle ne s'était jamais passionnée plus que ça pour l'évolution géopolitique de notre planète. Elle passait donc de nombreuses heures à explorer des sites spécialisés sur Internet, et ses recherches l'aidaient dans la composition du background des personnages.

En ce qui me concerne, je débordais d'une vitalité à toute épreuve. J'accumulais rendez-vous et réunions, redoublant de projets pour orienter APS vers de nouvelles technologies. Grâce à mes coéquipiers favoris, Bob Harrison et Rupert Masterton, j'allais donner à la société une dimension qu'elle n'avait jamais eue jusqu'ici, un espace encore inconnu. Je partais le matin très tôt et rentrais tard. Les jours qui suivirent furent donc marqués par une débauche d'énergie au bureau conjuguée aux premières fortes chaleurs de ce début d'été.

Quant à notre fils, il terminait avec succès sa première année de collège. Il s'était bien acclimaté à cet univers, se sentant parfaitement à son aise dans ce nouvel environnement scolaire. Bien sûr, tout serait à refaire dès la rentrée pour sa seconde année. Même si nous n'en n'avions pas encore parlé directement avec lui, il nous avait entendu évoquer nos recherches immobilières depuis des semaines. Nous ne nous n'étions pas cachés non plus pour mentionner le nom de Paradise Island. Il avait même feuilleté la brochure consacrée à l'île qui avait trôné plusieurs jours sur la table basse du salon.

Un soir, Sullivan avait abordé le sujet alors que j'étais entré dans sa chambre pour lui demander si sa journée s'était bien passée :

— Dis, Papa, on va vraiment déménager ?

Pris au dépourvu, je n'avais pu que dire la vérité, ce qui finalement s'était avéré une chose plutôt positive :

— Je crois bien que oui… Ça t'embêterait beaucoup de quitter cet endroit ?

En fait, j'apparus instantanément plus gêné que lui. Ce fut lui qui m'aida par sa franchise directe à effacer en moi toute culpabilité :

— Oh, ici ou ailleurs, il faut bien habiter quelque part. Et puis, en général, quand on quitte un endroit, c'est pour en habiter un autre qui nous convient mieux, non ?

— En général, oui, répondis-je, désarmé par autant de simplicité et de justesse sortant de la bouche d'un enfant de onze ans.

Je réalisai brusquement combien j'étais fier de mon fils, de son analyse d'une situation qui en apparence concernait plutôt le monde des adultes.

Je grimaçai à l'idée de présenter le problème que pouvait représenter le fait qu'il s'agissait d'une île. Cet infime changement dans mon comportement n'échappa pas à mon garçon :

— Y'a un souci ?

— C'est que… Ce n'est pas un endroit comme un autre…

Là encore, il mit fin à mon appréhension dans la seconde qui suivit :

— Oui, je sais, c'est une île. Justement, c'est plutôt intéressant.

On s'angoisse toujours pour nos enfants, alors qu'ils détiennent bien souvent les réponses à nos propres questions. Il suffit seulement parfois de les interroger, au lieu de les tenir délibérément en dehors de nos problèmes « dits d'adultes ».

Pourtant, n'étant pas tout à fait certain qu'il mesurait la portée de ce que j'étais en train de lui expliquer, je persistai :

— Ce que je veux dire, Sullivan, c'est que ça n'a plus rien à voir avec New York. Ça signifie que tu iras forcément au collège là-bas, tu auras de nouveaux professeurs, de nouveaux camarades de classe, un nouvel environnement, une nouvelle maison, rien de ce que tu as connu auparavant…

— Papa, m'interrompit-il, je viens de te dire que je trouvais ça bien. J'ai regardé le magazine : s'il s'agit bien de Paradise Island, alors, je crois que ça va être formidable ! Dis-moi, tu veux bien m'aider pour ma leçon de maths ?

Désarçonné mais soulagé, je m'attelai alors à la résolution d'un colossal problème d'algèbre, une histoire de voitures de course roulant à des vitesses différentes sur un circuit de Formule 1.

La veille du septième jour, je rentrai du bureau épuisé. J'avais conclu la signature de contrats essentiels pour l'avenir d'APS. Pour la première fois depuis les premières heures de la matinée, ce qui me sembla une éternité, notre future villa entièrement conçue par Richard Meier creva la surface de ma mémoire, telle une truite exécutant un saut dans l'eau limpide et étale d'un lac d'Écosse.

Plus que quelques heures, et elle nous appartiendrait, réalisai-je subitement. Nous allions changer de lieu, de décor, tout simplement de vie. Vers quoi allions-nous ? Nous l'ignorions encore.

— À quoi penses-tu ? me lança Elizabeth.

— À notre «île au trésor». Demain matin, nous serons propriétaires. Les jeux sont faits. Impossible de faire marche arrière.

— Pourquoi veux-tu faire marche arrière ? Tu as peur de quelque chose ?

— Je ne sais pas... C'est une décision plutôt lourde, non ?

— Moi, je pense au contraire que c'est une chance d'habiter cette maison. Ce Ralph Bogolan est peut-être rusé, mais il est surtout très bon, et si demain nous emménageons dans ce temple, ce sera tout de même grâce à lui.

Les raisons du choix de cette maison ne cessaient de me hanter. Je me repassais mentalement la scène de notre premier entretien dans l'agence, lorsqu'il nous avait parlé pour la première fois de Paradise Island, presque à mots couverts, comme une information à ne pas divulguer.

C'était donc l'île qui choisissait ses habitants, et non le contraire. Pourquoi avions-nous succombé si rapidement ? Si facilement ? Et puis, il y avait cette villa de Richard Meier. Une fois qu'on l'avait vue, c'était impossible de l'oublier. Tant de splendeur, tant de pureté, tant de beauté naturelle et d'enchantement dans ce lieu. Comment revenir ensuite à Manhattan, dans cet océan de buildings, parmi ces entrelacs de béton ?

— Tu sembles inquiet, me lança Elizabeth. Tu as des doutes ?

— Non, je pense que ça ira, qu'on sera très heureux, mais on ne se fait pas toujours facilement à l'idée qu'on va vivre ailleurs. Tout cela est tout de même arrivé très vite, tu ne crois pas ?

— On voulait déménager. C'est bien ce qu'on voulait, non ?

— Oui, c'est vrai… marmonnai-je, évasif. Tu as sans doute raison. C'est au moment de quitter cet appartement que je m'aperçois que je l'aimais bien. Et puis, je ne pensais pas forcément à un endroit comme celui-ci… à cette île.

Tout s'accéléra dans les jours suivants. Nous pouvions occuper la villa de Paradise Island quand bon nous semblerait, mais pour cela, nous devions avant tout organiser notre déménagement.

Ralph Bogolan me suggéra une entreprise sérieuse et efficace, Cobalt Company. Lorsque je les contactai, je m'aperçus qu'il les avait déjà prévenus de mon futur appel. Je n'étais donc déjà plus un inconnu chez eux.

Ils trouvèrent rapidement une date : si nous le souhaitions, nous pouvions quitter New York d'ici une dizaine de jours. Cobalt Company se chargeait de tout. Nous choisîmes l'option confort : l'entreprise venait chez nous et s'occupait elle-même, en respectant nos directives, de tout mettre en carton.

Laura Levine se chargea des modifications administratives de rigueur. Je lui fournis toutes les coordonnées dont elle avait besoin, et elle prévint elle-même les organismes (impôts, banques, abonnements divers allant d'Internet à toutes sortes de magazines). La liste était interminable. Une fois de plus, ma secrétaire s'acquitta de cette tâche avec dévouement et professionnalisme, m'évitant cette corvée inhérente à tout déménagement.

Conformément à nos dispositions, quatre employés de chez Cobalt Company se présentèrent chez nous un matin, munis du matériel indispensable à leur tâche : cartons de tous formats, rouleaux de chatterton, boîtes en polystyrène, papier protecteur, autant d'armes redoutables au service de cette équipe surentraînée. Lorsqu'ils quittèrent l'appartement le lendemain en fin d'après-midi, les pièces et la cave étaient vides. Tout était empaqueté, prêt, à destination de notre nouvelle vie.

8

Nous emménageâmes à Paradise Island le lundi 3 juillet, veille de la fête nationale.

Cobalt Company avait orchestré les opérations avec une précision militaire. Rien n'avait été laissé au hasard. L'équipe – la même qui nous avait aidés à tout mettre en carton – était déjà à pied d'œuvre lorsque nous garâmes la voiture devant la villa. Nous leur avions laissé un double des clés de notre future demeure, ce qui avait permis de gagner du temps.

Lorsque très tôt dans la matinée nous nous engageâmes sur la passerelle du ferry, le bien nommé *Seagull of the Dreams*, quel ne fut pas notre étonnement de constater que trois camions de la Cobalt se trouvaient à bord. Nous comprîmes alors que la compagnie avait passé des accords très étroits avec l'agence immobilière ayant en charge le peuplement de l'île. Nous étions au début de l'été, la pleine période des mutations professionnelles et des changements d'orientation. Je réalisai alors que nous n'étions sans doute pas les seuls à être passés entre les mains de Ralph Bogolan.

Sur le pont du ferry, plusieurs familles s'étaient agglutinées contre la rambarde. Des enfants trépignaient d'impatience sous le regard amusé de leurs parents, nos futurs voisins, peut-être. Je remarquai un grand type au front un peu dégarni qui portait un blouson rouge. À ses côtés, une femme brune à l'allure sportive avait posé sa main sur son bras. Ils encadraient un garçon et une fille d'un âge proche de celui de Sullivan. À un moment, l'homme se tourna vers moi et m'adressa un signe de tête. Je ne l'avais jamais vu, je ne le connaissais pas ; je considérai donc cette marque de politesse pour ce qu'elle était sensée représenter : une sorte de code de complicité entre de nouveaux arrivants. Nos familles intégraient l'île ce même jour, nous allions faire partie de cette communauté. Il me sembla que la femme aussi m'adressa un sourire, mais avec le soleil je ne pus dire s'il m'était vraiment destiné.

À leurs côtés se tenait un autre couple : un homme brun de taille moyenne vêtu d'une veste bleu ciel et une femme blonde à l'élégance princière dans une robe blanche échancrée. Devant eux, un garçon d'une dizaine d'années était accoudé à la rambarde, le regard tourné vers l'embarcadère qui se profilait au loin. Contrairement au premier couple, ils ne remarquèrent pas notre présence, paraissant totalement absorbés par la magie du lieu.

À cette heure matinale, et dans ce sens du passage – du continent à l'île – le ferry était presque vide. Hormis les camions de la Cobalt et quelques véhicules de particuliers, dont une dizaine de 4X4 dernier cri, nous n'étions finalement que très peu à entreprendre la traversée.

Tout en observant la rive s'approcher, je réalisai soudainement que cela ne faisait que la deuxième fois que nous nous rendions sur l'île, car en dehors de notre visite avec Ralph Bogolan, nous n'y étions jamais retournés depuis.

Lorsque notre Chevrolet quitta le *Seagull* pour s'engager sur le débarcadère, il n'était pas encore 9 h du matin. L'air était déjà chaud et la végétation se débarrassait de ses dernières gouttes de rosée. Pour la seconde fois, nous passâmes sous la pancarte *Welcome to Paradise Island*. Dans le rétroviseur, je jetai un œil à Sullivan sur la banquette arrière : il contemplait le paysage, attentif. À mes côtés, Elizabeth me souriait, l'air paisible. Quant à moi, pour la première fois depuis longtemps, je me sentais heureux. Tous mes doutes quant à notre nouvelle habitation s'étaient brusquement dissipés. J'avais pris mes distances avec APS, une semaine de vacances, le temps de l'installation et de nos premiers repérages. Néanmoins, mon équipe de « très proches » – Terence Bishop, Rupert Masterton, Bob Harrison, et bien sûr Laura Levine – savait que j'étais parfaitement joignable à tout moment, surtout après la signature d'une série de contrats particulièrement juteux.

Les hommes de chez Cobalt firent preuve de la même efficacité que lors de notre déménagement. Lorsque nous franchîmes le seuil de notre villa, les quatre silhouettes vêtues de combinaisons bleues étaient déjà lancées dans un ballet virevoltant. Meubles, fauteuils, appareils électroménagers, rien ne semblait résister à leur infatigable énergie. Ils suivirent nos instructions à la lettre, transportant l'un après l'autre les lourds cartons avec la discipline instinctive de fourmis soldats. Ils ne s'octroyèrent que peu de pauses, ne s'échappant de la villa que quelques instants pour manger un biscuit ou avaler deux trois gorgées d'une boîte de Coca-Cola.

Vers 11 h du matin, le véhicule de la Cobalt Company était vide. Les appareils les plus volumineux – lave-linge, sèche-linge, lave-vaisselle, réfrigérateur, congélateur… – étaient installés et branchés, prêts à fonctionner. Plusieurs cartons étaient déjà déballés, certaines affaires rangées. Nous nous retrouvâmes tous les trois sur le perron, adressant des signes au camion qui s'éloignait. Nous avions l'air perdu, semblables à trois astronautes à peine débarqués sur une planète inconnue.

Sullivan découvrait la maison pour la première fois, mais notre sentiment à Elizabeth et moi n'était pas si éloigné du sien. Nous le suivions dans chaque pièce, comme lui le nez en l'air, impressionnés par la hauteur de plafond démesurée. Cet espace infini, prolongé par les immenses baies vitrées, ouvert sur la piscine extérieure, paraissait irréel, extrait d'un univers fantasmagorique né sous le trait d'un peintre à l'imagination particulièrement débridée.

Sullivan courait d'une salle à l'autre, bouche bée et le souffle coupé.

— Tout ça pour nous ? Mais c'est beaucoup trop grand !

Ses premières paroles nous firent rire aux éclats, et sa gaieté enfantine balaya nos craintes.

En arpentant la terrasse, je remarquai un autre camion de la Cobalt garé plus bas, sur la corniche inférieure. Une autre famille s'installait dans une villa semblable à la nôtre. Je reconnus le premier couple aperçu sur le ferry : le grand type un peu dégarni au blouson rouge, sa femme et leurs deux enfants. Tous les quatre entraient dans leur maison, précédés et suivis par les déménageurs. C'était donc le grand jour des arrivées, pensai-je. Combien de familles avaient choisi ce lundi 3 juillet pour investir les terres de cette île paradisiaque ?

Elizabeth, à qui n'échappait jamais un détail technique – sans doute un défaut professionnel dû à la lecture assidue de thrillers – sortit du coffre de la Chevrolet notre superbe glacière isotherme. Il était l'heure du déjeuner, et nous avions tous un début de fringale. Ma Française préférée nous avait préparé des sandwiches aussi énormes qu'appétissants. Du thé glacé, des fruits et un cheese-cake vinrent agrémenter ce festin.

Après la pause repas, Sullivan se retira dans ce qui allait devenir sa chambre. Avec un plaisir non dissimulé, il y achemina l'un après l'autre ses cartons de jeux. Il prit tout son temps pour installer ses livres et ses dinosaures dans les armoires encastrées aux étagères vides. On le sentait manifestement heureux d'avoir pris possession de son territoire.

Elizabeth commença à installer des vêtements dans les placards des chambres. Ensuite, elle s'occupa des ustensiles de cuisine tandis que je m'attelai au rangement de la remise, une mission ardue et pénible. Nos activités respectives nous emmenèrent jusqu'à une heure avancée de la soirée. Il était presque 8 h du soir quand je jetai un œil à ma montre. Je proposai de sillonner l'île en quête d'un restaurant ; ma suggestion fut aussitôt approuvée à l'unanimité.

Quelques minutes plus tard, la Chevrolet serpentait parmi les villas nées du cerveau créatif de Richard Meier. Le cercle incandescent du soleil irisait l'horizon, peinturlurant le ciel de lavis éclatants. L'été resplendissait.

D'instinct, la voiture descendit vers le rivage. Un petit port artificiel avait été recréé au nord de l'île. Boutiques et restaurants se succédaient comme si nous nous étions trouvés dans n'importe quelle *marina*. Lorsque je reclaquai la portière et regardai autour de moi, j'eus un court instant l'impression de stationner sur un quai de Cape Cod. Si un chalutier avait fait irruption dans le port à ce moment-là, l'illusion aurait été parfaite.

Nous nous attablâmes en terrasse d'une trattoria. Sullivan opta pour sa traditionnelle pizza ; Elizabeth et moi nous laissâmes tenter par une assiette de *fettuccine alla romana*. Je commandai une bouteille de Chianti pour arroser notre arrivée. À défaut de soda, mais ceci me rendait extrêmement fier, notre fils choisit une bouteille d'eau minérale. Depuis ses premières années, je n'avais cessé de faire la guerre à ces boissons gazeuses, et à présent constatai avec satisfaction que ce combat commençait à payer.

Le serveur, un imposant quadragénaire jovial et rondouillard, se permit même de modifier légèrement notre commande de boissons :

— Il y a mieux qu'une bouteille d'eau minérale, il y a l'eau de Paradise Island. Si vous ne la connaissez pas, il faut absolument la goûter. C'est une vraie fontaine de jouvence !

Devant le ton euphorique et convaincant de notre serveur, tout refus semblait impossible, et Sullivan se rallia sur le champ à la cause de son goûteur d'eau.

Elizabeth posa doucement sa main sur la mienne tandis que je dessinai des traits invisibles sur la nappe avec la pointe de mon couteau. Malgré la fatigue, elle paraissait rassurée et détendue. Je lui souris, me laissant submerger par cet instant de bonheur.

Nos plats ne tardèrent pas à arriver, précédés par le Chianti et l'eau aux vertus prétendument bienfaisantes.

Assoiffé, Sullivan s'en versa aussitôt un verre. Ses yeux s'écarquillèrent, un sourire immense transcenda son visage :

— Elle est drôlement bonne ! s'exclama-t-il. Elle a un goût légèrement…

— Sucré, conclut le garçon qui déposa sur notre table sel, poivre et condiments. C'est ce que tout le monde dit, et c'est vrai. Elle est même recommandée par tous les médecins de la région.

Elizabeth et moi la goûtâmes dans la foulée. Ce n'était pas une impression, elle était fameuse.

— Dans notre supermarché, le rayon d'eau minérale est le seul qui n'est jamais en rupture de stock ! s'esclaffa le serveur en repartant vers les cuisines.

En le suivant des yeux, je remarquai qu'à l'intérieur du restaurant était également attablée la famille aux deux enfants, rencontrée une première fois sur le ferry, puis entraperçue depuis la terrasse de notre villa. Une seconde, j'eus la crainte d'une trop grande promiscuité, mais je chassai aussitôt cette idée du paysage idyllique que nous avions devant les yeux. Nous venions d'arriver dans ce coin de paradis, pensai-je, et rien ne devait venir gâcher cet instant magique.

9

Une première nuit passée dans un lieu qu'on s'apprête à habiter pendant plusieurs années est une expérience insolite. On prend ses repères avec difficulté, tout en sachant que dans quelques mois ceux-ci nous seront si familiers qu'on pourra facilement s'imaginer les avoir occupés depuis toujours.

À notre retour du restaurant, Sullivan s'endormit tout de suite. Quant à nous, nous prîmes un café dans notre nouvelle cuisine encore encombrée de paquets non déballés. Notre machine Nespresso n'avait rien perdu de son efficacité, et elle nous livra en un temps record deux tasses d'un formidable *arabica* colombien.

Nous emportâmes nos tasses et vînmes nous installer dans un des salons, confortablement installés dans de larges canapés blancs, allongés derrière les baies vitrées qui donnaient sur la piscine. La lune se découpait dans le haut de la fenêtre, éclairant de son halo la surface de l'eau.

À cet instant précis, j'eus le sentiment que nous étions merveilleusement bien, à la veille d'une nouvelle existence. Cette maison allait nous coûter les yeux de la tête, mais nous nous sentions en totale harmonie avec le décor. Brusquement, l'avenir n'avait plus d'importance, seul le présent nous concernait.

— J'aime cet endroit, ce calme, cette sérénité. Je crois que nous avons enfin trouvé le bonheur, murmurai-je dans la chevelure d'Elizabeth.

— La frénésie de Manhattan paraît si lointaine, ajouta-t-elle. C'est vrai qu'on se sent bien ici. J'ai l'impression d'être… à l'abri. C'est si bon.

Puis, progressivement, je sentis la fatigue de la journée m'envahir doucement. Je ne tentai même pas d'y résister. Mes paupières s'alourdirent. J'essayais de les maintenir un tant soit peu ouvertes, ne serait-ce que pour profiter encore du spectacle de la lune, mais l'épuisement s'avéra trop grand : je me laissai finalement envahir par le sommeil.

Au matin, ce fut l'arôme d'un café chaud et corsé qui me réveilla. Je m'étais endormi dans le salon mais ouvris un œil dans la chambre. J'avais dû regagner nos quartiers dans la nuit, mais je n'en avais aucun souvenir. Un simple regard à ma montre m'indiqua qu'il était presque 10 h. J'avais dormi longtemps. Je me passai les mains sur le visage, frottai ma barbe naissante du bout des ongles, émergeant enfin d'un long tunnel de solitude et d'inquiétude. Ce matin-là, je me sentais fort et entouré. J'étais prêt à affronter cette nouvelle vie et à repartir de plus belle.

Nous étions le 4 juillet. Nous n'avions rien prévu de particulier, si ce n'est de partir à la conquête de l'île pour en commencer l'exploration.

En ce jour de célébration patriotique, le centre commercial de Paradise Island, Sunny Store, était bien évidemment fermé. Mais au vu de sa superficie et de la grandeur du parking, nous pouvions facilement estimer qu'il était gigantesque.

Notre circuit en voiture nous conduisit jusqu'à la vallée réservée aux activités sportives. Le complexe multisports et le centre aquatique étaient ouverts, et déjà abondamment fréquentés en cette fin de matinée. Les cris des enfants qui s'élançaient sur les plongeoirs et dans les toboggans nous faisaient entrevoir pour la première fois la population insulaire. Elle paraissait jeune, joyeuse et insouciante.

Non loin du parc aquatique, tous les courts de tennis étaient occupés. Des hommes et des femmes, plutôt trentenaires et quadragénaires, blancs pour la plupart, échangeaient des balles en même temps que des marques de courtoisie. Curieusement, l'image d'un zoo humain me vint à l'esprit : si d'aventure notre race devait un jour disparaître, alors en ce lieu seraient conservés avec précaution le dernier spécimen du genre : le *yuppie* new-yorkais apparu au cours des deux dernières décennies du vingtième siècle.

Un « ghetto pour riches ». L'expression me vint à l'esprit pendant que la Chevrolet serpentait vers le parc réservé aux loisirs. Des images extraites de films de science-fiction des années 70 jaillissaient du passé. Je revoyais *Mondwest*, avec Yul Brynner déambulant en cow-boy dans Délos, une cité futuriste, vouée aux divertissements, qui avait succombé au chaos de l'anarchie et du meurtre. Je me repassais également les images de *THX 1138*, où Robert Duvall, crâne rasé et combinaison blanche, tentait d'échapper par tous les moyens à la dictature sans pitié d'une pensée unique.

Je replongeais dans *Zardoz*, cette épopée de John Boorman où Sean Connery, vêtu de bottes, d'une cartouchière, d'un slip écarlate et muni d'un revolver au pouvoir destructeur, amenait la mort dans une société décadente accrochée à sa survie. Puis, j'entrevoyais *Rollerball*, ce chef-d'œuvre de l'anticipation qui m'avait tant impressionné pendant mon enfance, avec cette scène insolite où des représentants de la haute société, femmes en robes du soir et hommes en smoking, sortent dans la campagne au cours d'une *party* pour enflammer des peupliers à l'aide d'un étrange pistolet-bazooka.

Je revisitais mentalement ces classiques de mon adolescence. Mon sourire, pourtant discret, n'échappa pas à Elizabeth :

— À quoi penses-tu ?

— J'étais parti loin, des années en arrière, lorsque je hantais les salles obscures de Manhattan.

— C'est cette île…

— Oui, son décor me rappelle certains films…

Elizabeth était sans doute persuadée que je pensais seulement à la végétation, et non aux idées réveillées par cet endroit.

Je savais très bien mentir. Cela faisait même partie de mon métier. Je ne m'imaginais pas un seul instant avouer à Elizabeth que Paradise Island me faisait penser aux angoisses cinématographiques, inspirées par le fantastique et la science-fiction, qui avaient bercé mes premières années.

Un « ghetto pour riches ». L'expression un peu radicale ne me quittait pas. Pourtant, j'essayais de la chasser par différents moyens. L'univers cosmopolite de New York allait sans doute me manquer dans les premiers temps, mais je me raccrochais à d'autres arguments : cette villa de rêve, cette profusion illimitée d'activités à nos portes, et le décor idyllique de cette île qui lui donnait son nom.

Le parc consacré aux loisirs était proprement gigantesque. Une dizaine de salles de cinéma étaient alignées les unes à côté des autres, à la manière des chambres d'un motel bordant la Route 66. Le choix était très large, allant des dernières productions des grands studios aux œuvres totalement indépendantes. Deux salles offraient même la possibilité de découvrir ou de revoir des classiques étrangers. Leurs affiches annonçaient le *Vampyr* de Carl Dreyer et *L'année dernière à Marienbad* d'Alain Resnais. J'étais dérouté par cette programmation : qui aurait pu s'attendre à trouver sur cette île un tel panel de la culture cinéphilique ?

Enfin, notre Chevrolet nous emmena jusqu'au domaine suivant, celui de la vie scolaire. En fait, il s'agissait d'un véritable campus offrant toutes les commodités, de la crèche au collège. À partir du lycée, les promoteurs avaient estimé que les enfants, devenus adolescents, pouvaient emprunter la navette jusqu'au ferry pour se rendre sur le continent afin de rejoindre leur établissement.

Bien sûr, le collège où allait se rendre Sullivan dès la rentrée était désert, mais il pouvait en apercevoir les infrastructures à travers la grille. Il resta un long moment devant le portail, à tenter d'entrevoir des bribes d'un avenir qui lui semblait encore flou.

Finalement, nous décidâmes de faire demi-tour pour revenir chez nous. La fatigue de l'emménagement se faisait sentir. En fait, nous avions hâte de nous retrouver au frais et à l'abri dans notre domaine.

Nous franchîmes rapidement les différentes vallées.

Devant la maison, je garai la Chevrolet derrière une jeep militaire. À qui pouvait bien appartenir cette antiquité ?

Je ne cessai de m'interroger sur la nature du propriétaire de cet engin lorsque, dans le rétroviseur, je vis débouler de l'angle de la villa un homme d'une cinquantaine d'années, avec une salopette bleu pétrole et une casquette à l'effigie des Giants. Il tenait une gourde métallique, ou plutôt un thermos.

Il s'avança vers moi, d'une démarche déhanchée, alors que nous sortions tous les trois de la Chevrolet. En guise de salut, il releva la visière de sa casquette de son index.

— Bonjour M'sieur Dame, et bonjour à toi aussi, mon grand ! ajouta-t-il en découvrant notre fils qui descendait du véhicule.

— Bonjour Monsieur, répondit Sullivan.

— Mon nom est Steve Jones. Sur cette île, je suis un peu l'homme à tout faire, le « factotum », comme ils disent. Quand vous avez un truc qui ne va pas, il suffit de m'appeler. Si je suis dans les parages à ce moment-là, j'arrive tout de suite !

Il sortit une carte de visite de sa poche de chemise et me la tendit. Je la parcourus brièvement. Je ne m'attardai pas, mais je vis qu'il était effectivement écrit *Steve Jones – responsable technique de Paradise Island.* Pendant que j'inspectais le bristol, il dévissa le bouchon de son thermos et avala quelques gorgées.

— Vous savez, c'était juste une visite de courtoisie, pour voir si vous ne manquiez de rien ! Je sais que vous venez de vous installer. Donc, je voulais constater par moi-même que tout se passait bien.

Le côté truculent et spontané du personnage me plaisait. Je sus immédiatement que si un jour je devais parler de l'île avec quelqu'un, et par conséquent apprendre des choses, ce serait forcément par le biais de ce personnage.

Puis, à brûle-pourpoint, il nous demanda :

— Vous connaissez Monsieur Perry ?

Elizabeth et moi nous regardâmes, interloqués.

— Adrian Perry ?

— Non, désolé, confessai-je.

— C'est mon responsable. C'est lui qui supervise le bon fonctionnement de toutes les résidences de l'île, appartements et maisons. Il a pour habitude de recevoir toutes les nouvelles familles de résidents, mais cette fois il est débordé et n'a pas encore eu le temps de le faire. Ne vous offusquez pas, il va bientôt vous rendre visite. Il sera ravi de faire votre connaissance !

Son côté « serviteur zélé » était plutôt amusant, quoiqu'en légère contradiction avec le personnage.

— En fait, je faisais le tour de la maison pour savoir si vous étiez de l'autre côté… J'espère que vous ne m'en voulez pas trop.

Je le rassurai sur ce fait, l'invitant même à revenir quand bon lui semblerait.

Il nous salua en soulevant la visière de sa casquette avec l'index, puis remonta dans sa jeep.

Je suivis un moment du regard le véhicule qui serpentait au bas de la vallée. À coup sûr, nous n'allions pas tarder à revoir ce Steve Jones.

10

Notre emménagement ne nécessitait pas de travaux, mais un minimum d'arrangement et de décoration d'intérieur inhérente à toute occupation des lieux. Durant ces quelques jours de congé, je me sentais comme en vacances.

Je commençais à m'habituer à mon existence future sur l'île, et à cette maison qui, quelle que soit la pièce où je me trouvais, me donnait l'impression de jouer au milliardaire.

Elizabeth s'était accordée un break dans la traduction du roman d'Anthony Burdell. En matière d'aménagement – ou plutôt d'embellissement devrais-je dire – ce qu'elle réussissait à faire avec parfois très peu de choses à sa disposition relevait souvent du prodige.

Quant à Sullivan, il prenait ses marques. Il passait beaucoup de temps à installer ses affaires, à leur donner une place qu'il considérait comme définitive, avant de se livrer à toutes sortes de modifications l'heure suivante. Il passait également de nombreuses heures sur sa bicyclette autour de la maison, et d'une façon plus générale autour des villas avoisinantes.

Dans le courant de la semaine, nous découvrîmes aussi le Sunny Store, la gigantesque grande surface qui approvisionnait tous les insulaires. Ce temple du consumérisme trônait au centre de la vallée, avec des allées larges comme des boulevards et des centaines de rampes de néons.

À l'intérieur, des montagnes de denrées et de biens s'amoncelaient en tête de gondole, comme pour rassurer les habitants de Paradise Island et les conforter dans l'idée que cette île était un lieu parfaitement adapté à leurs besoins disproportionnés. Cette quantité démesurée était là pour entretenir l'idée d'un confort qui ne viendrait jamais à manquer.

Lors de notre première incursion au Sunny, je suivis Sullivan des yeux. Je le voyais comme un conquistador découvrant un Eldorado de jouets, de paquets de céréales, de boîtes de gâteaux, de barres chocolatées et de sodas en tous genres. Étant donné que nous emménagions, nous avions absolument tout à acheter. Elizabeth et moi avions rempli chacun un caddie, et les deux débordaient quand nous passâmes en caisse. Au moment de charger le contenu des chariots dans le coffre de la voiture, je me dis que pour la prochaine fois j'allais revenir à ce que nous faisions depuis des années : la livraison à domicile, avec commandes prises par Internet.

Une demi heure plus tard, j'étais en train de sortir le dernier sac de la Chevrolet quand j'aperçus la silhouette d'un homme cravaté, vêtu d'une superbe veste vert émeraude, s'approcher de notre villa. Je remarquai que sa voiture était garée un peu plus bas. En fait, il n'eut nul besoin de se présenter, car je savais déjà de qui il s'agissait.

Il me gratifia d'un large sourire à la Ralph Bogolan et me tendit une main énergique :

— Mr Blake, enchanté de faire votre connaissance ! Adrian Perry !

Je déposai le sac à mes pieds pour lui rendre sa poignée de main et son sourire.

— Moi de même.

J'étais plus surpris qu'embarrassé. Machinalement, je jetai un œil vers l'entrée de notre villa, mais Elizabeth et Sullivan étaient déjà à l'intérieur. Mon interlocuteur profita de cette pause déstabilisatrice pour enchaîner :

— Je devais passer vous voir à votre arrivée. Malheureusement, notre calendrier extrêmement chargé m'en a empêché. Je suis sincèrement désolé d'avoir traîné.

— Ne le soyez pas : notre installation n'a posé aucun problème, et comme vous pouvez le voir – je lui montrai mon dernier sac de courses – nous avons commencé à prendre nos repères. Un certain Steve Jones est venu nous rendre visite !

— Ah, Steve… C'est un personnage…

Adrian Perry cherchait les mots en souriant :

— Haut en couleurs, lui soufflai-je.

— Oui, on peut dire les choses ainsi. C'est assez exact. Il travaille pour nous. C'est un élément incontournable de notre agence.

Je sentis un moment d'hésitation chez notre visiteur, ou plutôt un moment d'attente. Je saisis alors l'occasion :

— J'ignore si vous êtes pressé, mais… un café, ça vous dirait ?

À cette phrase magique, son sourire généreux s'élargit davantage.

Quelques minutes plus tard, Adrian Perry, Elizabeth et moi étions confortablement installés près de la piscine, sur de larges sofas blancs, en harmonie avec le décor de la maison. À notre demande, Sullivan était venu saluer notre hôte avant de repartir dans sa chambre disputer une partie d'échecs sur son ordinateur.

Succombant à la chaleur, Mr Perry avait quitté sa veste. Il arborait une chemise blanche éclatante, agrémentée d'une cravate turquoise des plus élégantes. Il promena un regard contemplatif sur la façade avant de nous regarder tous les deux :

— Quelle chance vous avez d'habiter ici ! Je ne sais pas si vous la mesurez…

Je sentis Elizabeth me prendre la main.

— Nous sommes là depuis lundi, et je crois que nous n'avons pas encore réalisé, déclara-t-elle d'une façon presque solennelle.

— C'est bien une chance, Mme Blake, je vous assure, quelque chose d'exceptionnel. À ce propos, Ralph Bogolan m'a dit que vous étiez traductrice ?

Elizabeth, qui n'avait pas souvent l'habitude d'être flattée, baissa la tête en souriant, les joues teintées de rose. Alors, elle confia timidement :

— Vous êtes bien renseignée. Je travaille effectivement pour une maison d'édition française.

— Si ce n'est pas trop confidentiel, qu'est-ce que vous traduisez ?

— Nelly Taylor-Jones, Richard Somerset, et aussi Anthony Burdell.

Le visage de notre visiteur s'illumina par une expression d'admiration. Il écarquilla les yeux et ferma presque la bouche en cercle. Il manqua de siffler, mais s'arrêta juste avant.

— Dites donc… Rien que ça ! En somme, vous êtes la voix française d'Anthony Burdell, c'est bien ça ? C'est grâce à vous que les Français peuvent lire nos auteurs ?

Elizabeth était rouge de confusion.

— C'est bien présomptueux…

Je pris l'initiative d'intervenir :

— Mon épouse supporte mal les compliments : en fait, Elizabeth est une formidable traductrice, et outre les autres romanciers, c'est son quatrième Anthony Burdell. C'est un grand succès pour elle, et pour sa maison d'édition !

Je sentais qu'elle ne savait plus où se mettre, et intérieurement j'en étais très fier. J'enfonçai même le clou :

— Et ce que ma femme ne vous a pas dit, et je pense qu'elle ne voudra le dire à personne, c'est qu'elle compte se lancer très prochainement dans l'écriture, peut-être après ce nouveau Burdell.

— C'est vrai ? s'émut notre visiteur.

Elizabeth me jeta un regard furieux et empreint de timidité en même temps. J'étais profondément heureux pour elle, et je ne parvenais pas à dissimuler ma joie :

— Je la connais bien, vous savez : je crois sincèrement qu'elle ferait un formidable écrivain !

Embarrassée, Elizabeth détourna la conversation :

— Écoute, Simon, je ne pense pas que Monsieur soit venu pour parler littérature…

— Ce serait avec plaisir, Mme Blake, une autre fois, j'espère… Non, c'est vrai, je n'étais pas passé pour parler d'Anthony Burdell, mais simplement pour constater *de visu* que vous étiez bien installés… et je crois que c'est le cas ! conclut-il par un regard panoramique autour de lui.

— Mr Jones ne vous avait pas informé de notre rencontre ? demandai-je.

— Oh si, bien sûr, mais Steve est tellement… comment dire ?

On sentait qu'il cherchait l'expression juste pour être le plus diplomate possible et ne pas nous froisser :

— Fantasque, confessa-t-il après quelques secondes. C'est un homme charmant, et extrêmement dévoué. Mais parfois, il lui arrive d'oublier de nous transmettre des informations importantes. Et puis surtout, je voulais passer pour faire votre connaissance.

— Je suis peut-être indiscret à mon tour, mais quel est exactement votre rôle ici ? lui lançai-je.

Adrian Perry nous regarda droit dans les yeux et prit une longue inspiration avant de nous répondre. Depuis le début de notre entretien, il n'avait jamais paru aussi sérieux. Il en était même impressionnant :

— En fait, je suis le directeur du complexe immobilier de Paradise Island, résidences et villas. Je suis chargé de superviser la bonne installation de chaque famille au sein de notre île, de vérifier si chaque foyer s'est bien acclimaté et ne manque de rien. Je ne vous cache pas que c'est une lourde tâche que m'ont confiée les promoteurs, surtout en ce moment où nous fonctionnons au rythme de plusieurs emménagements par jour.

La question me brûlait les lèvres, et je ne pus m'empêcher de la poser à notre interlocuteur :

— C'est vous qui sélectionnez les dossiers des entrants ?

Perry esquissa un sourire.

— Il n'y a pas de service douanier à Paradise Island, ni quelque frontière que ce soit, mais c'est vrai que j'ai un droit de regard sur les candidatures choisies par nos agences…

Puis, après un silence, il confia même :

— J'ai même plus que cela : pour ne rien vous cacher, c'est à moi qu'il revient de prendre la décision finale.

— Je peux vous demander sur quel critère vous choisissez les futurs insulaires ?

Notre visiteur semblait légèrement embarrassé. Il grimaça quelque peu.

— Quelle drôle de question ? Quels critères imaginez-vous précisément, Mr Blake ?

J'étais allé trop loin, je devais continuer :

— En me promenant au Sunny, ou aux abords des courts de tennis, j'ai constaté que tous les habitants de l'île se ressemblaient curieusement, un peu comme des clones, vous comprenez ?

Adrian Perry m'inspecta, désarçonné :

— Non, je ne vois pas très bien ce que vous voulez dire…

Bien sûr qu'il voyait parfaitement, mais il jouait à l'imbécile, parce que ce n'était pas convenable de sa part d'exprimer une telle idée.

Sentant que j'allais m'enfoncer davantage sur ce terrain glissant, Elizabeth me décocha un coup de coude, m'intimant en silence l'ordre de me taire définitivement. Elle prit la parole à ma place :

— Chéri, pourquoi ne pas dire tout simplement à Mr Perry que nous sommes heureux… très heureux.

Le directeur de Paradise Island me gratifia d'un sourire hollywoodien. Avec le soutien de ma femme, il avait gagné, me stoppant dans ma lancée.

Nous le raccompagnâmes sur le seuil, et il nous quitta, en apparence satisfait.

La porte à peine refermée, Elizabeth me fusilla d'un regard féroce :

— Qu'est-ce qui t'a pris, Simon, tu es fou ? Ce que tu as fait est terriblement déplacé ! Il ne savait plus où se mettre ! Qu'est-ce que tu voulais prouver par tes questions ? Si cet endroit te gêne tant, alors pourquoi sommes-nous venus habiter ici ? Tu peux me le dire ?

Je m'attendais à subir une telle salve, mais de mémoire j'avais rarement vu Elizabeth si furieuse.

J'avais titillé Adrian Perry par pure provocation, et à présent je payais les conséquences de cet acte inconsidéré.

— Je ne sais pas… Je n'avais pas vraiment l'intention de le chercher, mais c'est vrai que de le voir si coincé… ça m'a amusé !

— Espèce d'idiot ! Ce n'est pas drôle du tout ! On va passer pour quoi, maintenant ? Des excentriques ? Des insatisfaits ? Des arrogants ?

Je ne savais plus comment sauver la situation.

— Je suis désolé, je ne savais pas que tu le prendrais comme ça !

— Comment voulais-tu que je le prenne ?

Lorsque Elizabeth partit s'isoler dans notre chambre, et que j'entendis la porte claquer au loin, je compris alors que j'étais allé trop loin, mais c'était trop tard.

Nous nous réconciliâmes le soir, en sirotant une *vodka lemon* devant notre piscine.

Je lui rappelai que j'avais toujours eu le sens de la provocation, et que ce n'était pas une nouveauté. Elle me rappela de façon cinglante que si nous avions les finances pour

Paradise Island, nous n'étions en rien autorisés à critiquer cet endroit par la suite, et surtout aussi rapidement après notre installation, que si l'île ne nous plaisait pas, personne ne nous avait forcé à y habiter, et que ce que j'avais fait s'appelait tout simplement « cracher dans la soupe », ce qui de la part de personnes de notre condition n'était pas une attitude très louable.

J'encaissai la critique sans argumenter : elle avait raison. Certes, je m'étais mal conduit, mais cette attitude était sans doute l'expression d'un malaise plus profond. Peut-être n'arrivais-je pas à me faire simplement à l'idée que nous habitions cette maison de rêve, ce genre de résidences maintes fois vues sur des catalogues et jamais imaginées en vrai.

Elizabeth me pardonna en déposant sur mes lèvres un baiser frais, mélange d'alcool et de citron. Ensuite, elle retourna à sa traduction de Burdell.

Quant à moi, je restai un moment allongé dans un transat près de la piscine. Je profitais des derniers moments de repos avant la reprise. Je savais que la semaine à venir ne serait pas des plus faciles, et qu'elle me réserverait très certainement des surprises.

Je ne croyais pas si bien dire.

II

Dès le lundi matin, je repris mes activités de chef d'entreprise chez APS.

Fidèles à leur réputation, Bob Harrison et Terence Bishop avaient assuré l'intérim avec succès. Ils avaient vraiment fait du bon boulot, concluant en quelques jours un contrat important pour lequel des négociations difficiles avaient été entamées des mois plus tôt. Cela n'était pas nouveau, car j'avais toujours su que tant que ces deux piliers seraient présents dans la société, je pourrais compter sur eux aveuglément.

— Salut, Simon, alors… cette installation ? fut la première phrase prononcée par Rupert Masterton.

— Bien, très bien, formidable même, répondis-je quasi mécaniquement.

Je ne m'attardai pas sur ma nouvelle vie et passai immédiatement à l'ordre du jour. Bishop et Terence m'entretinrent aussitôt des contrats passés (bien sûr, ils m'avaient informé par portable dès la signature). La journée défila à une vitesse supersonique. Je déjeunai au bureau d'un hamburger arrosé d'un Coca, et profitai de cette courte pause pour appeler Elizabeth. Elle avait travaillé une partie de la matinée sur sa traduction, puis s'était lancée dans l'aménagement d'étagères dans notre chambre. Sullivan, lui, avait expérimenté son nouveau VTT autour de la maison.

Je passai l'après-midi avec mon trio habituel – Masterton, Bishop et Harrison – à examiner les comptes d'APS. Ils étaient au beau fixe. L'entreprise ne s'était jamais aussi bien portée ; elle semblait même connaître une sorte d'état de grâce. Notre prochain objectif, ou peut-être devrais-je employer le mot « défi », consistait à étendre notre activité de système de protection à des jeux électroniques présents dans certains casinos de Las Vegas. C'était pour nous un tout nouveau domaine, et nous étions bien conscients que nous ne pouvions manquer cette formidable opportunité de nous diversifier. De toute évidence, c'était bien parti : plusieurs établissements étaient fortement intéressés pour passer un accord avec nous et s'équiper grâce à nos soins. Jusque tard dans l'après-midi, nous envisageâmes les différentes stratégies à adopter pour attaquer ce marché et mettre toutes les chances de notre côté. Nous débordions d'idées, et mes collaborateurs étaient au meilleur de leur forme. Laura Levine nous avait apporté sa présence efficace, afin de consigner tout ça noir sur blanc.

Quand je quittai l'immeuble d'APS et me retrouvai au cœur de Manhattan, il était presque 8 h du soir. Afin de me dégourdir l'esprit et oublier momentanément les casinos de la Cité du Jeu, j'allai flâner un moment chez Rizzoli avant la fermeture. Le nouveau Douglas Kennedy était arrivé. J'adorais ses histoires, ses personnages et son écriture, et je savais qu'Elizabeth était une inconditionnelle de cet auteur. Sans hésiter, je pris un exemplaire sur la pile. Comme à l'accoutumée, le titre était percutant et la couverture particulièrement soignée. Puis, je regagnai la Chevrolet garée au parking, située à deux pas de la librairie.

Lorsque j'engageai la voiture sur la bretelle menant à Westchester County, je mesurai pour la première fois mon bonheur. J'avais l'étrange sensation de partir en vacances, ou simplement en escapade, mais finalement je ne faisais rien d'autre que regagner mon domicile après une journée de travail. Je réalisai enfin que Paradise Island était peut-être ce que j'avais toujours attendu depuis tant d'années sans vraiment oser en rêver. Maintenant, ça existait vraiment, et j'avais encore du mal à m'y habituer. J'éprouvai la même sensation un peu plus tard, sur le pont du *Seagull of the Dreams*, accoudé à la rambarde en regardant l'embarcadère s'éloigner, et une fois encore au moment précis où je me garai devant notre splendide demeure née de l'imagination fertile et sans limites de Richard Meier. Après ce retour au bureau, j'étais heureux de retrouver ma famille. Dans l'après-midi, Elizabeth avait regagné les personnages d'Anthony Burdell et tenté de se dépêtrer d'une intrigue romanesque passionnante, mais comme toujours chez cet auteur, terriblement complexe.

Quant à Sullivan, je le retrouvai une fois de plus dans sa chambre, aux prises avec son échiquier électronique. Il s'était lancé dans une partie de niveau 3. D'un seul coup d'œil, je compris que sa reine était menacée, mais qu'il lui restait encore ses deux tours, un cavalier et un fou. Son roi pouvait encore tenir bon, le temps de quelques déplacements. J'avais longtemps joué aux échecs, et j'avais réussi à transmettre cette passion à mon fils. Cet héritage n'était pas la moindre de mes fiertés.

Au moment où j'allais sortir de la chambre, Sullivan m'interpella :

— Papa ?

— Oui ?

— Il n'y a pas beaucoup d'enfants sur cette île, non ?

— Tu veux dire que tu t'ennuies, c'est ça ?

— Un peu, confessa mon fils en baissant la tête vers sa rangée de pions en déroute.

Mon fils avait toujours fait preuve d'une relative indépendance, sachant largement s'occuper et n'ayant besoin des adultes que très modérément. Mais cette fois, je réalisai qu'il faudrait combler très vite cette sensation d'isolement. Je devais trouver quelque chose rapidement, un argument susceptible de le rassurer.

— Tu sais, je crois qu'il faut un petit moment avant de s'adapter. Pour Maman et moi, c'est pareil, il faut trouver nos marques. Ça ne se fait pas en un jour. Après tout, nous sommes arrivés il y a une semaine.

— Où nous habitions avant, j'avais tous mes copains. Là, ils me manquent. Je ne peux pas les inviter, ni aller chez eux. C'est trop loin.

— Tu vas t'en faire d'autres, répondis-je mécaniquement.

— Mais si je ne rencontre personne, je ne peux pas me faire de nouveaux amis.

— Il faut savoir patienter, Sullivan, on ne se fait pas de nouvelles relations en une journée. Et puis, je crois qu'à la rentrée scolaire, quand tu intégreras ton école, ce sera différent. Il y aura beaucoup de nouveaux. Regarde toutes ces familles qui, comme nous, sont venues s'installer.

— Oui, peut-être… J'espère, murmura-t-il en déplaçant son cavalier, pas vraiment convaincu par mon discours.

En refermant la porte de sa chambre, je songeai à une expression bien précise : une « prison dorée », et la chassai aussitôt de mon esprit. Une autre me revint, celle d'Elizabeth : « cracher dans la soupe ». Non, je n'avais pas le droit de me plaindre. Mais il était vrai qu'ébloui par la splendeur de la maison, je n'avais sans doute pas mesuré complètement ce qu'allait engendrer le fait d'habiter une île, et Sullivan serait certainement celui qui en souffrirait le plus.

Le soir même, alors que notre fils était endormi, j'abordai cette question avec ma femme :

— Ce serait bien que Sullivan se fasse des amis… Mais je ne sais pas trop comment… tentai-je en choisissant une grappe de raisins blancs dans la coupe de fruits. Je guettais sa réaction en tournant délicatement chaque grain sur lui-même.

— Il s'en fera forcément dès la rentrée. J'imagine qu'il n'est pas le seul dans cette situation. Tous les gamins de toutes les familles qui viennent d'emménager doivent lui ressembler.

Voyant que je ne répondais pas, Elizabeth me rassura :

— Ne t'en fais pas, les enfants ont des facultés d'adaptation insoupçonnables. Ils trouvent toujours le bon remède à une situation qui les embarrasse.

C'était dans ces moments-là, avec précisément ce genre de répliques, que je me disais qu'Elizabeth devait absolument se lancer dans l'écriture, et ne plus être seulement une traductrice de talent.

— Dis-moi ce qui ne va pas, plutôt que de tourner autour du pot ?

S'il était une chose que je n'avais jamais sous-estimé, c'était bien la perspicacité de mon épouse. Avant même que j'aie pu répondre, elle m'envoya une seconde torpille. Celle-ci, tout aussi redoutable que la première, atteignit son objectif avec la même efficacité :

— Je sais que tu te poses une tonne de questions depuis que nous sommes ici : est-ce qu'on a bien fait de déménager ? Est-ce que cet endroit est vraiment pour nous ? Est-ce qu'on ne va pas mourir d'ennui ? C'est pas vrai ?

Je la regardai, désarmé.

— Ce sont des questions légitimes, non ?

— Dans ton travail, tu ne te poses jamais autant de questions : tu fonces. C'est d'ailleurs pour ça que tu gagnes. Pourquoi n'appliques-tu pas cette même recette ?

Bien décidée à en finir avec ces questionnements incessants, Elizabeth m'accula à mes garde-fous :

— Tu crains que je ne m'ennuie : j'adore cette maison. Il n'y a pas une journée où je ne me dise que je vis un rêve. Si tu avais le moindre doute, je te l'ôte tout de suite : je suis très bien ici. Et n'aie crainte, Sullivan sera parfaitement bien, lui aussi. Il faut juste qu'il s'acclimate. Nous sommes là depuis une semaine, c'est tout à fait normal. Nous ne sommes qu'à vingt kilomètres de New York. Ça paraît loin, mais c'est tout près. C'est une vraie chance d'habiter ici, Simon, une vraie chance, crois-moi !

Une fois de plus, elle m'avait convaincu. Cette détermination, cette façon bien précise qu'elle avait de prendre une situation en bloc, de l'analyser et d'en sortir le meilleur pour le rendre irréfutable, m'avait toujours impressionné. Ce trait de personnalité faisait partie des nombreuses raisons pour lesquelles je l'aimais profondément, et ce depuis notre rencontre.

Nous échangeâmes un baiser avant de nous séparer, car chacun avait encore beaucoup de travail. Elizabeth ne s'accordait aucune facilité sur la traduction du *Sacrifice d'Abraham*. La tâche était rude, mais elle s'accrochait. Dans ce cas précis, une des missions de la traductrice était d'essayer toutes les voies possibles pour trouver la bonne version, celle qui semblait la plus évidente. Sa connaissance hors pair de la langue française était plus que jamais déterminante dans sa quête effrénée du mot juste.

Quant à moi, je m'isolai dans mon bureau. Je commençais à me sentir bien dans cette pièce à la fois spacieuse et cocoonesque. Les yeux rivés sur l'écran de l'ordinateur, les doigts dansant sur le clavier, je travaillai sur un nouveau rapport concernant ce projet de vente d'un système de protection efficace auprès des casinos de Las Vegas. J'accumulai les heures sans compter, sans faire attention à la fatigue, sans épargner la dépense d'énergie.

Quand je mis le point final au dernier paragraphe, je jetai un œil à ma montre : il était presque minuit. J'avais écrit plus de trois heures sans m'arrêter. Je me frottai les yeux, j'étais épuisé. La moiteur envahissante de la nuit s'était infiltrée dans toute la maison. J'avais beau ouvrir les fenêtres de façon stratégique, faire coulisser des panneaux de manière judicieuse, je sentais encore la canicule me lécher tout le corps de sa langue de feu. J'appréciai la douche libératrice et ses jets rafraîchissants. Des senteurs de vanille s'élevaient en volutes invisibles dans les hauteurs de la salle de bain. Apaisé, j'enfilai un peignoir de soie et sortis à l'extérieur.

Elizabeth avait quitté les créatures de Burdell jusqu'au lendemain. Elle dormait à poings fermés dans notre chambre.

J'avais passé la tête quelques secondes par l'entrebâillement de la porte, juste le temps d'entendre son souffle calme qui provenait du lit.

J'errai un moment sur la terrasse, pieds nus, seulement vêtu de mon peignoir. Dans le ciel, les constellations jetaient des éclats de diamants ; la nuit était extraordinairement lumineuse. Dans la vallée devant moi, quelques fenêtres étaient encore allumées. Machinalement, mon regard se porta vers la villa la plus proche, située juste en dessous de la nôtre, celle qui appartenait au premier couple rencontré sur le ferry.

Sous mes yeux, à seulement quelques dizaines de mètres à vol d'oiseau, la femme brune d'allure sportive et le grand type un peu dégarni se trouvaient, eux aussi, sur leur terrasse. Ils étaient assis à même le sol, nus, et s'embrassaient avec fougue. Puis, les bras étendus en arrière pour faire appui, la tête tournée vers les étoiles, leurs deux corps à la peau luisante ondulèrent par saccades, comme électrifiés de plaisir. Des gémissements contenus perçaient l'obscurité. La bienséance, le savoir-vivre, ou simplement la gêne auraient dû me pousser mille fois à quitter les lieux, à regagner l'intérieur de notre maison, mais troublé, pétrifié, je ne pouvais faire le moindre geste. Je ne parvenais à détacher mon regard de ce que je contemplais. La vague du désir recouvrait progressivement mes jambes, mes cuisses et mon ventre.

C'est au moment où j'esquissai un pas en arrière que je vis son visage. En renversant la tête, irradiée par l'extase, la femme avait de toute évidence aperçu ma silhouette sur la terrasse. Alors, elle s'était retournée pour me regarder. L'homme m'avait vu également. À présent, ils riaient ensemble. La gorge serrée, je battis en retraite dans la villa, l'esprit lacéré par leurs rires espiègles.

12

Je ne parvins pas à fermer l'œil pendant les heures qui suivirent cette « rencontre ».

Je regardai un long moment Elizabeth qui dormait paisiblement, couchée à mes côtés dans le lit. Dans la semi-obscurité, je sentais sa poitrine se soulever et s'abaisser à un rythme lent et mesuré. Mais je revoyais sans cesse le visage de l'inconnue, ivre de jouissance, transfigurée par le plaisir. Nous nous étions regardés comme si l'homme en elle n'existait pas, comme s'il était invisible. J'étais conscient de ce moment, et j'étais persuadé que la femme aussi savait. Lorsqu'elle m'avait aperçu au travers de ses cheveux emmêlés, elle s'était retournée pour me sourire. Elle semblait avoir aimé le fait d'être observée. Était-ce un couple à la sexualité exhibitionniste, où notre entrevue n'était-elle que le fruit du hasard ?

Incapable de trouver le sommeil, j'arpentai le bord de notre piscine, le regard perdu dans les reflets lunaires de la surface immobile. De la terrasse, je contemplai longtemps les résidences de la vallée : toutes les fenêtres étaient plongées dans la pénombre, y compris celle de la maison vers laquelle je portai instinctivement toute mon attention. Désormais, la terrasse où avaient eu lieu les ébats nocturnes était vide, mais peut-être le couple se tenait-il derrière une fenêtre, espionnant ma curiosité, s'amusant de mon trouble.

Même au cœur de la nuit, la canicule continentale s'abattait sur la côte Est. Sous mon enveloppe de soie, mon corps ruisselait de sueur, imprégnant le tissu, le collant contre mon épiderme. À trois reprises, je me versai trois grands verres de cette eau au goût légèrement sucré. Je fermai les yeux de bonheur, savourant ce nectar. Je me sentais apaisé. Depuis combien de temps n'avais-je pas éprouvé une telle sensation ?

Lorsque je m'allongeai contre Elizabeth, la fatigue l'emporta finalement sur le désir. Son corps était à portée de mes doigts, offert à mes fantasmes inassouvis, à des images sexuelles qui n'appartenaient qu'à moi. La ronde des heures finit par s'imposer, et je sombrai dans une torpeur irréversible, entraîné dans le gouffre insondable du sommeil. Je m'y abandonnai jusqu'à l'aube.

Le lendemain matin, Elizabeth et moi nous faisions face devant une tasse de café. Nous avions l'habitude de prendre notre petit déjeuner ensemble. En général, nous en profitions pour nous dire des choses oubliées la veille au soir, ou au contraire pour nous rappeler mutuellement les obligations de la journée à venir. Derrière les vapeurs chaudes qui s'échappaient de la surface de ma tasse, je ne faisais que revoir le corps désirable de ma voisine. J'avais beau tenter de chasser cette image de mon esprit, elle m'obsédait encore.

Qu'aurais-je pu dire à Elizabeth ? Qu'aurais-je pu lui avouer ? Et comment aurais-je pu lui présenter la scène dont j'avais été le témoin privilégié ? Je n'arrivais à trouver ni l'occasion ni la force de lui décrire ce à quoi j'avais assisté. J'allais garder jalousement ce secret, et sans doute y repenser de temps à autre.

En fait, grâce au travail, l'évocation de l'expression extatique de ma voisine perdit peu à peu de son intensité au fur et à mesure que passait la semaine. Le vendredi soir, je me sentis largement en voie de guérison, puisque je n'avais « revu » la scène qu'une seule fois dans la journée, au moment où je croisai Laura Levine, ma secrétaire, particulièrement sexy dans une robe noire moulante.

Ce fut le samedi matin, dans les allées du Sunny Store, que tout se dérégla d'un coup. La relative harmonie que j'avais eu tant de mal à restaurer en moi depuis cette fameuse nuit s'effondra brusquement au niveau des boîtes de céréales. Délaissant mon caddie quelques secondes pour tendre la main vers un paquet de Rice Crispies, je sentis soudainement que mon chariot bloquait le passage. Je me retournai pour le déplacer quand je me retrouvai nez à nez avec le visage qui m'avait hanté une partie de la semaine.

Elle se tenait là, devant moi, immobile, détendue, les mains manucurées délicatement posées sur la barre de direction de son caddie. Pris d'une panique toute intérieure, je tentai de détourner le regard, mais un sourire généreux illumina son visage. Sans dire un mot, elle éleva gracieusement le bras dans ma direction, passant son poignet devant le souffle de mes lèvres.

— Excusez-moi, murmura-t-elle d'une voix feutrée, aux sonorités douces et sensuelles.

Sous mes vêtements, tout mon corps se raidit. Je lui renvoyai son sourire. Elle déposa avec délicatesse la boîte de corn flakes dans son caddie et s'éloigna. Sans se retourner, elle disparut pour passer dans l'allée d'à côté.

Je restai pétrifié devant le rayon des céréales, incapable de déplacer mon chariot. Il me fallut plusieurs minutes pour récupérer mes esprits. C'était bien elle, je n'avais pas rêvé. Nous nous étions trouvés à quelques mètres l'un de l'autre. Elle m'avait souri, mais son sourire n'était pas innocent. Elle savait que je savais ; ce genre de situation était la pire qu'on pouvait souhaiter. Pourtant, elle semblait s'en amuser. À présent, je n'avais plus aucun doute : l'avoir surprise en train de faire l'amour l'excitait terriblement. Je savais secrètement qu'une période qui me mettrait forcément très mal à l'aise s'ouvrait devant moi. Nous occupions des villas voisines, habitions une île. Dans ce microcosme, nous étions amenés à nous côtoyer pratiquement tous les jours.

Au moment de passer en caisse, je l'aperçus au loin en train d'amonceler sur le tapis roulant le contenu de son caddie. En seulement quelques minutes, elle avait réussi à dresser devant elle une montagne d'articles. Moins gêné et plus éloigné, je pouvais désormais l'observer à loisir : avec son t-shirt rose à la coupe échancrée et son pantalon blanc de toile moulante, elle suscitait à nouveau en moi un trouble incontrôlable.

Bien sûr, je ne confiai rien de cette rencontre à celle qui partageait ma vie, mais ma libido s'en trouva sollicitée. Les températures estivales, et le souvenir de ce spectacle observé de notre terrasse, ne firent qu'entretenir un désir permanent. Mes rares tentatives de satisfaire ces envies insurmontables furent chaque fois contrariées par les humeurs d'Elizabeth.

La traduction du roman de Burdell n'avançait pas. La somme de travail qu'elle s'imposait finissait par la rendre irritable.

Une nuit, mon envie de lui faire l'amour fut si insupportable que je tentai de la réveiller. Elle dormait déjà d'un profond sommeil quand je me livrai à des manœuvres d'approche. J'essayai le plus délicatement possible de la débarrasser de son pyjama, mais elle ne cessait de se retourner, grommelant quelques paroles confuses, des borborygmes indistincts. Au fond de moi, je sentais mon rythme cardiaque s'accélérer. Je devenais esclave de la pulsion qui grandissait en moi, soumis à une érection impossible à maîtriser. Puis, mes gestes se firent brusques, moins étudiés. Je la privai de cette épaisseur plus que mince qui me séparait de son corps. Lorsqu'elle fut totalement nue, je plongeai en elle avec la puissance d'un Héraclès de marbre. Ce fut un hurlement qui la fit sortir de son rêve.

Dans un mouvement de panique, elle me plaqua une main sur la bouche. De l'autre, elle pressa le bouton de l'interrupteur. Je brûlais d'ardeur, et mon visage devait être en feu. Lorsqu'elle découvrit cette expression, je perçus la terreur dans ses yeux :

— Qu'est-ce que tu fais ? Qu'est-ce qui te prend ? bredouilla-t-elle, le souffle coupé.

Devant sa réaction, mes prédispositions dépérirent à la seconde même. Le ridicule et la gêne l'emportèrent sur la fougue.

— Excuse-moi… Je ne voulais pas…

Les mots me manquaient pour exprimer le malaise qui s'emparait de moi, cette honte tragi-comique qui désormais me pétrifiait. Tandis qu'Elizabeth se rhabillait à la hâte, j'enfilai mon vieux t-shirt et mon caleçon. Ce face-à-face inattendu était terrible. Le silence s'empara de nous. Nous restâmes un long moment prostrés de chaque côté du lit, incapables de bouger. J'avais une envie irrésistible de quitter la chambre et de me faire oublier, mais j'étais dans l'impossibilité totale de faire le moindre geste. Je laissai passer un peu de temps pour tenter de nouvelles excuses, mais ça ne fonctionna pas.

Nous prîmes notre petit déjeuner séparément. J'avais envie de lui parler, mais n'y arrivais pas. J'étais envahi par l'humiliation. Les mots ne pouvaient sortir. Enfin, allant puiser au fond de mes tripes, je trouvai enfin le courage d'aborder cet épisode malheureux.

— Je ne sais pas ce qui m'a pris, Elizabeth... J'avais tellement envie de toi. J'étais comme fou, incapable de me contrôler... Mon corps était devenu du métal en fusion !

Elle me regardait, décontenancée.

— Du métal en fusion... murmura-t-elle. Je crois que tu ne m'as jamais dit une chose pareille depuis que nous nous connaissons.

— J'étais dans un état second... Il faut me pardonner.

Un sourire timide, presque embarrassé, éclaira son visage.

— Je dormais profondément, et je crois que tu m'as fait peur. Disons que je ne savais pas trop ce qui m'arrivait.

Elle s'approcha de moi, et nous nous unîmes en un tendre baiser de réconciliation.

J'ignorais encore que cette frénésie sexuelle allait marquer le début d'une nouvelle période pour nous deux.

13

Cela faisait maintenant plusieurs semaines que nous résidions à Paradise Island. Nous avions pris nos marques, parfaitement intégrés dans le paysage de cette île surréaliste.

Au fil des jours, la nostalgie que j'éprouvais pour New York s'amenuisait. L'atmosphère urbaine, faite de bruit et d'agitation, avait disparu au profit du calme et de la sérénité.

Chez APS, mon équipe de fidèles collaborateurs était mobilisée au maximum. Bob Harrison, Terence Bishop, Rupert Masterton et Laura Levine enfilaient les semaines pied au plancher. Ces contrats pour les casinos de Las Vegas représentaient notre plus grosse affaire, et nous étions tous parfaitement conscients que notre avenir en dépendait. Si nous réussissions ce coup, alors la renommée de la société serait assurée pour longtemps. Les négociations étaient rudes, mais grâce à nos avocats nous parvenions à trouver des clauses favorables pour chaque point. Chaque détail était farouchement disputé, mais j'avais une expérience certaine en matière de commerce, et je savais que ça valait le coup de se battre et de ne rien lâcher.

Je partis trois jours dans la ville du jeu, consacrant pleinement mon temps à rencontrer les directeurs de casinos intéressés, ainsi que leurs responsables techniques et informatiques. J'avais emmené avec moi Harrison et Bishop, piliers d'origine d'APS. Mes deux fers de lance n'avaient pas leur pareil pour présenter nos atouts, et les spécificités de notre marque. Notre trio réussit à convaincre d'emblée les marchands du temple les plus sceptiques, et soixante-douze heures plus tard, nous atterrîmes à l'aéroport de Newark avec plusieurs propositions bien concrètes dans nos sacoches. Enfin, je regagnai notre maison éreinté et vidé par tant de tergiversations, de calculs et d'hypothèses. En garant la Chevrolet devant notre villa, j'éprouvais le sentiment profond d'être heureux, et enfin parvenu à ce pour quoi je me battais depuis toutes ces années : assurer fièrement l'héritage de mon grand-père, Walter Blake, et de mon père Thomas.

De son côté, Elizabeth n'avait pas flâné. Elle avait passé des jours entiers sans relâche sur *Le Sacrifice d'Abraham*, travaillant parfois très tard dans la nuit. La langue de Burdell fourmillait de détails insensés, de particularités n'appartenant qu'à lui. C'était un auteur exigeant, soucieux de l'anecdote historique et du réalisme. De ses œuvres se dégageait une impression de vérité qui en faisait la force. Le vocabulaire recherché et la syntaxe souvent complexe requéraient de l'énergie et du temps. Elizabeth possédait les qualités indispensables pour mener à bien sa mission. Je savais que durant mon absence elle avait travaillé d'arrache-pied, mais s'était octroyée tout de même une pause de trois ou quatre heures dans l'après-midi. En fait, elle avait consacré pas mal de temps à Sullivan.

Le premier jour, ils étaient allés faire une grande balade à vélo, histoire de reconnaître le relief. Ils avaient suivi la route passant devant notre villa pour parcourir les différents domaines. Ensuite, ils avaient fait un plein de courses au Sunny. À cette occasion, je savais qu'Elizabeth avait laissé choisir à notre fils ce qu'il voulait, une manière de compenser la relative solitude dans laquelle il se trouvait.

Le troisième jour, ils avaient découvert la dernière production Dreamworks, une farce décapante inspirée de la légende de l'arche de Noé. Elizabeth m'expliqua qu'ils avaient beaucoup ri, même si ce film d'animation n'était pas d'une grande finesse.

Ces escapades terminées, Elizabeth replongeait instantanément dans l'enfer de Burdell, tandis que Sullivan tuait le temps dans sa chambre.

C'est dans ce contexte que je débarquai.

Elizabeth était particulièrement fatiguée. Le soir, nous discutâmes un peu après le repas, dans la chaleur de la nuit. Puis, épuisés mais profondément heureux, nous allâmes nous coucher dans des transats, près de la piscine, un mug de café à la main. Nous restâmes un long moment la tête en arrière, silencieux, les yeux rivés sur le ciel parsemé de constellations.

Elizabeth brisa le silence :

— À quoi penses-tu ?

— À notre besoin d'ailleurs, c'est étrange, non ?

— Quel besoin d'ailleurs ? insista-t-elle.

— Comment te dire… Il y a forcément une raison profonde pour laquelle nous sommes venus ici. Nous n'avons pas quitté New York par hasard. Je crois que nous désirions secrètement un changement radical avec notre vie d'avant. Cette maison est une chance de tourner la page, tu ne crois pas ?

Enfoui au fond de mon transat, je me sentais paisible, prêt à affronter l'inconnu avec une grande sérénité. Je ne savais pas encore que mon existence allait basculer le lendemain matin, sur la terre battue d'un court de tennis.

14

Ce fut Elizabeth qui me donna l'idée.

Puis l'envie.

— Et si tu allais traîner avec ta raquette du côté des courts, tu trouverais peut-être quelqu'un pour jouer avec toi.

Le tennis.

Depuis combien de temps n'avais-je pas touché à une raquette ? J'adorais ce sport depuis mon enfance. Adolescent, j'avais tapissé ma chambre de posters de John McEnroe, mon idole. Il avait battu les plus grands, dont deux maîtres absolus : son compatriote et ennemi juré Jimmy Connors, et le suédois Bjorn Borg, véritable génie du jeu de fond de court. Ces combats de titans avaient bercé ma jeunesse. De ces lointaines années me revenaient soudain en mémoire mes hurlements devant le poste de télévision familial à chacune de ses montées au filet, ou à l'exécution d'un *passing-shot* assassin.

J'avais vibré avec McEnroe. Chacun de ses services, incroyablement décomposé, comme au ralenti, me faisait retenir mon souffle. Ce moment de suspension, où la balle était élevée dans les airs, au-dessus de lui, d'une main délicate et aérienne, pour finalement être frappée avec une hargne colossale par une raquette rageuse et meurtrière, ce moment-là demeurait, pour moi, fort et troublant.

Je n'avais pas joué depuis longtemps, et les seuls sports auxquels Elizabeth s'adonnait étaient le jogging et le vélo, avec tout de même une extrême modération. Il m'arrivait d'échanger de temps à autre quelques balles avec mon fils, mais entraîner Sullivan ne me faisait pas progresser, même si je prenais beaucoup de plaisir à observer ses premiers pas sur le court.

Je trouvai donc l'idée d'Elizabeth séduisante. En effet, pourquoi ne pas chercher un partenaire là où il était susceptible de se trouver, directement sur les courts de Paradise Island. L'idée fit rapidement son chemin, et j'allais chercher ma Wilson dans son placard, soigneusement rangée, à l'abri dans sa housse. Au moment où je m'emparai du manche, je lançai à mon épouse :

— Tu ne veux pas venir taper la balle avec moi, ça te changerait un peu d'Anthony Burdell ?

Elle fit la grimace, tandis qu'elle mimait ses mains pianotant sur son clavier d'ordinateur. Je me tournai vers Sullivan :

— Une partie de tennis ?

Il me gratifia lui aussi d'une expression renfrognée. Abandonné à mon triste sort de tennisman solitaire, j'allais donc partir en quête de l'adversaire providentiel.

Quelques minutes plus tard, la Chevrolet filait sur la route en direction de la vallée consacrée aux sports. Pour la première fois depuis longtemps, je ressentis une étonnante sensation de liberté, je retrouvais soudainement quelque chose de l'adolescent que j'avais été dans une autre vie. Je ne pouvais m'empêcher de repenser à cette époque où, enfourchant ma bicyclette, ma raquette dans le dos, j'allais inévitablement roder en quête d'une tête de série imaginaire à affronter.

Sur la banquette arrière trônaient ma vieille Wilson dans son écrin de cuir, ainsi qu'une boîte de balles. Finalement, et cette seule idée me fit sourire, j'avais fait tout ce chemin pour en arriver là : une famille, une situation, une maison de rêve, pour prendre simplement du plaisir à retrouver les sensations de ma jeunesse.

Je garai la voiture aux abords d'un immense bâtiment, à proximité d'une dizaine de courts. Je pris la raquette, glissai la boîte de balles sous mon bras, et me dirigeai vers le domaine réservé au tennis.

La plupart des courts étaient occupés, et les parties déjà bien avancées. On sentait les habitués, les fidèles. De gros sacs noirs ou multicolores, contenant plusieurs raquettes, étaient posés sur les bancs de repos. Le bruit sec des échanges, claquant dans l'air, formait une étrange harmonie où se mêlait parfois un cri de rage ou d'encouragement.

Des bancs étaient disposés à l'extérieur des courts, afin de permettre aux joueurs et spectateurs d'attendre leur tour et d'observer le match à travers le grillage. J'en choisis un, y posai ma raquette et me mis à suivre un échange entre deux quadragénaires survitaminés. Les coups étaient administrés avec force, bien distribués. Visiblement, chaque joueur sortait son meilleur tennis, matraquant l'adversaire avec régularité et obstination.

— Vous permettez ?

La voix était venue sur ma gauche, troublante, d'une extrême suavité. Curieusement, je ne m'étais pas encore retourné que je savais déjà qui j'allais découvrir. Mon corps se pétrifia en une seconde, comme s'il savait par expérience que le pire était à venir.

Je tournai lentement la tête pour la découvrir. Elle se tenait immobile, me fixant et me souriant, le regard pétillant du même éclat que lors de notre rencontre au Sunny, dans le rayon céréales.

— Vous jouez sur quel court ? me demanda-t-elle à brûle-pourpoint.

— Pour tout vous dire... je ne suis pas inscrit, et j'aimerais savoir comment on peut jouer ici, lui répondis-je, embarrassé.

— En fait, c'est assez facile. En ce qui me concerne, c'est la deuxième fois que je viens. Il suffit de retirer un badge. On peut adhérer au mois, au trimestre, au semestre ou à l'année, ou prendre des entrées à la journée, même pour une heure ou deux.

— Et vous, vous jouez sur quel court ? lui demandai-je.

— J'ai acheté un badge à la demi-journée. Mais ils sont sympas : ils m'ont prêté un badge « invité » au cas où quelqu'un souhaiterait faire une partie avec moi.

Elle sortit les deux badges métalliques munis de clés, de manière à les afficher sur le tableau, et les exhiba au creux de sa main, tel un sésame de bonheur, une contrebande discrète permettant d'atteindre le paradis.

Pour la première fois, je la fixai vraiment, n'essayant pas de me dérober à son regard comme j'avais pu le faire dans le supermarché. Sa longue chevelure brune, disciplinée pour l'occasion en queue de cheval, se mariait merveilleusement à ses yeux verts. Son ensemble blanc faisait ressortir son teint hâlé, sa peau légèrement bronzée. Autour du poignet, elle arborait une montre en or pour femme, fine et originale. Elle portait également à son annulaire gauche une alliance du même métal. Ses socquettes blanches et ses tennis Nike étaient impeccables ; elles semblaient n'avoir jamais été portées auparavant.

Elle pointa son index droit devant elle, au-delà du grillage :

— Il y a un court libre là-bas. Quelques balles, ça vous dit ?

Dans l'existence, il est parfois des situations étranges : on sait qu'on devrait dire non, que cette seule réponse s'impose, et pourtant on se laisse entraîner, par faiblesse ou par attirance réelle. Je savais pertinemment qu'accepter une partie de tennis avec cette femme risquait de me conduire plus loin que je ne l'imaginais. Je me jetai à l'eau, dépourvu de tout discernement.

— D'accord, je vous suis.

Je me levai, empoignant ma Wilson, et lui emboîtai le pas jusqu'au court n° 7.

Au moment où je refermai la porte grillagée, elle me tendit la main :

— Au fait, pardonnez cette impolitesse : mon nom est Celia Thompson.

— Simon Blake, dis-je en lui rendant sa poignée de main.

Je n'avais pas joué depuis longtemps. Nos premiers échanges s'en ressentirent nettement. Mes coups étaient courts, retenus, faciles à prendre. De toute évidence, mon adversaire était bien décidée à ne pas se laisser mener. C'était elle qui distribuait. À plusieurs reprises, elle me surprit par un revers perfide. Quant à ses coups, ils passaient presque à chaque fois au ras du filet. Ils étaient puissants. J'avais toutes les peines du monde à les relever.

Peu à peu, je revenais dans le jeu, retrouvant ma forme d'antan. J'osais monter au filet plusieurs fois, contrant certaines de ses balles. Je retrouvais également l'efficacité de mes services, ajustant même mon second service dans le carré avec force et précision.

Après une heure d'un jeu intense, je regagnai le banc, dégoulinant de sueur. Mon t-shirt présentait des taches de transpiration impossibles à cacher. Je me laissai tomber, éreinté. Elle dévissa le bouchon d'une bouteille d'eau minérale et me la tendit :

— Disposé à partager un peu de mes microbes ?

— Volontiers !

Je basculai le goulot vers ma bouche et avalai trois gorgées.

Je me levai et commençai à ranger mes affaires, glissant ma raquette dans sa housse, rangeant les balles dans leur boîte. Je reprenais mon souffle, en même temps que quelques gorgées à sa bouteille. Malgré la fatigue, je me sentais extraordinairement bien. Cette Celia Thompson était une redoutable joueuse de tennis, mais dans la seconde qui suivit ce constat, je compris qu'elle pouvait être aussi une redoutable joueuse tout court, quand elle me lança, alors que je roulai ma serviette autour de mon cou :

— Un sauna, ça vous tente ?

Je sentis mes entrailles se nouer, comme si la main d'une créature invisible avait empoigné mes intestins pour les broyer. En une fraction de seconde, j'essayai de chasser cette idée de mon esprit, de m'imposer le visage d'Elizabeth me demandant si j'avais trouvé un partenaire de mon niveau, si j'avais bien joué, mais en un éclair j'entrevis le corps délicieusement bronzé de cette femme, recouvert d'un léger voile de transpiration, une serviette blanche nouée avec grâce autour de la poitrine, lui tombant juste au-dessus des genoux.

Une fois mon souffle récupéré, je lui avouai, faussement innocent, que je n'avais pas de maillot. Je redoutais sa réponse, et l'espérais en même temps, mais celle qu'elle me livra me déstabilisa encore davantage :

— Moi non plus, mais c'est très libre ici. Et puis de toute façon, je crois que vous me connaissez déjà bien !

Elle me lança un de ses sourires imparables tandis que nous quittions le court.

J'étais parti pour une simple partie de tennis, et me retrouvai brusquement devant une terrible alternative : fuir ou succomber. Si j'optais pour la première hypothèse, j'avouais délibérément ma gêne, je la reconnaissais, je l'admettais, et devenais bien sûr ridicule aux yeux de cette femme qui m'avait entraîné jusqu'ici, qui m'avais choisi, devrais-je dire. Si je décidais de la suivre, je cautionnais son invitation très particulière, mais en même temps je devenais son jouet, obéissais à ses moindres désirs et me faisais esclave de mes propres pulsions.

Alors qu'elle sentait que j'étais sur le point de renoncer, Celia Thompson posa délicatement une main sur mon épaule :

— Allez, je suis sûre que ça vous fera du bien.

Elle m'entraînait imperceptiblement vers le pavillon réservé à la relaxation.

15

— Alors, c'était bien ?

La question d'Elizabeth me crucifia. Elle m'atteignit au moment même où j'ouvrais la porte. Ma gorge était serrée, la pierre volcanique m'avait donné terriblement soif. Mes lèvres étaient sèches et crevassées, ma paume de main collée au manche caoutchouteux de la raquette. Ma peau était encore brûlante de chaleur, mes joues incandescentes.

— Super ! lâchai-je en tentant de chasser de mon esprit ce que je venais de vivre.

Tout cela était arrivé si soudainement, sans aucun préliminaire, sans aucune préparation.

— Tu as pu trouver quelqu'un pour jouer, finalement ?

Elizabeth marchait derrière moi en me bombardant de questions. Je lui racontai que j'avais échangé quelques balles avec un type assez sympa et particulièrement doué. Elle me demanda si j'allais le revoir. Je lui répondis que ce ne serait pas facile, car il était seulement de passage dans l'île, invité par des amis. J'ajoutai même que j'avais proposé d'échanger nos numéros, mais n'ayant ni morceau de papier ni stylo sur nous, nous avions renoncé, remettant notre prochaine rencontre entre les mains du hasard. Sur ce, je lui criai en partant en direction de la salle de bains que j'allais prendre une bonne douche.

Je restai sous une cascade d'eau presque froide pendant une éternité. Des myriades de gouttes tentaient d'éteindre le feu qui me consumait, mais les images qui assaillaient ma mémoire ravivaient en permanence ce brasier.

J'avais suivi avec docilité Celia Thompson à l'intérieur du bâtiment. Elle m'avoua qu'elle venait ici pour la deuxième fois, et qu'elle avait tout de suite adoré cet endroit. Pourtant, à la regarder se diriger dans les couloirs, sans hésitation aucune, on avait l'impression qu'elle fréquentait ce lieu depuis des années.

Après avoir monté un étage et franchi plusieurs portes, nous arrivâmes devant un comptoir. L'atmosphère était feutrée, intime. Une femme élégante, la quarantaine, vêtue d'une robe blanche, se présenta à la réception. Je laissai Celia parler : elle dit simplement que nous souhaitions prendre un sauna.

Au moment où l'hôtesse d'accueil nous annonça le tarif, je m'aperçus que ma partenaire avait déjà sorti son American Express. Je lui proposai aussitôt de partager la somme : elle me répondit que ça rentrait largement dans ses frais généraux.

— Cadeau de la boîte, pourquoi se priver ? conclut-elle en m'adressant un clin d'œil complice.

L'hôtesse déposa quatre serviettes, une grande et une petite pour chacun – la plus large pour se vêtir, et l'autre pour se sécher, précisa-t-elle dans un souci de clarté – avant de nous indiquer de son index pointé la direction des vestiaires.

La cloison séparant les deux vestiaires était si peu épaisse que je l'entendais ôter ses vêtements un à un tandis que je faisais de même. Je sentais une envie douloureuse poindre au fond de mon bas-ventre. Mon souffle s'altérait tandis que je casais toutes mes affaires dans la consigne semblable à celle d'une piscine. Je composai le code secret du casier et sortis de la pièce.

Je pris une douche puis entrai dans le sauna.

La température était déjà élevée, la chaleur suffocante. Au pied des pierres volcaniques, un seau en bois rempli d'eau d'où sortait le manche d'une louche était déjà prêt à l'emploi. Je choisis timidement l'extrémité d'un banc. Je gardai ma serviette autour de la taille pour m'asseoir, choisissant l'angle le plus éloigné de la source de chaleur.

À l'extérieur, la porte de la salle s'ouvrit. Quelques secondes plus tard, le jet de la douche arrosa le rideau de plastique. J'en déduisis que Celia venait de faire son entrée.

Le jet s'arrêta tout à coup, les anneaux glissèrent sur la tringle à rideaux. Je retins mon souffle. Rien ne se passait, j'étais pétrifié. Au terme de ce moment de suspense paroxystique, la porte s'ouvrit enfin d'un coup sec, et Celia, entièrement nue, entra.

Elle s'allongea sur le même banc que moi, sur le dos, offrant à ma vue sa poitrine généreuse et gonflée, son ventre plat et musclé, son pubis délicatement découpé en un triangle parfait. Elle croisa ses jambes longilignes et galbées, la plante de son pied droit venant effleurer ma cheville. La réaction ne se fit pas attendre, et ma serviette manifesta un sursaut infime, mais néanmoins visible, au niveau de l'entre-jambe. Je vis Celia esquisser un sourire.

— Pourquoi vous êtes resté sur la terrasse, ce soir-là ?

La question, abrupte et sans détour, me cloua littéralement.

— Je ne sais pas… je suis gêné… balbutiai-je.

— Il ne faut pas. Je ne connais personne qui n'aime pas mater ses voisins, pas vrai ?

Ses orteils allaient et venaient sur ma cheville. J'avais beau puiser dans mes dernières forces, ma serviette, dernier rempart de protection contre le désir animal qui s'emparait de moi, continuait son irrésistible transformation.

— Vous avez dû aimer, puisque vous êtes resté très longtemps. N'est-ce pas ?

— Je vous assure que ce n'était pas mon intention, tentai-je d'expliquer, fort peu convaincant.

Alors, elle se leva et tira doucement sur ma serviette. Son sourire s'élargit quand elle vit le résultat de mes pensées. Impossible de les chasser… ni de les cacher.

Ma bouche avide se colla aussitôt sur ses seins, en avalant goulûment les gouttes chaudes et salées. Mes doigts incontrôlables enserrèrent ses hanches, se plantèrent dans ses fesses fermes et sans défaut.

Le creux de sa main dévoila un carré de plastique. D'un geste sûr, elle ouvrit l'un des côtés, laissant s'échapper le cercle de latex rose. J'allais pouvoir voyager sans risque, aller jusqu'au bout de mon rêve pour ramener un souvenir merveilleux. Elle avait pensé à tout. J'étais entièrement pris en charge. Je ne pensai plus à rien, m'en remettant totalement à cette organisation sans faille. Alors, ses lèvres aspirèrent les miennes et m'entraînèrent avec puissance dans le torrent de l'extase. Enfin, je fermai les yeux, tentant de toutes mes forces de mémoriser ce moment pendant que je le vivais.

Au moment où je fermai le robinet de la douche, j'entendis Elizabeth qui me criait derrière la porte que le repas était prêt, et que ce qu'elle avait préparé se mangeait chaud.

Dans le miroir de la salle de bains, je balayai de la main un arc de cercle de buée et découvris pour la première fois mon visage de parfait salaud.

16

Le retour à la réalité s'avéra plus facile que je ne pensais.

Ma seule possibilité d'oublier cet épisode était de le ranger dans un coin de mon cerveau et de couler une chape de plomb par-dessus. Ne plus y penser, l'expulser de ma mémoire, voilà ce que je devais faire. La vie reprendrait son cours, continuerait comme avant. Rien ne serait modifié. Nous étions une famille, et je savais que l'unique façon de la préserver serait d'enterrer ce secret si profondément qu'il ne pourrait jamais remonter à la surface.

Le seul risque, et celui-ci commença à me hanter à la seconde même où je revins à la maison, était que Celia et moi serions forcément amenés à nous rencontrer. Même si Paradise Island offrait un espace généreux, ce territoire n'en restait pas moins une île, donc par définition un lieu clos et fermé où nous étions condamnés à nous croiser à n'importe quel moment.

J'allais devoir éviter mes promenades nocturnes sur la terrasse et ma contemplation du paysage. Je savais d'ores et déjà qu'à chaque fois que mes yeux se poseraient sur la villa que nous surplombions, les images de cet instant extatique passé avec Celia Thompson resurgiraient aussitôt.

Avant cette rencontre, je n'avais jamais trompé Elizabeth. Je n'y avais même jamais songé. Pire que tout, j'ignorais encore les raisons profondes pour lesquelles je m'étais laissé entraîner dans cette aventure. La grâce d'un corps dénudé, le contact d'une peau chaude et douce, le timbre d'une voix, un sourire de séduction, d'invitation. Ces arguments étaient simples, faciles, d'une évidence déconcertante. Quel homme aurait pu y résister ? Était-ce seulement envisageable de lutter ? Un homme qui trompait sa femme avec une autre se trouvait de toute façon toujours de bonnes raisons de le faire.

Les jours suivants, je m'immergeai totalement dans le travail, restant tard au bureau. Ma hantise était de rencontrer Celia sur le ferry, à l'aller ou au retour, en revenant de Manhattan. J'ignorais tout de ses horaires, et pour être tout à fait sincère, lors de notre union aussi spontanée qu'éphémère, nous avions omis de parler de nos métiers respectifs. Je ne savais rien de sa situation et de l'endroit où elle travaillait. En songeant à cette carte de crédit tendue à l'hôtesse d'accueil du sauna, j'en avais déduit qu'elle devait avoir une bonne situation. Je me souvenais également qu'elle avait fait passer nos deux entrées en notes de frais, mais ces indices ne m'en disaient pas plus sur la nature de son activité professionnelle.

Chez APS, nos contacts rapprochés avec différents casinos commençaient à récolter leurs fruits. En une semaine nous avions passé trois contrats avec de nouveaux établissements. L'énergie que nous mettions dans ces tractations, et les heures que nous passions quotidiennement au bureau, contribuaient à me faire oublier mon aventure avec notre voisine.

Pourtant, chaque soir, alors que je regagnais Westchester County au volant de la Chevrolet, le remords m'étreignait, inoculant doucement dans mes veines le poison acide de la culpabilité. Il n'existait aucun vaccin contre cette douleur récurrente et son aiguillon me transperçait au moment où je m'y attendais le moins.

Chaque fois que j'engageais ma voiture sur la passerelle du *Seagull of the Dreams*, je retenais d'instinct ma respiration. Ma gorge s'asséchait. Cédant à une panique intérieure, mon regard fuyant cherchait une passagère accoudée à la rambarde. Une fois ce bref tour d'horizon achevé, quand j'étais finalement assuré de ne pas la rencontrer, alors mon rythme cardiaque reprenait sa cadence normale, je fermais les yeux et, le visage tourné vers le soleil descendant, nimbé d'une chaleur encore caniculaire, je m'abandonnais dans une douce torpeur réparatrice.

Je renaissais chaque soir, au moment précis où je tournais la clé dans la serrure de notre maison. Une fois la porte refermée, je savais que j'étais à l'abri, bien protégé par cette vie de famille sans histoire, exemplaire, semblable à mille autres, caché dans un bunker mental que rien ne saurait détruire.

Sullivan réussissait à s'occuper, explorant le domaine lors de grandes promenades à vélo. Néanmoins, il passait beaucoup de temps dans sa chambre, seul face à l'échiquier de son ordinateur, ou plongé dans quelque roman d'aventures.

Il s'enfermait dans sa chambre, son « domaine », auquel je n'avais pas accès. Un adolescent est un être mystérieux et secret. Il se tient volontairement à l'écart du monde, comme pour mieux l'observer, l'analyser. Vous l'avez élevé, il vit sous votre toit, mais, étonnant paradoxe, plus il grandit moins vous en apprenez sur lui, jusqu'au jour où, au terme de sa mutation, votre enfant est devenu un parfait étranger. Il faudra alors bien des années pour qu'il revienne vers vous, quand ce long tunnel d'incompréhension et de silence sera traversé.

Je sentais Elizabeth plus nerveuse que les premiers temps. Elle passait une grande partie de la journée sur sa traduction, mais le roman de Burdell était énorme, et il fallait vraiment une volonté de fer pour s'escrimer sans relâche à traquer le mot juste, l'expression qui fait mouche. Assise du matin au soir devant son ordinateur, elle avalait une cafetière entière, se resservant des tasses à intervalles réguliers.

Elle semblait toujours excitée au moment où je franchissais le seuil de la villa. Si j'avais le malheur de lui demander comment progressait son travail, alors elle partait dans une sorte de délire verbal incontrôlable, dénué de toute maîtrise :

— Je crois que tu ne te rends pas compte de ce que ça représente, de la responsabilité morale que cette tâche implique ! C'est une mission, Simon, une véritable mission ! vociférait-elle. Je suis la voix de Burdell, ce n'est pas n'importe qui ! Il vend des millions d'exemplaires de par le monde. Je ne dois pas le trahir. Je dois être la transposition exacte, strictement similaire, de ce qu'a produit son cerveau à l'instant même où les phrases ont été écrites. Pourquoi a-t-il choisi ces mots ? Ces expressions ? Il y a forcément une raison que je dois trouver. Je dois me poser la question à chaque ligne. Chaque paragraphe est un éternel recommencement.

— Attends, calme-toi ! tentai-je d'intervenir afin de briser le mouvement.

Mais Elizabeth continuait, avec le même élan, avec cette même rage inassouvie de me prouver que son travail était primordial, sans doute bien plus important et nécessaire que le mien.

— Non, je ne peux pas me calmer ! Tu ne sais pas ! Tu n'es pas un littéraire, tu es un financier ! Tu ne peux pas imaginer combien les mots sont essentiels, combien c'est difficile de plonger chaque matin dans un esprit qui n'est pas le tien !

Et elle poursuivait ainsi, intarissable, impossible à freiner, fonçant droit devant elle avec la puissance d'un aurochs. Depuis quelques jours, je découvrais ce nouveau visage, et il me faisait peur.

Lorsqu'elle s'était épanchée, qu'elle avait déversé toute cette colère contenue, cette angoisse brutale qui la débordait, me suivant dans toutes les pièces où je tentais de me réfugier, alors elle redevenait celle que j'avais toujours connue, et je pouvais lui parler à nouveau.

Et si ce que je redoutais le plus avait fini par arriver ? Si cette maudite solitude, crainte plus que tout, avait commencé à nous peser ? J'essayais de rejeter cette éventualité – nous n'étions là que depuis quelques semaines – mais après tout, c'était une hypothèse à envisager, à considérer sérieusement. Peut-être Elizabeth, enfermée dans son activité permanente de traductrice, s'ennuyait-elle profondément et je ne l'avais pas vu. Mais d'un autre côté, j'essayais de me tranquilliser en me disant que quel que soit l'endroit où elle se trouvait, ma femme passait la plus grande partie de sa journée devant un écran d'ordinateur et un énorme dictionnaire. Elizabeth avait une formidable capacité de concentration. Elle pouvait travailler longtemps et n'importe où. Pour elle, ce labeur quotidien de traductrice équivalait à une ascèse.

Un soir très tard, j'étais allongé dans un transat près de la piscine, quand Elizabeth vint me rejoindre pour occuper le transat d'à côté. Alors, muets, nous avions observé un bon moment les constellations de cette voûte céleste sans nuage de la côte Est. Spectacle fascinant, envoûtant, que je prenais plaisir à observer maintenant, la quarantaine passée, alors que je l'avais ignoré pendant la moitié de mon existence.

Sa voix brisa le silence des cieux :

— Je suis désolée pour tout à l'heure. Je ne sais pas ce qui m'a pris, je me suis emportée sans raison.

— C'est vrai que ce genre de crise ne te ressemble pas. Pour être très sincère, je n'ai pas bien compris ce qui t'arrivait. J'ai beaucoup de respect pour ce que tu fais, et même si je ne travaille pas dans l'édition, je sais à quel point c'est difficile. Je comprends les enjeux que ça représente, combien chaque nouveau livre est une aventure pleine d'embûches, c'est pour cette raison que j'ai été surpris par ta réaction.

— Excuse-moi, chéri, j'espère que tu ne m'en veux pas.

Elle me prit la main et déposa un baiser sur le dessus.

Depuis que nous nous connaissions, nous n'étions jamais restés très longtemps en conflit. Nous avions toujours eu l'habitude de faire rapidement la paix. Nous pensions tous deux que c'était mieux pour tout le monde, y compris pour

Sullivan, qui n'avait pas à pâtir de nos querelles internes. Fort heureusement, elles étaient rares, et presque toujours éphémères.

Puis, Elizabeth quitta le transat, déposa un baiser sur mes lèvres, et partit se coucher. Elle m'invita à la rejoindre. Je lui répondis que j'allais encore rester un peu à contempler les étoiles, que leur présence me rassurait, m'apaisait.

Je ne regagnai l'intérieur de la villa que quand la fraîcheur commença à se faire sentir. La nuit était claire, et l'air étouffant de chaleur. Aucune ondulation ne venait troubler la surface de la piscine.

Le sommeil m'envahissait.

Je sentais que je partais pour une nuit profonde et bienfaisante.

Du moins, le pensais-je.

17

Je ne me souviens plus très bien pourquoi je me suis réveillé dans la nuit, mais le fait est là : j'ai ouvert les yeux, grimacé en regardant le réveil – 3 h 14 – et allongé le bras, la main à plat sur le drap à la recherche de la présence chaude et rassurante d'Elizabeth : la place qu'elle était censée occuper était vide.

Alors, rassemblant mes esprits, j'ai basculé sur le côté du lit pour m'asseoir sur le bord. Je me rappelle nettement avoir bâillé en me frottant le visage. Puis, j'ai massé mes paupières de mon pouce et mon index. La chambre vide était baignée par la lueur de la lune, la silhouette absente d'Elizabeth était restée imprimée sur le drap en une forme allongée, celle de son corps légèrement recroquevillé.

Peut-être avait-elle eu trop chaud et était-elle partie dormir dans un des transats de la piscine ? Ou faire quelques brasses dans l'eau tiède ? Simplement vêtu de mon caleçon, je traversai une enfilade de pièces jusqu'à la baie vitrée du grand salon donnant sur l'extérieur. Je fis coulisser la porte-fenêtre et sortis : la surface de l'eau était immobile.

Je murmurai son prénom. Seul le silence me répondit.

Mon regard se porta alors vers la terrasse en surplomb. S'il restait un endroit où elle pouvait se trouver, c'était forcément là.

J'empruntai le petit escalier de pierre menant à la terrasse. Je ne m'étais pas trompé : elle était bien là, au fond de la terrasse, au centre du parapet. Mais aussi loin que je remontais dans mes souvenirs, je n'avais jamais vu Elizabeth ainsi : elle me tournait le dos, entièrement nue, les jambes légèrement croisées, un pied sur l'autre, dans une attitude décontractée, les avant-bras en appui sur la rambarde, en train de regarder dans le bas de la vallée.

M'avait-elle entendu monter sur la terrasse ? Attendait-elle que je la rejoigne ? Cette posture troublante ressemblait à une invitation. Je sentais mes sens s'affoler brusquement, et la chaleur extrême n'était pas faite pour arranger les choses. Mes tempes battaient tels des tambours de guerre. Mes muscles se crispaient à la vue de ce spectacle inattendu. Des envies ancestrales, incontrôlables, montaient en moi. Je tentai de les refouler, mais la cible vers laquelle j'avançais m'en empêchait.

Alors, d'un geste lent et mesuré, je fis glisser le caleçon contre mes jambes, me débarrassant de ce dernier rempart de décence. Je me plaquai contre son dos et l'enlaçai. Je m'abandonnai, tandis que mes lèvres se posaient sur sa nuque et que mes mains caressaient son ventre ferme et ses seins gonflés par le désir.

C'est là, alors que je l'embrassais avidement dans le cou que je découvris ce qu'elle regardait : sur la terrasse des Thompson, en contrebas, Celia et son mari étaient en train de faire l'amour en nous observant. Bientôt, d'autres soupirs attirèrent mon attention : vers l'ouest, sur la terrasse d'une villa plus lointaine, légèrement en retrait, je découvris un autre couple qui s'adonnait lui aussi à de furieux ébats. Peut-être s'agissait-il de celui rencontré également sur le ferry lors de notre première traversée.

Ce spectacle me fascinait littéralement, m'excitait tout autant qu'Elizabeth, qui à présent se donnait sans compter. La scénographie pour le moins insolite de ces trois couples qui s'observaient pour se procurer davantage de jouissance me donnait l'impression à la fois troublante et paradoxale d'une communion à distance totalement fusionnelle.

Puis, chaque couple regagna son foyer. Le nôtre vint s'échouer sur sa couche et goûta une fois encore aux délices de l'extase avant de sombrer dans le sommeil.

J'ouvris un œil vers 6 h. Le jour était déjà levé, et la température confortable. Une douche presque froide fit défiler en moi le film de la nuit passée.

Quand je quittai la maison au volant de la Chevrolet, Elizabeth et Sullivan dormaient profondément.

La vallée, la maison, notre famille, tout semblait paisible et harmonieux. Mais à l'instant où la voiture s'engagea sur la passerelle du ferry, j'ignorais encore que ce décor était fragile et notre avenir terriblement menacé.

18

J'avais passé des soirées entières près de la piscine à essayer de comprendre pourquoi, en seulement quelques jours, tout était devenu si différent. J'avais beau passer en revue tous les paramètres de notre nouvelle vie, je n'arrivais pas à trouver ce qui était venu tout bouleverser.

C'était le troisième week-end sur l'île, et ce fut le samedi matin très tôt que je vis mon premier lézard. Ce qui me frappa tout d'abord fut la taille inhabituelle de l'animal : de la gueule à l'extrémité de la queue, il devait bien mesurer une trentaine de centimètres. Il ressemblait à un iguane. Celui que j'observais offrait une mâchoire ouverte pourvue de minuscules dents acérées. Son ventre gonflé se soulevait et s'abaissait à un rythme frénétique, mais ce qui me frappa surtout fut sa belle couleur vert émeraude.

À partir de ce jour, les lézards se multiplièrent, s'approchant au plus près de la maison. Souvent, le matin, nous en retrouvions quatre ou cinq autour de la piscine, à la recherche d'humidité, tentant de survivre à cet été qui s'annonçait caniculaire. Ils dressaient leur tête vers le ciel, semblant attendre vainement une pluie tropicale qui ne venait pas.

La climatisation de la villa était parfaitement réglée. À l'intérieur, la température rafraîchissait les corps et les âmes. L'air conditionné était indispensable pour continuer à vivre sur l'île.

Le week-end, je m'octroyais un repos dominical, amplement mérité après l'énergie investie tout au long de la semaine. J'avais toujours eu pour habitude de consacrer une grande partie de mon samedi au sport. Avant une promenade en vélo ou une partie de tennis en milieu d'après-midi, j'attaquais toujours la matinée par un jogging d'une heure. En général, je me donnais à fond, évacuant les soucis, ainsi que le poids de décisions difficiles, de responsabilités pesantes.

Dans la villa encore endormie, j'enfilais un short, un vieux t-shirt à l'effigie d'une université américaine et une paire de chaussures de course. Je partais sur la route qui passait devant chez nous et sillonnais la vallée. J'imposais à mon corps un rythme soutenu, des foulées longues et régulières. Ma course se faisait ample, apaisante, régénératrice.

Le samedi après-midi, je m'étais encore rendu seul au complexe sportif. J'avais guetté Celia Thompson aux abords des courts de tennis. Je n'avais pas attendu longtemps : elle était arrivée dans une décapotable blanche une demi-heure après ma venue, l'air nonchalant, la raquette sous le bras. Nous ne nous étions absolument pas donné rendez-vous, mais un lien étrange semblait nous rapprocher depuis notre première rencontre. Bien sûr, ce fut tout naturellement que nous nous retrouvâmes sur le même court. Après plus d'une heure de jeu, ce fut également avec évidence que nous nous dirigeâmes vers l'espace *Relaxation*. Pour la seconde fois, nous fîmes l'amour dans le sauna. Cette fois, ce fut plus intense, plus violent. À la découverte avait succédé la recherche du plaisir pur. C'était là davantage affaire de consommation que de désir, avec la menace que la porte du sauna ne puisse s'ouvrir à n'importe quel moment. Je trompais Elizabeth, en toute conscience, et cette fois sans éprouver le moindre remords.

Pour justifier mon acte, je m'inventais des tas de bonnes raisons, toutes plus légitimes les unes que les autres. Les questions se bousculaient à la porte de mon cerveau : pourquoi Elizabeth me poussait-elle systématiquement à aller jouer au tennis ? Souhaitait-elle s'isoler pour que je ne la voie pas ? Chaque fois, j'y trouvais de subtiles réponses : plutôt que de rester sur sa traduction, elle aurait pu venir se dépenser un peu avec moi. Et si elle ne voulait pas laisser Sullivan seul à la maison, nous pouvions parfaitement l'amener avec nous.

J'avais commencé ce samedi par un jogging, puis l'avais poursuivi par un après-midi d'intense activité en compagnie de Celia. Normalement, ce surplus d'effort aurait dû me calmer largement, me vacciner contre toute autre dépense d'énergie. Étrangement, ce fut l'exact contraire : à la tombée du soir, j'éprouvais encore le besoin non rassasié de brûler des calories. Pour la deuxième fois de la journée, j'enfilai un t-shirt et un short et repartis pour une nouvelle course nocturne. J'avalai les kilomètres sans aucune difficulté, sans outrepasser mes limites. Mon cœur était apaisé, réglé sur des battements réguliers. Mon corps était droit, mes enjambées à la fois souples et sûres. Je courus ainsi plus d'une heure, grisé par la vitesse. J'étais ailleurs, transporté dans un autre univers, loin de ma maison et de ma vie. Je suivais la route parfaitement bitumée, éclairée par la lueur laiteuse du clair de lune. À chaque foulée, j'allongeais la distance, gardant le cap sur ma poursuite obsessionnelle de quelque but invisible.

Le soir, je succombai à l'appel de la chair. Je fis l'amour à Elizabeth avec une violence qui l'étonna. Mais passée la surprise de mon comportement, elle sembla prendre goût à mon agressivité inédite. Pris dans le tumulte, je lui déchirai un morceau d'épaule en refermant ma mâchoire sur sa peau. J'aimai aussitôt le goût de son sang dans ma bouche. Ce sirop écarlate sur mes lèvres m'enivrait. J'adorai immédiatement cette sensation. Ça venait de son corps et c'était bon. Elizabeth hurla, plantant ses ongles dans mes omoplates. La douleur se mua en aiguillon, celui d'un plaisir inconnu que je découvrais brusquement. Mes dents pénétrèrent son bras, mais elle glissa in extremis ses doigts entre mes incisives pour empêcher la morsure. Je n'avais jamais ressenti le délice charnel d'une façon aussi intense. Elle tenta de résister, mais devant mes assauts répétés, finit par capituler. Cette déferlante ne s'estompa qu'au matin, quand mon corps enfin vaincu par une irrésistible torpeur se laissa dériver vers les rivages du sommeil. Elizabeth en profita pour échapper à mon étreinte, telle une antilope se dérobant sous les griffes fatiguées du jaguar afin de rejoindre le troupeau, laissant derrière elle le parfum encore évanescent du danger.

Quand j'ouvris un œil quelques heures plus tard, il me fallut au moins une minute pour que les aiguilles noires du réveil ne cessassent leur danse devant moi. Elles s'entrecroisaient dans un flou vaporeux, mais après un moment se stabilisèrent finalement en une figure géométrique précise, un angle droit : il était 9 h du matin. Habituellement, c'était l'horaire auquel je commençais ma journée de travail, quand je poussais les portes de chez APS et saluais toute l'équipe. L'idée pointa en moi, forte et nouvelle, incontournable : je ne me rendrais pas au bureau ce matin, le premier depuis que j'avais créé cette entreprise, et peut-être même le premier depuis que j'étais sorti de l'école.

19

— Il faut faire quelque chose pour Sullivan !

Le constat d'Elizabeth, déclaré sur un ton dramatique, était venu m'atteindre au beau milieu de mon mug de café.

— Qu'est-ce que tu veux faire pour Sullivan ?

Ma question l'avait déroutée. Elle m'avait fusillé du regard.

— Tu ne vois pas qu'il est mal ? Ton fils a onze ans, il passe ses journées seul dans sa chambre, le nez dans les livres et la tête dans un échiquier, et tu as l'air de trouver ça parfaitement normal. Ça fait déjà plusieurs semaines qu'on est là et il ne s'est pas fait un seul copain. Il paraît que cette île est un réservoir de gamins, c'est bien ce que nous a dit Ralph Bogolan. Eh bien, pour l'instant je n'en ai pas vu d'autres à part le mien. Les rares que j'ai peut-être entraperçus, ça devait être au supermarché le samedi matin.

J'étais surpris par son raisonnement, mais à la réflexion elle avait raison. J'osai alors la question fatidique :

— Tu crois qu'il s'ennuie ?

— Ouvre les yeux, et ne me dis pas que tu trouves normal qu'un garçon de son âge ne sorte jamais de sa chambre, je ne te croirai pas !

Son jugement était incontestable. Depuis que nous nous étions installés, je n'avais pas regardé mon fils. Accaparé par les contrats pour les casinos, je ne l'avais pas vu s'enfoncer dans la solitude. J'avais été négligent, pour ne pas dire aveugle. Parfois, vous croyez être terriblement proche d'un être, et il s'éloigne de vous subrepticement sans que vous y preniez garde. Ces choses-là arrivent plus facilement qu'on ne pense.

— C'est vrai, tu as raison… confessai-je en laissant dériver mon regard vers la surface turquoise de la piscine.

— Sullivan est un solitaire, mais je ne veux pas en faire un taciturne. Tu sais, j'ai pensé à un animal.

— Un animal ? la regardai-je, ahuri.

— Nous n'en avons jamais eu à la maison, et je pense que ça lui ferait du bien. Un petit compagnon, c'est formidable pour les enfants !

— À quel genre de petit compagnon as-tu songé exactement ? Le genre canin style saint-bernard, protecteur et câlin en même temps ?

— Non, je garde un trop mauvais souvenir de la lecture de *Cujo.*

Ma famille, très citadine dans l'âme et dans les faits, n'avait jamais entretenu de relations avec les animaux dits de compagnie. J'avais le souvenir lointain d'avoir observé une tortue dans le jardin de ma grand-mère, et plus tard celui d'un hamster se remplissant les bajoues de morceaux de papier, et qui tournait inlassablement dans une roue en plastique. Pour moi, les chiens étaient encombrants, les chats indifférents et les poissons inexpressifs. Concernant cette dernière catégorie, je n'avais jamais vraiment compris l'étrange engouement que pouvait susciter chez certains individus la vue d'un aquarium. J'avais toujours considéré cet objet comme un poste de télévision où tout changement de chaîne s'avérait impossible, imposant au spectateur un programme unique et répétitif.

— Il y a de magnifiques lézards autour de la maison. Si les reptiles l'attirent, je peux toujours en attraper un et lui installer un vivarium dans sa chambre.

Ma suggestion ne fit même pas sourire Elizabeth. Ce n'était pas une surprise, car mon humour ne rencontrait pas souvent de succès auprès de ma femme.

— Je te parle sérieusement, Simon. Ton fils a besoin d'un dérivatif, de quelque chose d'autre dans son existence. Ça ne me plaît pas de le voir ainsi. Il ne va pas faire sa rentrée scolaire avant plusieurs semaines. Pas question de rester sans bouger. Toi, tu ne le vois pas pendant la journée, tu es loin de tout ça, enfermé dans ton bureau de Manhattan, mais moi, il n'y a pas une heure où je n'aie envie de le sortir de sa chambre. J'ignore ce qu'il y fait, ce à quoi il songe.

— Et tu penses sincèrement que la présence d'un animal serait une solution ? l'interrogeai-je.

— J'essaye seulement d'en trouver une. Ça ne peut plus durer comme ça, sinon la prochaine étape sera un psychologue pour enfant.

Psychologue pour enfant. La menace suprême des mauvais parents, de ceux qui ne savent pas élever leur progéniture, qui sans doute auraient mieux fait de ne jamais engendrer. Tout ça me paraissait brusquement exagéré, voire dramatisé. Peut-être nous trouvions-nous effectivement face à des difficultés, mais l'intervention d'une aide extérieure – un spécialiste – pour nous aider à résoudre ce problème me semblait inenvisageable. La mort dans l'âme, je m'inclinai :

— D'accord, tu as une idée de l'animal qui conviendrait le mieux ?

Elle me lança son sourire le plus désarmant, celui auquel aucun homme ne pouvait résister, en tout cas pas moi :

— Je sais qu'il y a une animalerie pas très loin de chez APS. Tu pourrais peut-être y passer un soir. Qu'est-ce que tu en dis ?

Sa certitude m'intriguait :

— Lui as-tu parlé de ton idée, Elizabeth ? Comment peux-tu être sûre qu'elle serait la solution idéale, comme tu sembles le prétendre ?

— Je suis sa mère, et je crois que c'est une raison suffisante.

Cette réponse laconique était une manière plutôt subtile de me faire comprendre que moi, son père, était soit aveugle soit dénué de toute psychologie. Cette faculté qu'ont les femmes d'asséner quelques vérités assassines, en les présentant dans un emballage délicat accompagné d'un joli ruban, n'a jamais cessé de me fasciner.

Le lundi soir, j'organisai ma journée de travail de façon à quitter plus tôt. Je sortis de chez APS vers 18 h et me rendis à *Petland*, l'animalerie dont m'avait parlé Elizabeth.

Le magasin était grand et compartimenté en domaines bien précis. Je laissai les poissons sur ma droite, sans même leur adresser le moindre regard, pour me diriger vers la salle du fond. Au passage, je remarquai deux iguanes aux écailles passablement pelées et me fis cette réflexion que les lézards de notre île étaient bien plus verts et en meilleure forme.

Un rongeur semblait être un choix judicieux. Rats et souris étaient exclus. Je n'avais aucune envie de transformer la chambre de mon fils en laboratoire scientifique. Lapins, cochons d'Inde, chinchillas et hamsters : ces derniers spécimens m'intéressaient davantage.

Je collai mon visage contre les cages en verre, passant en revue les boules de poils qui s'agitaient dans tous les sens, ou restaient immobiles, en plein sommeil. Un hamster roux, l'œil vif et les bajoues parfaitement rebondies, se lissait les moustaches sur le seuil d'une minuscule cabane en plastique. Il se tenait debout, les deux pattes arrière dans des copeaux de sciure. De temps à autre, il allongeait le cou pour venir téter l'extrémité d'une pipette d'eau.

Il avait une bonne tête et allait faire l'affaire. Je n'irais pas jusqu'à parler de coup de foudre, mais de toute évidence il m'avait tapé dans l'œil.

Quelques minutes plus tard, j'installai sur la banquette arrière de la Chevrolet une cage en métal comprenant le matériel complet et son occupant.

20

La réaction de Sullivan ne fut pas exactement celle que nous attendions.

Il regarda la cage avec indifférence, sans vraiment s'attarder sur l'animal, qui devant le peu d'enthousiasme que manifestait mon fils préféra se réfugier dans sa maisonnette.

— Ça ne te fait pas plaisir ? lui demandai-je, me retenant d'exploser de colère et de lui dire ce que nous avions sur le cœur, à savoir de ne plus supporter de le voir ainsi cloîtré dans sa chambre du matin au soir.

— Je ne comprends pas pourquoi vous m'avez acheté un hamster, je n'en ai jamais demandé, lâcha-t-il.

— À une époque, tu n'arrêtais pas de les regarder dans les vitrines, nous pensions que tu serais content.

— Ça ne me dérange pas que vous le mettiez dans ma chambre. En tout cas, ne comptez pas sur moi pour m'en occuper. Hors de question que je remplisse sa gamelle de graines ou que je nettoie sa cage !

Sur ce, il tourna les talons et repartit en direction de sa chambre, dont il prit soin de fermer la porte quelques secondes plus tard.

Elizabeth et moi nous regardâmes, démunis.

— Super, ton idée d'animal de compagnie, marmonnai-je entre mes dents, mais suffisamment fort pour qu'elle entende.

— Franchement, qui aurait pu prévoir une telle réaction ? me lança-t-elle, éberluée.

— Pas nous en tout cas, mais peut-être ton éventuel psychologue pour enfants aurait-il pu déceler les prémices de ce comportement.

Bref, nous étions revenus à la case départ. Je contemplai en soupirant la cage posée sur une des tables basses du salon : le hamster était ressorti de sa villégiature, lissant le poil soyeux de son ventre par de grands coups de langue. Un instant, il s'arrêta, fixant sur moi ses petits yeux ronds, noirs et brillants, comme pour me demander à quoi il servait dans ce nouveau foyer, et quel allait être précisément son rôle.

La présence de l'animal dans la chambre de notre fils ne changea absolument rien au déroulement de la semaine qui suivit. Sullivan s'enfermait une bonne partie de la journée, tentant inlassablement de percer le secret de quelque combinaison redoutable aux échecs. Quand il délaissait l'échiquier, c'était pour se plonger dans des romans de science-fiction aux intrigues trop complexes pour son âge.

Elizabeth ne modifia en rien sa façon de travailler. Elle aussi passait la plus grande partie de ses journées entre les quatre murs de son bureau. Même si ses yeux se levaient parfois vers la surface bleutée de la piscine, elle restait concentrée sur l'univers des personnages d'Anthony Burdell, ceux de ce *Sacrifice d'Abraham* qui lui donnait du fil à retordre.

Quant à moi, la direction d'APS m'accaparait totalement. La négociation des contrats passés avec les casinos de Las Vegas s'avérait une énorme entreprise, et le soutien actif de mes collaborateurs était primordial. Nous travaillions d'arrache-pied jusqu'au soir très tard pour finaliser les tractations.

Dans les jours suivants, j'allais donc être confronté à un dilemme cornélien : soit je mettais les bouchées double chez APS au risque de négliger ma famille, à un moment crucial où je ne devais surtout pas le faire, soit je ralentissais délibérément mon activité pour me consacrer davantage à Elizabeth et Sullivan, en laissant volontairement passer l'opportunité d'une existence de milliardaire, et peut-être d'un avenir à la Howard Hughes, exception faite de sa fin tragique.

Mon hésitation ne fut pas longue : dès le lendemain, je doublais mon temps passé chez APS. Paradoxalement, je ne ressentais aucun épuisement. J'affichais même une forme exceptionnelle, le corps entier débordant d'une énergie difficile à contenir.

Le soir, même lorsque je rentrais tard, j'enfilai aussitôt mes vêtements de sport et partais courir une heure sur la route serpentant à travers la vallée.

Aussitôt rentré de mon marathon nocturne, je filais sous la douche, où Elizabeth avait pris l'habitude de me rejoindre. Avec elle, je m'abandonnais au plaisir pour chasser les heures d'épuisement passées chez APS. Quant à Elizabeth, elle oubliait dans ces moments aussi fréquents que frénétiques ses difficultés à transposer l'esprit d'Anthony Burdell, et surtout l'étrange comportement de Sullivan.

Le soir, nous passions nos dernières heures d'éveil confortablement enfouis dans un sofa, un bon roman entre les mains, ou devant notre écran plasma géant, avec un classique du 7e art choisi dans notre dvd-thèque. Puis, nous dormions amoureusement l'un contre l'autre jusqu'au petit matin.

Au matin d'un samedi achevant une de ces semaines épuisantes, Sullivan avança un pion décisif sur l'échiquier de notre destinée.

À 10 h, la porte de sa chambre était toujours fermée, ce qui était inhabituel chez notre fils. Depuis son plus jeune âge, il s'était toujours réveillé très tôt, même lorsqu'il lui arrivait de se coucher tard.

J'étais en train de me raser quand Elizabeth laissa échapper un cri. La lame de rasoir dérapa sur ma peau et fit une entaille. Une goutte de sang apparut quelques secondes plus tard. Torse nu, le visage à moitié couvert de mousse, je me précipitai dans la chambre de mon fils.

Sullivan, debout au milieu de la pièce, les yeux hagards, une expression vide, tenait dans sa main le hamster, les doigts serrés autour du cou du rongeur. Celui-ci n'était plus qu'une boule de poils inerte.

— Qu'est-ce qui s'est passé ? marmonnai-je en regardant alternativement Elizabeth et mon fils.

En guise de réponse, ce dernier relâcha la pression de sa main : le petit animal vint s'écraser à ses pieds. Elizabeth se baissa et ramassa le hamster. Puis, elle prit notre fils par les épaules et le tourna vers elle.

— Parle-nous, qu'est-ce qui ne va pas ?

Sullivan ne parlerait pas. Il me ressemblait, portant en lui les stigmates du malheur, les angoisses de l'existence. Il était comme moi, il pouvait supporter sans rien dire. Elizabeth se tourna vers moi, désemparée : nous venions de réaliser brusquement la gravité de la situation. Il fallait agir au plus vite.

21

Par chance, le Dr Redmond Todaloff avait une place libre dans la matinée. Après un quart d'heure de route, nous nous présentâmes donc tous les trois à son cabinet.

Le médecin avait une quarantaine d'années, plutôt grand, l'allure sportive. À la décoration de son bureau – une collection d'objets d'art anciens – on sentait immédiatement qu'il avait à faire à une catégorie plutôt privilégiée. Néanmoins, il affichait d'emblée une cordialité sincère et spontanée.

— Bonjour, vous êtes de nouveaux insulaires ? nous demanda-t-il en nous tendant une main aussi ferme que large.

En quelques mots, je résumai notre parcours et notre installation. Elizabeth se chargea quant à elle de présenter notre fils, et ses difficultés à s'acclimater à l'île depuis notre arrivée. En l'écoutant, je mesurai pour la première fois que cette situation géographique particulière ne représentait peut-être pas un avantage, mais un handicap certain. En effet, jamais depuis sa naissance je n'avais vu Sullivan dans un tel état, si loin de ses parents, et dénué de toute joie de vivre.

Redmond Todaloff nous écouta attentivement, puis nous fit sortir Elizabeth et moi afin de passer un moment en tête à tête avec notre fils. Silencieux, nous attendions dans la salle d'attente, en compagnie d'un jeune couple dont la femme était enceinte.

Après une dizaine de minutes, il nous demanda de revenir. Il affichait un sourire rassurant.

— L'épisode de ce matin n'est que la manifestation d'un malaise, d'une certaine incompréhension. Je crois que votre fils ne s'est pas encore fait à sa nouvelle situation. Votre emménagement est tout récent. Vous n'avez pas encore eu le temps de faire connaissance, de vous faire quelques amis parmi vos voisins. Mais ça va se faire. Dès la fin de l'été, l'activité battra son plein dans l'île, je vous l'assure. Avec la reprise de l'année scolaire, Sullivan se fera forcément des amis.

Néanmoins, il prit un temps pour examiner notre garçon. Il l'ausculta avec attention, enregistra son poids et sa taille à la fois dans son ordinateur et sur son carnet de santé. Sur le plan physique, tout était parfaitement normal. Il n'y avait rien à signaler. Nous nous quittâmes sur une poignée de main et un sourire, agrémenté d'un règlement de 180 $. Sur l'île, même les politesses les plus élémentaires avaient un prix.

Le trajet du retour en voiture fut aussi silencieux qu'à l'aller. Elizabeth et moi retrouvâmes l'usage de la parole une fois Sullivan cloîtré dans sa chambre.

Je me trouvai sur le bord de la piscine, les pieds dans l'eau. Elizabeth vint s'asseoir à mes côtés. Ce fut elle qui entama la conversation :

— Sa consultation est un peu légère, tu ne trouves pas ?

— Qu'est-ce qu'il pouvait nous dire d'autre ? Nous sommes allés le voir pour être rassurés : il nous a rassurés. Que veux-tu demander de plus ? Nous venons d'arriver dans l'île, il ne nous connaît pas, ni nous ni notre fils. Prenons ça comme une première prise de contact.

Elizabeth étouffa un rire nerveux :

— Une prise de contact à 180 $.

— Écoute, quand on a les moyens d'acheter une maison à 7 000 000 de dollars, il ne faut pas s'étonner de se voir facturer les poignées de mains.

— Ça ne résout pas notre problème : qu'est-ce qu'on fait avec Sullivan ?

— Je sais exactement ce que tu voudrais entendre de moi : que je consacre plus de temps à notre fils. Tu sais qu'en ce moment ce n'est pas possible, que la réalisation de ces contrats passés avec les casinos de Las Vegas est décisive pour APS. Je ne peux pas faire machine arrière, pas maintenant !

— J'en suis parfaitement consciente. Je ne veux en rien contrecarrer tes projets. J'essaye de lui allouer un maximum de temps en plus de mon travail sur le roman de Burdell. Mais pour moi aussi c'est pas facile, cette traduction exige du temps et de la concentration. Nous ne pouvions pas prévoir à quoi ressemblerait sa réaction.

— Tu sais, Elizabeth, si j'arrive à placer ces contrats, et surtout à les honorer en un temps record, APS décroche la timbale et se fait une place parmi les entreprises les plus fortunées, ce qui signifie qu'avec un tel brevet nous pouvons largement être à l'abri jusqu'à la fin de nos jours.

Elizabeth ne semblait pas m'écouter. Elle laissait son regard perdu flotter à la surface de l'eau.

— Parfois, je me demande si nous n'avons pas décidé trop vite de venir habiter ici. Je crois que ce Ralph Bogolan est très doué. Tu devrais le prendre dans ton équipe, il est très persuasif, voire carrément redoutable.

— Nous ne sommes pas condamnés à vivre sur cette île jusqu'à la fin de nos jours, me fis-je rassurant. Il faut prendre ça comme une expérience…

— Tu parles d'une expérience ! Jusqu'ici je n'en vois pas vraiment les avantages !

— Il y en a au moins un : je trouve que cet environnement a des effets plutôt positifs sur notre vie de couple.

J'accompagnai ma réplique d'un regard malicieux auquel elle ne fut pas insensible. Elle sourit avant de me prendre la main. Si nous allions bien sur ce plan, c'était toujours ça de gagné, me dis-je intérieurement. Mais je savais bien que nos dérivatifs sexuels ne constituaient qu'un leurre, que nous nous efforcions de contourner le problème le soir pour mieux y être confrontés le lendemain matin.

En ce qui me concernait, je savais que la semaine qui s'annonçait serait encore plus difficile que la précédente, que mon trio de choc – Bishop, Harrison et Masterton – allait devoir se faire encore plus convaincant que d'ordinaire.

Pour la première fois depuis notre installation dans l'île, je me sentis tendu en quittant la maison le lundi matin.

Au bureau, l'ambiance survoltée de travail me fit quelque peu oublier mes difficultés familiales passagères. Quand Rupert Masterton me demanda si je m'acclimatais à Paradise Island – c'était aussi une façon de me rappeler que c'était lui qui m'avait aiguillé sur Ralph Bogolan – je lui mentis en lui répondant que nous avions emménagé dans un paradis.

Le premier soir, je revins dans l'île avec une certaine appréhension. Pourtant, tout s'était déroulé comme d'habitude. Étrangement, la situation ne semblait pas avoir changé. Sullivan était toujours aussi silencieux, et Elizabeth toujours aussi inquiète. Entre les heures passées sur sa traduction, et les tentatives de rapprochement avec notre fils, elle semblait épuisée.

La nuit était étouffante. Malgré une climatisation d'un niveau technologique avancé, je ne parvenais pas à m'endormir, ne cessant de me retourner dans notre lit.

Je me levai plusieurs fois pour me rendre aux toilettes ou prendre un verre d'eau dans la cuisine. Elizabeth, profondément endormie à mes côtés, ne semblait gênée en rien par mes mouvements intempestifs.

Quand je trouvai enfin le sommeil, vers 3 h du matin, ce fut pour chasser le drap me recouvrant d'un coup sec quelques instants plus tard. Dans un halo de brume, Sullivan se tenait devant moi, me tendant le hamster sanguinolent et arborant un large sourire. Au sol, des traces de sang partaient de l'entrée de sa chambre jusqu'à la moquette blanche du couloir. Je hurlai pour chasser cette vision, et me levai une nouvelle fois.

Autour de la piscine, des dizaines de gros lézards couraient sur le carrelage chaud, la gueule ouverte tournée vers la lune. Je n'en avais jamais vus autant.

À cet instant, je compris que les choses allaient changer dans l'île.

Deuxième partie

Le royaume des cafards

22

L'arrivée des reptiles marqua le début d'une étrange période, un moment surnaturel que je pris dans les premiers temps pour une simple parenthèse.

Je me tenais seul devant la piscine, surplombant la surface turquoise, immobile, observant ces animaux énormes qui se déplaçaient avec une lenteur toute préhistorique. Brusquement, le doute m'étreignit, une sensation incontrôlable que quelque chose de terrible allait survenir, là, dans cette île, un événement dramatique que rien ni personne ne pourrait empêcher.

Les jours qui suivirent s'écoulèrent dans la torpeur estivale. Sullivan, Elizabeth et moi agissions comme si nous étions téléguidés. Nos actes et nos pensées semblaient s'enchaîner avec une logique mécanique, précise, programmée. Après plusieurs jours de ce rythme roboratif, un événement survint, qui allait considérablement changer la donne.

Un samedi matin, je ne parvenais pas à dormir. L'activité au sein d'APS était telle que la moindre pause durant la journée n'était même plus envisageable. Il m'aurait fallu des nuits entières de sommeil pour décompresser, mais c'était devenu impossible.

Comme chaque nuit, j'ouvris un œil vers 5 h du matin. Toute la semaine, week-end compris, c'était désormais mon heure. Chaque fois, le même rituel s'imposait : quelques pas jusqu'aux toilettes, le temps de soulager ma vessie, puis retour à la cuisine pour avaler cul sec un grand verre d'eau, et enfin quelques pas sur la terrasse, devant la piscine.

À la différence des autres nuits, celle-ci était fraîche. J'enfilai donc un peignoir par-dessus mon pyjama et sortis de la villa.

Comme pour un pèlerinage, j'empruntai l'escalier menant à la terrasse supérieure. Instinctivement, j'approchai du promontoire surplombant la maison des Thompson : ni Celia ni Mark, son mari, ne se trouvaient sur leur terrasse. En revanche, deux voitures de police, dont les gyrophares bleus lançaient des éclairs dans la nuit, étaient garées devant le portail, à proximité d'une ambulance.

Dans mon sommeil, je n'avais rien entendu de l'arrivée des véhicules.

Mes mains étaient crispées sur la rambarde.

Quand je découvris Mark Thompson sortant de la maison, menotté, et tenu fermement par deux policiers, je fus frappé de stupeur. Que s'était-il passé dans cette maison pour qu'on l'emmenât de cette façon au petit matin.

Instinctivement, mes doigts enserrèrent la rambarde de notre terrasse. Je ne parvenais pas à détacher les yeux des lueurs bleues tournoyant au-dessus des voitures de police, prisonnières de leur cage de plastique.

Un des agents referma la porte de la villa, puis les deux véhicules démarrèrent, s'éloignant pour serpenter dans la vallée, en direction de l'embarcadère.

Sans doute n'y avait-il pas de poste de police dans l'île, songeai-je, ce qui n'était peut-être pas si rassurant que cela. Je ne me souvenais pas d'ailleurs que ce point eût été évoqué par Ralph Bogolan. Je réalisai que nous vivions en totale liberté, certes, mais aussi dans la plus grande insécurité.

Hanté par la vision de cette scène, je ne trouvai pas les moyens de me rendormir. Je n'avais aperçu que le mari, mais pas Celia. Où se trouvait-elle lors de cette arrestation ? Dans l'ambulance ?

Je fis les cent pas un moment sur la terrasse, chassant les lézards du bout du pied. Puis, vaincu par la fraîcheur et l'énervement, je rentrai. Je commençai un livre, que je refermai aussitôt. Je glissai un DVD dans le lecteur, pour l'en extraire quelques minutes plus tard. Enfin, j'allumai mon ordinateur portable pour vérifier encore une fois les comptes de chez APS, que je connaissais déjà. Je ne tenais pas en place.

Elizabeth allait bientôt se lever. Que devais-je faire ? Lui parler de ce que j'avais vu ? Dans ce cas, ne serais-je pas troublé à l'évocation du souvenir de Celia, ou plutôt des moments intimes que nous avions passés ensemble ces derniers jours ?

Lorsque Elizabeth fit irruption dans le salon, les cheveux emmêlés et le regard endormi, je décidai presque instinctivement de ne pas lui raconter ce dont j'avais été témoin à l'aube.

Je dissimulai tant bien que mal mon malaise, mettant cette gêne sur le compte de mes préoccupations professionnelles du moment. Celia – son sourire envoûtant, son corps magnifique, sa peau délicieusement cuivrée et satinée – était présente au détour de chacune de mes pensées. Que s'était-il passé cette nuit dans la villa des Thompson ? Et comment l'apprendre ?

Les maisons étaient si éloignées les unes des autres que nous ne pouvions pas vraiment parler de voisinage. Pourtant, ma curiosité, pour ne pas dire mon angoisse, semblait grandir au fil des heures.

À qui allais-je bien pouvoir m'adresser pour connaître la vérité des faits ? Pour m'entendre confirmer que ce que j'avais vu de ma terrasse ne relevait pas d'une hallucination ?

23

J'avais besoin de faire un tennis, une incroyable envie, impulsive et immodérée, de me défouler sur un court. Tel fut l'argument que je servis à Elizabeth. Si elle le souhaitait, elle pouvait venir avec moi. Mais comme je m'y attendais, elle déclina ma proposition, de même que Sullivan, à qui je suggérais de faire quelques échanges.

Je me retrouvai donc seul, avec mes doutes, mes questions auxquelles je devais irrémédiablement apporter des réponses.

Une poignée de minutes me suffirent à enfiler un short et un t-shirt, et à chausser mes Nike. Dans la foulée, je jetai ma Wilson sur la banquette arrière, et démarrai la Chevrolet en direction de la vallée réservée aux sports.

Tous les courts étaient occupés.

Je me postai donc sur un banc à proximité de l'un d'eux, bien décidé à trouver un partenaire, quand deux hommes vinrent s'asseoir à côté de moi. Nous nous saluâmes, et ils continuèrent leur conversation. À peine avaient-ils commencé à parler que je saisis la nature de leurs propos :

— Tu ne vois vraiment pas de qui je veux parler ? demanda le plus âgé, le plus corpulent aussi.

— Non, je t'assure, je ne viens pas souvent ici, en tout cas moins souvent que toi, répondit l'autre, plus jeune – autour de la quarantaine – et plus fluet.

— Écoute, je suis sûr que tu la connaissais : une jolie brune, toujours bronzée, plutôt bien foutue, bonne joueuse en plus…

Mon esprit s'affolait, car à chaque réplique venait s'ajouter un élément supplémentaire qui confortait ce que je percevais.

— J'ai beau chercher, je ne vois vraiment pas… Et elle logeait où ?

— Dans une autre vallée, répondit le plus âgé.

— Et on sait pourquoi il a fait cela ?

— Non, il n'y a pas vraiment d'explication. En tout cas, rien de tangible ni de rationnel. C'est incroyable, tout de même…

N'y tenant plus, je me lançai :

— Pardonnez-moi, Messieurs, de me mêler à votre conversation, mais au petit matin j'ai découvert deux voitures de police et une ambulance devant une villa, un peu en contrebas de la mienne. Je crois que malheureusement ça a un rapport avec votre histoire. Que s'est-il passé exactement ?

Le plus mince des deux, assis directement à côté de moi, prit la parole :

— Cette femme dont nous parlions a été retrouvée assassinée par son mari. Il semblerait qu'il l'ait poignardée de trente-sept coups de couteau pendant son sommeil.

— C'est affreux, murmurai-je…

— Comme vous dites. Une belle femme, en plus.

Puis, le joueur le plus âgé fit signe au premier de se lever.

— Ah, désolé, notre court s'est libéré. C'est le moment de passer à l'action.

— Mais, qui vous a dit cela ? bredouillai-je.

— Steve Jones, évidemment ! Vous connaissez Steve Jones ?

— Oui, bien sûr, répondis-je en les saluant tandis qu'ils s'éloignaient vers la porte d'accès de leur court.

Je demeurai pétrifié, totalement anéanti, me noyant dans le cordage de ma raquette posée sur mes genoux. Je réalisai alors soudainement que c'était sur ce même banc que quelques semaines plus tôt j'avais fait la connaissance de Celia Thompson.

24

Elizabeth me parlait et je ne répondais pas. Je voyais en permanence le visage de Celia, l'air totalement abandonné pendant l'extase. Puis, la seconde d'après, j'imaginais son corps criblé de coups de couteau, me noyant dans un delta de plaies sanguinolentes. J'essayais de visualiser mentalement ce moment d'effroi lorsque son mari l'avait réveillée dans son sommeil pour la poignarder avec une sauvagerie sans nom. J'entendais ses hurlements, ses supplications, ce long cri d'horreur qui n'en finissait pas, qui se perdait dans cette nuit d'été envahie de moucherons et de lucioles.

Au fond de moi, je savais bien que je ne pouvais rien révéler de cette histoire à Elizabeth. Si je lui parlais de Celia, je me mettais en danger, et mon trouble viendrait forcément percer l'épaisseur de la carapace que je m'étais confectionnée.

Prétextant une fatigue extrême, je passai un moment près de la piscine, allongé dans un transat. J'avais besoin de solitude, voire de recueillement.

De temps à autre, je me levais pour arpenter la terrasse. Derrière le parapet, une centaine de mètres plus bas, je voyais le toit de la villa des Thompson.

Quelques jours plus tôt, ils étaient encore là tous les deux, peut-être allongés dans leur transat respectif, près de leur propre piscine, ou plus étrangement, unis dans l'extase amoureuse. Et de cela il ne restait rien à ce jour, seulement des images imprimées dans mon cerveau.

Autant que je me souvenais, ce couple avait des enfants (un garçon et une fille, si ma mémoire était bonne). Où se trouvaient-ils aujourd'hui ? Sans doute les autorités les avaient-elles emmenés loin d'ici.

Je me remémorais sans cesse ce couple que je connaissais à peine, sans toutefois parvenir à me persuader que ce drame terrible avait eu lieu juste à côté d'ici. Mes yeux ne pouvaient quitter cette maison vide aux volets fermés.

Pourquoi un tel drame était-il venu toucher ce coin de paradis, aux mérites tant vantés par Ralph Bogolan ? Pourquoi dans ce monde ? À l'écart de tout ? C'était si irréel. J'avais beau retourner la question dans tous les sens, ça ne cadrait pas avec l'ensemble du puzzle.

Ce fut ce jour-là que je vis mon premier cafard.

Depuis quelques semaines, je m'étais habitué à la présence des monstrueux lézards ressemblant à des iguanes, mais je n'avais pas encore vu le moindre spécimen de ces scarabées à la taille hors norme, gros comme le pouce.

Celui que j'aperçus était d'une teinte brunâtre, avec une carapace légèrement brillante. Il progressait à vive allure sur le rebord de la terrasse.

Je le suivis des yeux. Il poursuivit sa course sur toute la longueur du parapet, puis entraîné par son poids, se laissa tomber dans le vide.

Je songeai immédiatement à Kafka et à sa célèbre *Métamorphose*, nouvelle dans laquelle un jeune homme nommé Grégoire Samsa s'éveille un matin transformé en cancrelat. Pourtant, ce fut une image plus lointaine qui me revint à l'esprit, un souvenir d'enfance lié à un film oublié qui surgissait tout à coup du passé. Un oncle cinéphile m'avait emmené voir un film étrange intitulé *Bug*. On y racontait l'histoire d'énormes blattes qui sortaient d'une faille à la suite d'un séisme survenu en Californie. Mais celles-ci, outre leur taille gigantesque, s'avéraient chargées d'électricité. Elles avaient la capacité d'enflammer tout ce qu'elles touchaient, à commencer par les êtres humains. Cette série B aux effets spéciaux efficaces avait particulièrement impressionné l'enfant que j'étais.

J'observai le scarabée un moment, jusqu'à sa chute, puis me levai finalement pour retourner dans la maison.

À l'intérieur, l'espace était silencieux. La porte de la chambre de Sullivan était toujours fermée. J'imaginais qu'il était à l'intérieur, livrant un nouveau combat acharné sur l'échiquier.

Quant à Elizabeth, elle devait explorer une fois de plus les arcanes du cerveau d'Anthony Burdell. Elle était donc totalement indisponible pour moi.

Alors, je m'allongeai, songeur, sur un des canapés blancs du salon.

Pour faire exploser – ou plutôt imploser – cet immobilisme suffocant, quelque chose devait arriver.

25

En fin d'après-midi, je proposai à Elizabeth et Sullivan de prendre nos vélos et d'aller faire un tour dans la vallée, histoire de se changer les idées.

Elizabeth accepta avec joie ; elle était fatiguée de batailler chaque jour avec sa traduction. À notre grande surprise, Sullivan parut plutôt heureux à la perspective de cette balade. Secrètement, Elizabeth et moi en étions enchantés.

L'air était encore chaud à cette heure de la journée, mais la forêt qui nous séparait de la vallée voisine recélait pas mal de parties ombragées. Le pourcentage des côtes n'était pas élevé, et par conséquent pédaler ne demandait aucun effort.

Pour la première fois depuis notre arrivée, j'avais l'impression de goûter à des moments de bonheur jusque-là oubliés. La présence de Sullivan à nos côtés, qui pédalait avec énergie tout en souriant, nous fit à Elizabeth et moi un bien fou.

Il semblait se sentir mieux. Il parlait à nouveau, de l'année scolaire à venir, de ses futurs copains, de notre vie dans l'île, qui serait sans doute une expérience formidable pour nous trois, et de cette nature enchanteresse qui nous environnait.

Le voir reprendre goût à la vie et rayonner d'optimisme après cette période de réclusion dans sa chambre était pour le moins étrange.

Le soir, assis près de notre piscine, alors que notre fils était endormi, nous évoquâmes cet épisode encourageant de l'après-midi.

— Je n'arrive pas à croire qu'il ait changé aussi rapidement, me lança Elizabeth dans un soupir.

— Tu ne sembles pas heureuse ?

— Si, me répondit-elle évasivement, mais je reste sceptique.

— Et s'il avait tout simplement traversé une période de dépression, qui à présent serait terminée…

Je voyais bien qu'Elizabeth n'était pas convaincue par cette hypothèse.

— Le médecin qui l'a examiné, ce Todaloff, il n'a tout de même pas l'air très bon…

J'abondais dans son sens.

— Nous pourrions peut-être le faire examiner à New York. Qu'est-ce que tu en penses ?

— Je ne sais pas. Je n'arrive pas à me faire à l'idée qu'un enfant de dix ans qui possède tout ce qu'on peut avoir dans ce monde soit victime d'une dépression. Et puis, secrètement…

Elle s'arrêta soudainement, comme emplie d'un doute extrême.

— Secrètement ? la pressai-je de répondre.

— Eh bien, je ne pense pas qu'après son comportement de ces dernières semaines, il soit miraculeusement guéri en un jour.

— Tu sais, ça va peut-être mieux… tout simplement. Je ne suis pas dans sa tête, confessai-je, à bout d'arguments.

— Moi non plus, et pourtant, j'aimerais bien y être plus souvent.

Malgré l'heure tardive, une chaleur étouffante régnait près de la piscine.

Notre lampadaire high-tech en métal chrome projetait nos ombres sur le mur de la terrasse. Tapis dans l'obscurité, nous apercevions les lézards progresser de leurs pattes souples et silencieuses sur les dalles. Sur le haut du muret, des formes bombées aux carapaces luisantes crapahutaient : c'étaient les cafards surdimensionnés, qui à cette heure de la nuit émergeaient de leur repaire pour parcourir notre domaine.

Je me rendis jusqu'à la cuisine et en ressortis avec deux verres et une bouteille d'eau fraîche. À présent, nous avions pris l'habitude de la mettre au réfrigérateur. Cette liqueur de jouvence devenait alors particulièrement désaltérante, à l'égal du meilleur des jus de fruits.

La chaleur extrême qui sévissait dans toute la région déclenchait la soif. Nous aurions pu alors boire des litres sans nous arrêter.

Après quelques instants de silence, Elizabeth me sortit de ma torpeur.

— Je me surprends encore à me demander ce que nous sommes venus faire sur cette île.

— Mis à part les problèmes de Sullivan, ne me dis pas que tu n'es pas bien ici. Ce paradis ne te convient pas ?

Elle ne répondit pas immédiatement, prenant son temps pour formuler sa pensée.

— Eh bien justement, je ne suis pas certaine que ce paradis, comme tu l'appelles, en soit vraiment un.

— Je ne comprends pas, m'emportai-je, tu as tout ce qu'il faut, une villa de rêve, le calme absolu propice à la plus grande des concentrations, et tu ne sembles pas heureuse. Que faut-il de plus ?

— Je ne sais pas. C'est une drôle d'impression… À Brooklyn, nous pouvions sortir à n'importe quelle heure, marcher dans la rue, faire des boutiques, aller au restaurant, au cinéma, au théâtre ; tout était simple, facile, en bas de chez nous, à notre portée. C'était la vie, tout simplement, et ici je ne la vois pas ! Tout est figé, loin de nous. Dès la nuit tombée, chacun se retire chez soi, à l'écart des autres. C'est une sensation étrange, assez déplaisante finalement.

— Allons bon, m'énervai-je, voilà maintenant que tu vis dans un endroit déplaisant. Tu ne disais pas cela cet après-midi pendant notre balade à vélo. Tu disais même que le cadre était idyllique.

— Oui, c'est vrai, mais maintenant je n'en suis plus tout à fait sûre. J'ai peur… mais j'ignore de quoi. J'ai l'impression que quelque chose va se produire, sans pouvoir exprimer ce que ça pourrait être.

À cet instant, je sentis la main d'Elizabeth se glisser dans la mienne. Je la lui serrai fort, comme pour la rassurer, sans toutefois être certain d'y parvenir, car au fond de moi je redoutais quelque chose d'indéfinissable, d'indescriptible.

26

Pour la première fois depuis longtemps, nous passâmes une nuit plutôt calme, loin des tempêtes des derniers jours. La fraîcheur nocturne fit que nous nous endormîmes assez rapidement, l'esprit apaisé. Une légère brise parcourait la maison et passait sur nos visages, tel un voile invisible.

Nous fûmes ainsi plongés tous les trois dans un sommeil salutaire autant que réparateur, et ce sans la moindre interruption jusqu'au matin.

Au réveil, il me sembla ne pas avoir dormi ainsi depuis une éternité. Pour la première fois depuis longtemps, je me sentais bien, prêt à affronter l'avenir avec sérénité.

Nous prîmes notre petit déjeuner tous les trois sur la terrasse. Depuis combien de temps n'avions-nous pas vécu un pareil moment ? Cela paraissait presque étrange de voir Sullivan sourire en étalant de la marmelade d'orange sur ses toasts. Pourtant, tout en l'observant, je ne cessais de me répéter que cela ne pouvait durer, qu'une rechute se préparait forcément.

Profitant de cette météo fantastique qui devait normalement nous accompagner ce dimanche, j'en profitai pour proposer à Elizabeth et Sullivan de m'accompagner sur le court de tennis.

Elizabeth rejeta poliment ma proposition, prétextant qu'elle avait bien trop de travail avec sa traduction. Bien sûr, il s'agissait d'un stratagème pour que notre fils et moi puissions passer un moment ensemble, ce qui ne s'était pas produit depuis des semaines.

Devant l'enthousiasme de Sullivan, je redoublai d'énergie, préparant nos raquettes et deux boîtes de balles, ainsi qu'une bonne provision d'eau en prévision de ce que nous allions subir sur le revêtement synthétique.

En quelques minutes, notre garçon était déjà changé et assis dans la voiture. Grisé par un élan d'optimisme, j'embrassai Elizabeth et me mis au volant.

Dans l'instant qui suivit, notre Chevrolet s'arracha du sol, tel un destrier avide de chevauchées.

Il nous fallut à peine dix minutes pour nous rendre jusqu'à la vallée dédiée aux sports et loisirs.

Par chance, un terrain était libre. Je fixai nos deux badges sur le tableau, et ouvrai la porte grillagée donnant accès sur le court.

Sullivan semblait heureux de jouer à nouveau contre son « vieux père ». Il ne se débrouillait pas trop mal, renvoyant chaque balle avec méthode, s'appliquant sur chaque coup. Il tenait fermement sa raquette et ajustait ses frappes avec précision. J'étais fier de son jeu, et cela me faisait un bien fou de le voir ainsi, débordant de vitalité et d'énergie positive.

Nous échangions ainsi des balles depuis une bonne dizaine de minutes quand deux hommes pénétrèrent sur le court. Le premier, celui qui poussa la porte, affichait une quarantaine corpulente. Il était suivi par un partenaire d'une trentaine d'années, plus filiforme.

Troublé par cette intrusion inopinée, je laissai filer la balle que m'envoya Sullivan, et interpellai les joueurs :

— S'il vous plaît, Messieurs, nous avons réservé le court.

— Pardon ? fit le plus fort en me toisant de la tête aux pieds.

J'étais interloqué face à une telle situation.

— Je disais que j'ai réservé ce court pour mon fils et moi. On n'a joué qu'un quart d'heure.

Au lieu de me répondre, les deux hommes me tournèrent le dos et sortirent leurs raquettes de leurs sacs.

Je m'approchai d'eux.

— Vous pouvez aller vérifier nos badges, ils figurent bien au tableau.

C'est à ce moment que j'entendis distinctement le plus corpulent, qui marmonna pour lui, mais suffisamment fort pour que j'entende :

— Rien à foutre de vos badges !

Bouillonnant littéralement, je me rapprochai :

— Pardon ?

J'étais certain d'avoir bien entendu, mais en même temps, j'en arrivais à souhaiter d'avoir compris autre chose.

À ce moment, le plus âgé, au faciès de bouledogue, se tourna vers moi :

— Désolé, mais on a un match cet après-midi et on doit s'entraîner.

Je voyais ce qui se produisait, mais je ne parvenais pas à appréhender la situation.

— C'est pas grave, Papa, on jouera plus tard ! dit Sullivan derrière moi.

Je sentis sa main se glisser dans la mienne et me tirer vers la sortie. Je me dégageai aussitôt. J'étais furieux, hors de moi, et quel exemple allais-je donner à mon fils.

— Non, on ne jouera pas plus tard ! m'emportai-je. On va continuer à jouer, exactement comme on était en train de le faire !

Les deux hommes avaient pris nos places respectives, et commençaient un échange.

N'y tenant plus, je marchai vers le plus âgé, sans toutefois savoir ce que j'allais vraiment dire ou faire.

Je me calmai et tentai la voie diplomatique :

— Écoutez, il y a forcément un moyen de s'arranger. On était là avant… Laissez-nous jouer encore au moins un quart d'heure et on vous laisse la place. C'est possible, ça ?

— Non, ça c'est pas possible, parce qu'on a un match ! On vient de vous l'expliquer ! répondit le plus âgé, tout en continuant à renvoyer la balle à son adversaire.

— Allez, Papa, viens ! insista Sullivan, sa raquette à la main.

Je jetai un œil à mon fils. Pressentant que les choses prenaient un sale tour, il semblait me supplier du regard de laisser tomber.

J'étais en train de m'engager dans une voie qui me terrifiait, mais en même temps, je savais secrètement que je ne pouvais plus reculer, pour moi, bien sûr, par amour propre, mais surtout pour mon fils.

J'essayai une dernière manœuvre :

— Bon, qu'est-ce qu'on peut faire ?

— Vous casser du court ! me lança-t-il sèchement en plein effort, en rattrapant un lobe.

Je ne réfléchis pas une seconde lorsque je lui écrasai de toutes mes forces ma raquette sur la figure.

L'homme encaissa le coup, puis tituba un instant avant de s'écrouler, la tête contre le filet.

— Tu vois, connard, t'as l'air malin maintenant ! lâchai-je dans une sorte de cri.

Je contemplai la forme inanimée, sans réaction, à mes pieds.

Une voix derrière moi me rappela à la raison :

— Qu'est-ce que t'as fait, Papa ?

Je me retournai pour saisir l'expression terrorisée du visage de mon fils.

Lorsque je relevai la tête, ce fut pour voir le deuxième joueur s'enfuir en courant, faisant claquer derrière lui la porte grillagée du court.

Après deux trois minutes, je vis l'homme prendre péniblement appui sur la surface synthétique, et se mettre à genoux en se tenant la tête, le nez et la bouche en sang.

Je sentais mes doigts se crisper machinalement sur le manche de la raquette quand Sullivan vint poser une main sur mon bras.

— Non, Papa… murmura-t-il. Viens, on rentre !

Instinctivement, je sentais que je commençais à lever ma Wilson pour lui asséner un second coup, mais Sullivan, prévoyant et maîtrisant sa peur, me tirait déjà par le short.

— Viens, Papa ! me répéta-t-il encore une fois. On n'a plus rien à faire ici !

Perdu, je noyai mon regard dans le sien, et me laissai guider jusqu'à la sortie du court.

Durant tout le trajet de retour, je ne desserrai pas la mâchoire, me repassant mentalement en boucle la scène que nous venions de vivre. Mes doigts qui s'enfonçaient avec force dans la moleskine du volant témoignaient de la rage contenue qui m'étreignait.

Assis à côté de moi, Sullivan ne bougeait pas, le regard fixé sur l'horizon de la route devant nous. Pour la première fois, je ressentais un sentiment terrible, jamais éprouvé auparavant, non seulement celui de l'avoir déçu, mais également celui de l'avoir effrayé. J'avais perdu sa confiance. Je n'étais plus un exemple, un repère, ce que doit normalement représenter un père pour son fils.

Au fil des kilomètres, j'étais en proie à un véritable chaos intérieur. J'avais commis l'irréparable. Ma réputation était déjà faite. Quelle que soit la démarche que j'entreprendrais, rien ne pourrait plus jamais me réhabiliter aux yeux de Sullivan. Mais d'un autre côté, ne cessais-je de me répéter, si je n'avais rien fait, qu'aurait-il pensé de moi ?

27

Les heures qui suivirent notre retour à la maison se déroulèrent dans une étrange atmosphère, mélange paradoxal de honte extrême et d'un inévitable sentiment de fierté.

À peine revenus, Sullivan partit s'enfermer dans sa chambre, me laissant seul avec mon malaise, et l'appréhension des explications que je devais fournir à Elizabeth.

Sans un mot, j'attrapai la bouteille de whisky et un verre pour aller m'installer sur la terrasse. L'alcool est bien souvent l'ultime refuge des attitudes les plus condamnables.

Elizabeth ne m'avait sans doute pas entendu rentrer. Parfois, pour se mettre dans les conditions d'une traduction exacte, elle s'enfermait dans son bureau, s'isolant dans le bain musical de ses AirPods. Une symphonie bien choisie, ou l'album particulier d'un chanteur ou d'un groupe pouvait l'aider à trouver les mots exacts qui convenaient à ce qu'elle voulait écrire.

Mon regard glissait à la surface de la piscine. Je me noyais dans le bleu immobile. Sur le muret, juste en face de moi, je remarquai une armada de cafards progressant en file indienne. D'autres spécimens imposants s'aventuraient près de l'eau.

D'un geste incertain, je fis couler le liquide brun aux reflets dorés jusqu'à la moitié du verre. Je regardai le dessus de ma main, bien ouverte devant moi. De minuscules tremblements, à peine visibles, incontrôlables, la parcouraient sur toute sa surface. J'étais comme l'assassin, encore hanté par le forfait qu'il vient de commettre.

Surplombant la terrasse, un nuage lourd se déplaçait lentement, telle l'ombre d'un rapace planant à la recherche d'une proie isolée. Cette menace dans le ciel était un présage de plus dans notre existence d'insulaires. La vie à Paradise Island m'apparaissait comme quelque chose de négatif, une erreur fatale que nous allions payer chèrement tous les trois.

— Je ne t'ai pas entendu rentrer. Tu es là depuis longtemps ? me lança-t-elle avec un sourire imparable.

— Quelques minutes. Juste le temps d'avoir renoué avec la bouteille, répondis-je en levant mon verre de whisky.

— J'avais mis mes écouteurs, m'avoua-t-elle, comme prise en faute.

— Et qui te soutenait dans l'effort cette fois-ci ?

— Celui qui m'a toujours accompagné depuis toujours, le seul, le vrai.

— Le Boss, trouvai-je sans hésiter.

Elizabeth avait toujours été une fervente admiratrice de Bruce Springsteen, une fan de la première heure, une enfant de *The River*. Depuis, elle avait toujours suivi son idole sur sa route du rock, dans ses combats sociaux pleins de fougue et de rage, comme dans ses ballades renversantes où l'émotion transpirait à travers la force.

— Quel album ? rapide ou lent ?

— Calme.

— Laisse-moi deviner, proposai-je.

J'attendis quelques secondes, passant en revue la discographie de son chanteur préféré.

— *Nebraska*.

— Raté, mais tu as tout de même droit à une seconde chance.

— Alors, c'est *The Ghost of Tom Joad*.

— Comment as-tu pu manquer ça, franchement ! C'est son chef-d'œuvre, peut-être son plus bel album, la pierre angulaire de toute son œuvre, avec les deux autres piliers constitués par *Born to Run* et *Born in the USA*. Et toi, comment ça va ? Où est Sullivan ? s'empressa-t-elle de me demander.

Je passai rapidement sur la deuxième question, ignorant la première.

— Dans sa chambre.

— Et ça s'est bien passé ?

— J'ai simplement cassé la gueule d'un mec d'un coup de raquette, à part ça tout va bien.

Je quittai un instant la surface de l'eau pour découvrir son regard médusé.

— Tu… tu as fait quoi ? bredouilla-t-elle.

— Je viens de te le dire : j'ai frappé un type avec ma Wilson.

Je lui racontai toute l'histoire, de notre arrivée sur le court jusqu'à notre « sortie ».

À aucun moment elle ne m'interrompit, affichant un visage impassible, sur lequel pouvait se lire toute la stupeur que lui inspirait notre aventure.

— Et qu'est-ce que tu comptes faire ? furent les seuls mots qu'elle prononça après un moment.

— Moi, rien. Mais je crois que quelqu'un d'autre va s'en charger pour moi.

— Tu veux dire que ce type risque de porter plainte ?

— Ce n'est pas qu'il risque, il va le faire. Il n'a pas pu me retourner le coup, il va forcément aller voir son avocat. Il va falloir que je justifie ma réaction, et je n'ai aucune excuse.

— Si, tu as des circonstances atténuantes, confessa Elizabeth avec un regard perdu.

— Aucune ! On ne frappe pas un homme sous prétexte qu'il est con et méchant. Sinon, on marcherait sur les cadavres. Et surtout, on ne frappe pas un homme en présence de son fils. Tu parles d'un exemple à suivre !

— Mais cet homme a été odieux ! tenta-t-elle pour prendre ma défense. Il t'a humilié devant Sullivan.

Une fois de plus, je me fis l'avocat du diable.

— Certes, cet homme a eu une attitude inqualifiable, mais ce n'était pas une raison pour l'amocher à ce point. On doit toujours privilégier la voie diplomatique. La violence n'est ni un recours, ni une solution. Je me suis évertué à répéter ce principe à Sullivan pendant des années, et voilà le résultat : j'ai tout foutu en l'air en une poignée de secondes. Pour une connerie, tout est parti en vrille. Je n'ai pas réussi à me contrôler. En plus, il y avait un témoin : son partenaire de tennis.

28

Le lundi matin, j'embarquai sur le ferry direction New York, à 8 h 15 précises.

D'une certaine façon, j'exultais à retourner m'enfermer avec mon équipe pour aller suer sang et eau sur nos dossiers difficiles concernant le futur équipement des casinos de Las Vegas.

Retrouver mon « quatuor d'enfer » pour partir à l'assaut de la capitale mondiale du jeu était vraiment tout ce qui m'importait pour l'instant.

Ce fut même un réel bonheur quand je franchis le seuil de nos bureaux et tombai sur le visage amical de Laura Levine, déjà aux commandes derrière son bureau.

Bob Harrison et Rupert Masterton n'étaient pas encore arrivés, mais Terence Bishop, toujours matinal, m'accueillit presque avec soulagement.

— Ah, enfin, on croyait bien ne plus te revoir ! s'exclama-t-il.

Je m'acquittai de quelques généralités sur mon nouveau statut d'insulaire, puis plongeai au cœur de l'action en l'interrogeant sur l'état d'avancement de nos dossiers.

Apparemment, toute l'équipe avait fait un travail formidable en mon absence, car plusieurs contrats décisifs avaient été signés. C'étaient surtout Harrison et Bishop qui avaient finalisé les opérations.

Enthousiaste, je félicitai comme il se devait mon ami et co-équipier de longue date. Terence avait été de tous les combats, présent à mes côtés dès les débuts de l'aventure APS.

Quand mes deux autres complices, Harrison et Masterton, furent arrivés, nous fîmes immédiatement un briefing avec Terence et Laura, ou plutôt un plan d'attaque afin de déterminer sur quels éléments allait se concentrer la suite de nos opérations.

Puis, pourvu de notre nouveau planning, je partis m'enfermer dans mon bureau pour commencer à revoir quelques dossiers et passer des coups de fil.

En à peine une heure, j'avais totalement réintégré l'ambiance d'APS. Dans ce bureau, au milieu de ce quartier d'affaires de Manhattan, je me sentais pleinement chez moi, ce qui me donnait à penser une fois de plus qu'Elizabeth et moi avions peut-être fait une erreur en allant nous établir sur cette île à la réputation paradisiaque.

Songer à l'île me ramena bien sûr à mon altercation avec le joueur de tennis. Que faisait-il en ce moment ? Travaillait-il, lui aussi, à New York ? Avait-il informé son avocat ? Était-il déjà en train de constituer un dossier ? Qu'allait-il advenir de moi dans les prochaines heures ? Autant de questions en forme de tortures, pour lesquelles je n'avais absolument aucune réponse.

De temps à autre, je quittai des yeux mes dossiers pour regarder le téléphone. À quel moment allait-il sonner ?

Mentalement, je me passais déjà la bande de cette conversation future :

— Monsieur Simon Blake ?

— Lui-même.

— Désolé de vous déranger. Maître X à l'appareil : vous devez vous douter de la raison pour laquelle je vous appelle.

En fait, depuis hier, et mon retour précipité à la villa avec mon fils tétanisé sur le siège passager de la Chevrolet, je ne cessais d'entendre ce dialogue imaginaire, mais si réel.

Tant bien que mal, je tentai de chasser de mon esprit cette conversation parasite pour me concentrer à nouveau sur mon travail.

En fait, j'attendis cet hypothétique appel toute la journée, mais curieusement il ne vint pas.

Le téléphone resta muet – tout au moins pour cette affaire – car pour le reste il n'arrêta pas de sonner.

J'en arrivais presque à penser que tout ceci n'était qu'un cauchemar, que rien ne s'était produit sur ce court de tennis ce dimanche matin. Qu'en proie à un délire nocturne, j'avais imaginé ce scénario extravagant.

Et puis, si tout cela s'était bien déroulé comme je l'avais vécu, alors peut-être avais-je démontré ma force d'une façon efficace, tel un animal affirmant sa domination territoriale. Sans doute cette démonstration d'autorité par la violence la plus radicale avait-elle fait basculer les choses en ma faveur, et cela définitivement. J'avais prouvé naïvement que j'étais le plus fort. J'avais impressionné mon adversaire au point de lui ôter toute velléité de me poursuivre en justice.

Mon travail m'emmena jusque tard le soir. Il était plus de 20 h quand je quittai les bureaux d'APS.

Quand je m'installai à bord de la Chevrolet, et plus tard au moment où j'approchai du ferry, je sentis comme un léger frisson. Cette île, que j'avais tenue un moment pour notre havre de paix, m'apparaissait désormais comme une terre inconnue, hostile, une contrée dans laquelle j'allais devoir pénétrer avec méfiance, voire avec angoisse.

La frénésie qui entoura la découverte de la brochure consacrée à Paradise Island me semblait bien loin.

Sur le pont du ferry, je ne pus m'empêcher d'adresser un regard à chaque passager.

Et si mon tennisman était là, dissimulé derrière un chapeau et des lunettes de soleil, les mains au fond d'un imperméable, dont une bien fermée sur la crosse d'un revolver ou le manche d'un couteau ?

Mais celui que je cherchais était absent. Au lieu de cette silhouette menaçante, je n'apercevais que les voyageurs habituels qui faisaient chaque jour le trajet en ma compagnie.

Alors, quand je m'engageai sur la route principale menant aux différentes vallées, je me mis à songer que j'avais peut-être raison, et qu'avec un peu de chance cette histoire était terminée.

Pourtant, je n'arrivais pas à être complètement convaincu.

29

Lorsque je garai la voiture, je ne remarquai rien d'anormal devant la villa. La boîte aux lettres – fanion baissé – et les poubelles étaient à leur place. Rien n'avait changé depuis que j'avais quitté les lieux au petit matin.

Une fois de plus, je poussai la porte d'une maison aussi silencieuse que si elle était vide.

— Elizabeth, Sullivan, c'est moi ! lançai-je, comme pour me rassurer.

J'arpentai les couloirs, une boule au ventre.

Je fermai les yeux de soulagement quand je découvris ma femme devant son ordinateur, entourée de ses énormes dictionnaires. Elle se retourna et me regarda, sans un sourire.

— Ça va ? demandai-je, inquiet.

— Oui, sauf que ton fils n'est pas sorti de sa chambre de toute la journée. Il n'a même pas voulu manger. Tu peux être content de toi. Dire qu'avant-hier il allait mieux et semblait pratiquement guéri…

— Personne n'est venu ? demandai-je avec appréhension, comme ignorant sa réponse à ma question précédente.

— Si c'est la seule chose qui te préoccupe : alors, non, personne n'est venu.

Puis, elle pivota le fauteuil vers son écran pour replonger dans sa traduction.

Lorsque je poussai doucement la porte de la chambre de Sullivan, ce fut pour le découvrir prostré devant son échiquier. À cette seconde même, je compris alors qu'il avait réintégré l'univers qui l'habitait depuis plusieurs semaines, et qu'effectivement, par mon geste inconsidéré, j'avais anéanti tout le travail de reconstruction intérieure qu'il était en train de livrer chaque jour, au prix de bien des efforts.

Alors, je retournai sur la terrasse, mon refuge depuis le début de nos ennuis sur Paradise Island. Je fis quelques pas le long de la piscine, chassant du bout de ma chaussure quelques énormes lézards, dont la taille semblait même avoir doublé depuis la dernière fois. Quant aux cafards, ils avaient pris eux aussi des proportions anormales. Était-ce moi qui voyais ces animaux plus gros qu'ils n'étaient ? Où étaient-ils devenus ainsi en seulement quelques jours ?

Je demeurais sans réponse.

Une chose était sûre : cette île agissait étrangement sur ceux qui y vivaient, qu'ils soient humains ou non. Sans doute mes sens étaient-ils troublés. J'avais besoin de repos. Je décidai d'aller me coucher. Mais cette nuit fut particulièrement brève.

30

Ce fut vers les 3 h du matin que j'ouvris les paupières, presque machinalement devrais-je dire.

En fait, je m'éveillai en sursaut étonnamment frais, énergique, comme si j'avais dormi suffisamment.

Il me sembla retrouver cette même forme physique que j'avais jadis connu à l'époque de mes escapades nocturnes sur notre terrasse, quand j'avais surpris pour la première fois Celia et son mari.

J'avais soif, et comme chaque nuit je bus énormément d'eau, debout dans la cuisine, face à la fenêtre. Je restai un moment, immobile, songeur, mon verre à la main, le regard perdu sur la surface lisse de la piscine où se réfléchissait le disque de la lune.

Elizabeth dormait. Comme chaque jour, elle avait travaillé d'arrache-pied une grande partie de la journée à sa traduction du roman de Burdell. Constellations avait des impératifs de sortie stricts pour ses auteurs fétiches, et lui imposait des délais difficiles à respecter. Elle devait rendre un premier manuscrit d'ici deux mois, et il lui restait encore une bonne partie du livre à traduire. Chaque chapitre exigeait énormément de temps. À la fin de la journée, elle était épuisée, le cerveau laminé par tant de concentration, et les yeux rouges de fatigue.

Depuis plusieurs semaines, nos rapports étaient tendus. Mon travail accaparant chez APS et le comportement de notre fils ne facilitaient pas nos retrouvailles.

En me dirigeant vers la terrasse, je jetai un œil dans la chambre de Sullivan. Il dormait profondément. Son visage paraissait apaisé. Son petit corps frêle se soulevait sous l'effet d'une respiration calme et régulière. Lorsque je le regardais dormir, il ressemblait à tous les autres enfants de son âge, et les problèmes qu'il rencontrait depuis notre arrivée semblaient ne jamais avoir existé. Je songeai à ce Dr Todaloff, et à sa flagrante incompétence, me disant qu'il fallait absolument lui trouver un remplaçant pour le faire examiner par quelqu'un digne de ce nom.

Les cafards semblaient encore plus gros que la dernière fois. Était-ce une illusion d'optique, ou leur volume avait-il encore changé depuis ma précédente déambulation autour de la piscine ? Ils avançaient péniblement sur le carrelage, portant avec difficulté leur lourde carapace à l'aspect métallique, aux lignes zébrées, telle une carrosserie de bolide. Mais bien davantage que leur apparence nouvelle, ce fut leur nombre qui m'intrigua. Cette fois, il y en avait vraiment beaucoup. Des armées entières de ces cancrelats avaient investi les abords de la piscine, curieusement rassemblés autour de l'échelle d'accès.

Ces énormes blattes n'étaient pas les seuls occupants de notre terrasse. Les lézards, aux tailles dignes d'iguanes d'Amazonie, avaient également envahi les lieux. Ils déambulaient de leur démarche lourde et apprêtée. Certains étaient à l'arrêt, figés dans leur posture habituelle : gueule grande ouverte, tête légèrement inclinée vers le haut.

Je regardais dans la vallée et au-delà. Quelques fenêtres étaient éclairées dans les différentes villas situées en contrebas. Tout semblait effectivement paradisiaque, conforme au discours tenu par Ralph Bogolan. Si toute l'île avait ressemblé à ce qu'elle était ce soir, alors oui, j'aurais à nouveau signé pour vivre ici. Pourtant, j'étais bien forcé d'admettre que cet agent immobilier nous avait vendu du rêve. Nous avions aimé les premiers moments passés ici, tout cela était vrai, mais l'illusion de bonheur s'était avérée de courte durée.

Pour la première fois depuis notre installation, je me sentais bien. Sous ce ciel étoilé d'été, sous le halo luminescent de la lune, tous les problèmes devenaient secondaires, moins importants. Des solutions apparaissaient, des réponses à chaque question. Je n'avais plus peur de l'avenir. C'est à ce moment précis que j'entendis un bruit de pas derrière moi et le souffle imperceptible d'une respiration.

Lorsque je me retournai, je compris que les problèmes allaient recommencer.

31

Dans la pénombre, je distinguais à peine la silhouette qui se tenait devant moi. Mais après quelques instants, avec la clarté lunaire, les traits de celui qui me faisait face m'apparurent nettement.

Les bras le long du corps, vêtu d'un short et d'un t-shirt, de chaussettes blanches et de tennis, une raquette dans la main droite, il me scrutait du regard. L'homme que j'avais frappé sur le court me regardait sans rien dire.

— Qu'est-ce que vous voulez ? murmurai-je.

— Je suis venu continuer l'échange, et cette fois je vais l'emporter ! Je vais vous écraser comme un insecte !

À peine avait-il terminé sa phrase que j'esquivai le coup. La raquette me passa à ras. Je sentis même le déplacement d'air.

Maintenant, je détaillais parfaitement son visage. Ses yeux fixaient les miens. Les doigts de sa main droite étaient crispés sur le manche de sa Head. Il avançait vers moi, tel un chevalier du Moyen Âge, prêt à livrer combat pour sauver son honneur.

De toutes ses forces, il la projeta telle une épée.

Il était venu pour me rendre la monnaie de ma pièce, et il n'allait pas abandonner en cours de route.

Je tentai de mettre de la distance entre nous deux en me glissant derrière un des deux transats, mais c'était là une bien maigre protection. Il avança vers moi, plus déterminé que jamais à me porter un coup fatal.

Je le vis lever sa raquette très haut au-dessus de lui, telle une hache. Là encore, j'évitai le coup en reculant.

— Tu croyais que j'allais faire ça dans les règles, espèce de salopard, que j'allais téléphoner à mon avocat, comme un vrai gentleman ! Mais tu ne sais pas sur qui tu es tombé !

Il progressait vers moi, le dos courbé, les muscles bandés, la raquette tenue comme une dague.

Je sentais subrepticement que nous approchions de l'eau, que nous n'étions plus qu'à quelques pas du bord de la piscine.

L'homme avançait toujours, prêt à frapper.

À cet instant précis, je songeai qu'une chose aussi insignifiante qu'une fenêtre soudainement éclairée aurait pu détourner son attention, et donc me permettre d'agir. Si seulement Elizabeth avait pu se réveiller et allumer sa lampe de chevet, alors la lumière filtrant au travers des stores vénitiens aurait attiré son regard. J'aurais profité de cette seconde d'inattention pour bondir sur lui.

L'homme continuait à marcher vers moi, positionnant un pas mesuré devant l'autre. À quel moment allait-il donner l'assaut ? Je l'ignorais.

Imperceptiblement, je reculais. Tous mes sens étaient en éveil. J'entendais les pas feutrés des lézards, et il me semblait presque percevoir la course de quelques gigantesques cafards sur le muret de pierre encore chaud.

N'étant pas à l'aise avec les éléments aquatiques, je savais par nature que je devais éviter à tout prix de tomber dans la piscine. Si d'aventure le cas se produisait, l'autre en profiterait assurément pour m'empêcher de remonter sur le bord. Il m'aurait à l'usure. J'avais vu une scène similaire dans un film, il y avait bien longtemps. Des réminiscences d'un thriller français des années 70 me revenaient tout à coup. En résumé, le premier à tomber à l'eau aurait perdu.

Nous continuions notre danse absurde, lui avançant et moi reculant.

Pourtant, l'un de nous deux allait devoir prendre une initiative. Comme dans les duels à l'épée, je savais par nature que celui qui portait le premier coup avait presque toujours l'avantage.

Désormais, une distance trop importante nous séparait pour que je puisse foncer sur lui. Il aurait eu largement la possibilité de m'asséner un coup, et vu l'énergie qu'il s'apprêtait à déployer, le premier serait forcément le bon.

Nous étions relativement proches du bord, et lui avait conscience que s'il fonçait vers moi, il risquait d'atterrir dans l'eau. Il hésitait à attaquer.

L'impatience nous rongeait tous les deux. Je n'avais aucune échappatoire possible et devais trouver quelque chose.

Tout en positionnant chacun de mes pas avec précaution, je cherchais laborieusement une idée.

Et puis, tout à coup :

— Non, Elizabeth ! hurlai-je en regardant derrière l'épaule de mon adversaire.

Un réflexe humain et instinctif le fit se retourner.

Je n'avais qu'un dixième de seconde pour réagir. J'en profitai.

Je me ruai sur lui, les deux mains en avant, et le projetai littéralement sur le carrelage.

Par chance pour moi, sa réception au sol fut malhabile et douloureuse. Son poignet coincé sous son corps l'obligea à lâcher sa raquette.

Dans la foulée, je l'éloignai du bout du pied et lui assenai un coup dans la mâchoire. Sous mon poing serré au maximum, je sentis les os craquer. En un éclair, je le poussai de toutes mes forces dans l'eau.

Son corps bascula dans le vide.

Immobile, sans battement de jambe ni mouvement de bras, mon agresseur flottait à la surface de l'eau.

Qu'allais-je faire ? Je devais bâtir un scénario dans l'urgence.

En une seconde, une histoire improbable, mais sans doute crédible – du moins l'espérai-je – jaillit de mon cerveau : un homme que je ne connaissais pas – un tennisman, vu sa tenue – était passé dans notre villa et, pour une raison totalement inconnue, était tombé dans notre piscine.

Je jetai la raquette à proximité du corps. Elle se mit à descendre lentement pour se poser au fond.

Une fois rentré dans la villa, je m'étendis à côté d'Elizabeth, qui dormait déjà profondément.

Je venais de tuer un homme que je connaissais pour l'avoir déjà rencontré et frappé. J'allais dormir quelques heures en oubliant ce qui venait de se passer, et découvrir tout cela au matin.

Je savais que ce court sommeil, si toutefois j'y parvenais, constituait mon ultime sursis avant de basculer définitivement dans l'horreur de l'irréparable.

Je nageais en plein cauchemar.

32

Ma main engourdie s'étendit avec peine pour constater que j'étais seul dans le lit.

J'ouvris un œil : Elizabeth n'était pas à mes côtés. Quelle heure pouvait-il être ?

Mon esprit s'affola aussitôt : depuis combien de temps était-elle debout ? S'était-elle rendue sur la terrasse ? Avait-elle regardé dans la piscine ? La police était-elle déjà en route ?

J'étais assailli de sueurs froides. Voilà... C'était fini. Je savais pertinemment que dans cette chambre fermée j'étais en train de vivre mes derniers instants d'homme libre. Dans quelques minutes, j'allais devoir rendre compte d'une situation que je connaissais déjà, mais pour la forme j'allais devoir feindre pendant un bref instant, juste le temps que soit découverte la vérité.

J'allais lire sur le visage d'Elizabeth la stupéfaction, la stupeur, lorsqu'elle contemplerait la silhouette de l'homme au fond de la piscine.

Je jetai un œil à ma montre : il était presque 9 h.

Il fallait y aller, comme on va à l'abattoir, comme on monte sur l'échafaud. Alors, enfin, je sortis de la chambre.

La lumière du salon m'aveugla. Il faisait déjà très beau.

Je passai devant le bureau d'Elizabeth : désert.

C'est à cet instant que je la vis : assise dans un transat sur la terrasse, devant la piscine, un livre à la main, et un café posé sur une table basse.

Elle semblait étrangement calme. Elle devait avoir découvert le corps et avait prévenu la police. Elle allait forcément m'annoncer qu'elle attendait la venue d'un inspecteur d'une minute à l'autre.

Je fis coulisser la fenêtre de la baie vitrée et avançai sur le carrelage de la terrasse, seulement vêtu de mon caleçon.

Je contournai une colonne de cafards et quelques lézards.

Elizabeth remarqua ma présence. Elle quitta les yeux de son livre et me fixa : le moment de vérité était arrivé.

— Tu as bien dormi ? demanda-t-elle.

Il n'était pas possible qu'elle ne sache pas. Il était inconcevable qu'elle n'ait pas vu. Ou alors, elle était d'une cruelle ironie.

— Oui, murmurai-je en avançant timidement vers le bord de la piscine.

Terrifié, je tendis le cou au maximum pour embrasser toute la surface : aucun corps ne séjournait au fond de la piscine, ni même une raquette de tennis.

Hébété, je me tournai vers Elizabeth.

— Tu es levée depuis longtemps ?

— Presque deux heures. Tu sais qu'en été j'aime bien me lever tôt.

Je contemplai l'eau, abasourdi.

— Qu'est-ce qu'il y a ? Ça n'a pas l'air d'aller ?

J'entendis à peine sa question, égaré dans un brouhaha intérieur.

Je la regardais, incapable de prononcer le moindre mot.

— Tu as mal quelque part ?

Si seulement Elizabeth avait pu imaginer une seconde l'enfer intérieur que j'étais en train de vivre.

Sans prononcer un mot, je reculais à tâtons pour m'asseoir sur le bord d'un transat.

— Mais parle, bon sang, qu'est-ce que tu as ? hurla-t-elle enfin.

Je me ressaisis tout à coup, tel un plongeur apnéiste crevant la surface d'un lac gelé après une immersion trop longue.

— Elizabeth… trouvai-je la force d'articuler. Est-ce que la piscine était vide quand tu es arrivée sur la terrasse ?

— Quelle drôle de question ! Qu'est-ce que tu crois qu'il y avait : un cadavre flottant à la surface ?

À cette seule réplique, je faillis basculer en arrière et m'écrouler sur le carrelage. Je devais trouver une idée simple et crédible, et surtout la trouver dans la seconde qui suivait.

— Je ne sais pas… Tout à l'heure, j'avais du mal à m'endormir. J'ai cru entendre un bruit, quelque chose… ou quelqu'un… tombant dans l'eau. C'était très présent.

— Et tu ne t'es pas levé ? me demanda-t-elle, intriguée.

— J'étais dans une sorte de demi-sommeil. En fait, je pense que j'ai dû entendre quelque chose. Mais je ne suis sûr de rien.

Elle me regardait, interloquée, un sourire en coin. Bien sûr elle ne me croyait pas, mais franchement, qui aurait pu me croire à cet instant précis ?

Après tout, peut-être avait-elle raison ? Avais-je vraiment vécu cette scène ? Ne l'avais-je pas tout bonnement extraite de mon cerveau, à la manière d'un fantasme, d'une vision, d'une illusion ?

— Et Sullivan ? tentai-je afin de chasser de mon esprit le cauchemar qui m'occupait.

— Je suis allée dans sa chambre il y a une dizaine de minutes. Il dort. J'ai un peu froid maintenant. Ça ne t'embête pas si on rentre ? Et puis, je dois me mettre au travail… laissa-t-elle tomber brusquement.

Je la suivis, décomposé, me retournant pour jeter un dernier regard vers la surface désespérément immobile de notre piscine.

33

Je partis plus tard que prévu au bureau.

Durant tout le trajet, je dus redoubler de vigilance en voiture. Je n'étais pas à ce que je faisais, totalement accaparé par ce que je venais de vivre ces dernières heures. Je me fis klaxonner deux ou trois fois.

Chez APS, la journée se déroula de la même façon. Je restai terré dans mon bureau, passant en revue des dossiers que je connaissais par cœur, ne prenant aucune initiative, me laissant porter par le mouvement.

Chaque seconde me ramenait à la surface de notre piscine, à cette silhouette, bras et jambes écartés, coulant à pic au fond de l'eau. Je passais mon temps à tenter de chasser cette image, mais elle revenait me hanter tel un spectre. L'homme que j'avais tué, pantin désarticulé, dérivait doucement entre deux eaux.

On me parlait, et je n'entendais rien. On me tendait des documents. J'apposais ma signature en les regardant à peine.

J'étais dans une autre dimension, une galaxie lointaine où le réel m'était totalement étranger. De toute ma carrière d'entrepreneur je n'avais connu une telle sensation. J'étais extérieur aux choses. Terence Bishop me répéta certaines phrases à deux reprises, comme s'il voulait s'assurer que j'avais bien compris. Quant à notre secrétaire, je lui réclamai plusieurs fois la même chose, n'ayant aucun souvenir de demandes faites quelques minutes plus tôt.

Dans l'après-midi, Bob Harrison m'interrogea sur mon état de santé.

— Je t'assure que tu n'as vraiment pas l'air dans ton assiette, me répéta-t-il à intervalles réguliers au cours d'une conversation.

Il me demanda si j'étais souffrant. Je prétextai un coup de fatigue, des problèmes avec mon fils, une adaptation plus longue que prévue à Paradise Island.

— Non, je te rassure, tout va bien ! assénai-je avec un enthousiasme faux.

Personne n'était dupe : je n'étais pas dans mon état normal.

Je quittai le bureau relativement tôt, vers 6 h du soir. J'avais hâte de retrouver les miens, même si j'aurais tout donné pour les revoir dans notre maison de Brooklyn, plutôt que sur cette île éloignée de tout.

Le scepticisme d'Elizabeth avait fini par me contaminer. Oui, nous avions fait une bêtise, et nous allions la payer très cher.

Mais cela ne me servait à rien de me jouer la comédie : au fond de moi, je savais bien que nous avions dépassé le stade d'une acclimatation ratée à Paradise Island. À présent, il était question d'un meurtre et d'un cadavre disparu. Car à moins d'un profond somnambulisme, j'avais réellement tué cet homme. De toute évidence, il était tombé dans l'eau et n'avait pas réussi à se hisser sur le bord de la piscine. Il avait sans doute essayé en s'agrippant à l'échelle, mais j'avais dû le repousser à coup de raquette. Avec quelle force l'avais-je frappé ? Peut-être lui avais-je défoncé la boîte crânienne avec sa Head à 200 dollars ?

C'était la suite que je ne parvenais pas à échafauder. Que s'était-il vraiment passé après l'épisode du plongeon ? L'homme avait-il miraculeusement repris connaissance au fond, avant de quitter notre villa ? Ou alors, l'autre hypothèse qui se présentait était que l'homme avait des complices, qui avaient observé la scène de loin et étaient venus le tirer d'affaire au moment propice.

La troisième hypothèse était que toute cette séquence n'était que le fruit de mon imagination, que je n'avais jamais vécu cette lutte au bord de la piscine, que cet homme n'était jamais tombé à l'eau, et que j'avais rêvé cette rencontre dans une sorte de brouillard comateux.

Sur le pont du ferry, je scrutais chaque visage. Des regards se posaient sur moi, curieux ou indifférents. Je reconnaissais des visages que je voyais tous les jours en me rendant au bureau. J'essayais de pénétrer leur esprit, de me mettre un instant à leur place. Comment me voyaient-ils ? Et comment, eux, ressentaient-ils ce lieu isolé, retiré du monde ? Avaient-ils la même perception de Paradise Island que moi ? Étions-nous tous ensemble embarqués dans la même aventure, en proie à une retenue naturelle nous empêchant d'en parler, de communiquer. Étais-je le seul à voir que quelque chose était en train de changer sur l'île ?

En sortant du ferry, j'aperçus une voiture que je connaissais fort bien, garée à proximité de la file d'embarquement. À n'en pas douter, il s'agissait de la Dodge de Steve Jones.

Le capot avant ouvert, je ne distinguais que sa silhouette penchée, en train d'explorer le moteur.

J'arrêtai la Chevrolet à côté de sa Dodge, et fis descendre la vitre de ma portière :

— Mr Jones ?

— Ah, Mr Blake, cela faisait longtemps que je ne vous avais pas croisé. Comment va votre petite famille ?

— Bien, merci. Vous avez des ennuis avec votre voiture ? hasardai-je en désignant la vieille Dodge.

— Le moteur commence à être fatigué. Vous savez, elle n'est plus toute jeune.

Je devais en savoir plus. Je saisis la balle au bond pour orienter la conversation :

— Vous qui résidez là depuis le début, ne trouvez-vous pas qu'il se passe ici depuis un moment des choses bizarres ?

— Des choses bizarres comment ?

— Des disparitions, par exemple.

Sans répondre, l'homme continuait à explorer le moteur de la voiture, les yeux fixés sur des fils de raccordements et des soupapes.

Puis, sa voix – comme lointaine – s'éleva d'un amas de câbles électriques :

— Ou plutôt des apparitions, vous voulez dire.

Je le regardai, interloqué.

— Ce matin, la sécurité a retrouvé un homme dans les bois.

— Dans les bois ? le regardai-je, décontenancé.

— Oui, c'est très étrange. Il y a des choses qui ne collent pas dans cette découverte. Il était vêtu d'un short, d'un t-shirt, il portait des chaussures de sport. À côté de lui, on a retrouvé une raquette de tennis. Mais le plus étonnant, c'était qu'il était trempé de la tête aux pieds, comme s'il avait pris un bain avant de mourir. On a aussitôt prévenu la police. Ils sont venus très tôt ce matin pour emmener le corps à New York. Ils vont sans doute faire une autopsie. J'ai l'impression qu'il s'est noyé – ou qu'on l'a noyé – avant de le transporter au milieu de cette forêt. C'est vraiment à n'y rien comprendre.

Puis, Steve Jones referma le capot, s'assit dans sa Dodge et démarra le moteur.

— Voilà, cette petite garce était seulement encrassée ! s'esclaffa-t-il en refermant la portière.

Il m'adressa un signe avant de s'éloigner en direction de l'intérieur de l'île.

Je restai là un moment, sonné par ses propos, incapable de la moindre réaction.

34

La nuit qui suivit ne fut qu'un long cauchemar ininterrompu.

Je ne cessais de fracasser le crâne de cet homme à coups de raquette. Il coulait à pic, laissant au-dessus de lui une mare de sang à la surface de l'eau. Mais, inexorablement, il ressortait en se hissant sur le bord de la piscine et quittait la villa d'une démarche incertaine pour aller s'enfoncer dans les bois. Je pistais ses pas mouillés sur le carrelage jusqu'au portail de la résidence. Ensuite, ma vue brouillée conjuguée à l'obscurité me faisaient perdre la trace de mon agresseur.

Ce fut à cet instant précis que j'émergeai de cette terreur nocturne, le torse couvert de sueur, les yeux exorbités, comme à la recherche de quelque chose que je ne comprenais pas, que je ne maîtrisais pas.

Je me réveillai plusieurs fois dans la nuit, vérifiant de la paume de la main qu'Elizabeth dormait toujours à côté de moi. Les yeux encore prisonniers du sommeil, mais déjà en proie à une once de lucidité, je tâtai la forme allongée dans le lit : ma traductrice préférée, cette femme dont j'admirais si profondément la volonté et les capacités de travail, était allongée sur le dos. Sa poitrine se soulevait, portée par une respiration régulière et apaisée.

Au cours de cette nuit, je refis plusieurs fois le même parcours : j'entrais dans la cuisine, me servais de l'eau directement au robinet, puis une fois le verre englouti et reposé sur le plan de travail, je marchais jusqu'au salon, ouvrais la porte vitrée de la fenêtre, et gravissais les quelques marches qui me séparaient de la piscine.

Assis sur un transat, quasiment recroquevillé en position fœtale, je mc posais alors toutes les questions qui devaient hanter tout meurtrier : avais-je bien tué cet homme ? Comment avait-il trouvé la force de s'extraire de l'eau après le passage à tabac que je lui avais administré ? Qui en aurait eu la force ?

À chaque fois, je tentais de m'endormir, mais le visage de Steve Jones riant à gorge déployée venait perturber ma quête d'un sommeil réparateur.

Au matin, c'est un bruit de moteur qui me tira définitivement du lit, et plus particulièrement un bruit de moteur de camion. Malgré moi, je reconnus cette musique régulière et mécanique, grave et saccadée, qui gratifiait l'environnement de son vrombissement assorti d'effluves de diesel.

Pour la quatrième fois, je fis coulisser la porte-fenêtre de la baie vitrée et avançai jusqu'au parapet : en bas, devant l'ancienne villa occupée par Celia et Mark Thompson, un énorme camion de déménagement était garé. Quatre hommes vêtus de combinaisons oranges effectuaient des va-et-vient entre l'entrée de la propriété et l'arrière du véhicule.

Dans le matin brumeux, accoudé au muret de notre résidence, emmitouflé dans mon peignoir, je les observais. Les déménageurs procédaient par équipes de deux, disparaissant systématiquement dans le camion, et en ressortant avec un canapé ou un meuble. Leur technique était bien au point, car ils procédaient d'une façon parfaitement organisée, ne semblant perdre aucune seconde dans la progression de leur travail.

D'où je me tenais, je ne pouvais apercevoir les nouveaux occupants des lieux qui se trouvaient très certainement dans la maison, en train de réceptionner le mobilier et d'indiquer les pièces où le déposer.

Nous allions donc avoir de nouveaux voisins, ce qui, d'une certaine façon signifiait que sur l'île la vie se poursuivait et que Ralph Bogolan continuait à exercer son pouvoir de séduction. Comment diable leur avait-il vendu les mérites de Paradise Island à ceux-là ? Avec la même subtilité qu'il avait employée avec nous ?

L'envie me prit de passer des habits à toute vitesse et de courir jusqu'à chez eux pour leur dire de fuir le plus vite possible, de retourner d'où ils venaient car cette île était maudite, et pour les prévenir qu'un grand malheur les guettait, une tragédie semblable à celle qui s'était abattue sur leurs prédécesseurs.

Mais je me ravisai et me dirigeai vers la cuisine en quête d'une tasse de café.

35

— Tu te débrouilles comme tu veux, mais aujourd'hui tu emmènes Sullivan chez le médecin !

La voix d'Elizabeth résonna derrière moi alors que j'appuyai sur l'interrupteur de la cafetière.

En une seconde, je visualisai la journée d'enfer qui m'attendait chez APS. Courir les salles d'attente des médecins était bien la dernière chose que j'avais envisagée pour aujourd'hui.

Je fixai la surface cuivrée de ma tasse, préparant ma défense en silence. En premier, je tentai la compréhension :

— Écoute, Elizabeth, tu sais très bien que c'est impossible en ce moment. Chez APS, nous traversons une période complètement dingue. Je ne pourrai pas me libérer avant plusieurs jours. Je suis désolé, mais c'est totalement exclu !

— Et tu ne trouves pas que la période que traverse ton fils n'est pas suffisamment dingue, elle, pour mériter l'attention d'un médecin ?

Une fois de plus, sa réplique était imparable. Elle me cloua sur place, me renvoyant aussitôt une image terriblement culpabilisante de « mauvais père ».

Je m'attendis bien sûr à la violence de sa réponse au moment où je lui balançai ma suggestion :

— Et toi, tu pourrais peut-être faire un saut chez Todaloff ?

— Tu te fous de moi, ou quoi ? Je suis traductrice, et il se fait que je travaille à domicile. Ça ne fait pas pour autant de moi une boniche ! Pourquoi devrais-tu toujours passer en priorité ? Moi aussi j'ai une situation, aussi importante que la tienne.

— Je n'ai jamais dit le contraire.

Ma remarque se perdit dans un silence étouffant. Elizabeth était visiblement branchée sur une autre longueur d'onde et ne m'écoutait pas.

— Et puis, pourquoi Todaloff ? reprit-elle avec vigueur. Je ne comprends pas pourquoi tu tiens tant que ça à retourner chez ce type qui a démontré sa parfaite incompétence avec notre fils ?

— Tout simplement parce que c'est le plus près, et que je n'ai pas le temps de courir les médecins à Manhattan ! m'énervai-je brusquement. C'est à prendre ou à laisser : où j'emmène Sullivan chez Todaloff ce matin, ou tu t'en occupes ! lui assénai-je en m'emparant du téléphone.

— Mais ce pédiatre est nul ! me hurla-t-elle.

— Il est nul parce qu'il ne t'a pas dit ce que tu souhaitais entendre. En plus, il l'a déjà examiné. Alors que si je vais en voir un autre, je devrai raconter à nouveau toute l'histoire depuis le début.

J'étais conscient de ma mauvaise foi. Je savais bien que ce médecin n'était pas le plus adapté au problème de Sullivan, loin de là, et qu'il aurait fallu un praticien mille fois plus expérimenté que ce soi-disant pédiatre. Mais secrètement, je savais bien que la question du choix ou non du Dr Redmond Todaloff était un leurre. Le vrai problème, et je le savais parfaitement depuis le début, était que je ne n'avais pas passé suffisamment de temps avec mon fils.

Par cet épisode regrettable, j'avais anéanti toutes les chances de retrouvailles possibles avec Sullivan. Ce geste inconsidéré sur le court de tennis, d'une telle violence que je n'avais pas su le mesurer au moment des faits, avait eu des conséquences tant désastreuses qu'irréversibles pour la suite de notre relation.

— D'accord, admit Elizabeth.

Sa réponse me parvint au milieu d'un brouillard épais de pensées confuses.

Dans la seconde qui suivit, je composai le numéro du médecin.

À l'autre bout du fil, on décrocha après la quatrième sonnerie :

— Cabinet du Dr Redmond Todaloff ! déclama une voix féminine semblable à celle d'une hôtesse de l'air.

Je demandai un rendez-vous dans la matinée. Pendant l'attente, je l'imaginais parcourir les pages bien remplies d'un agenda épais, couvertes d'une écriture serrée.

Après une trentaine de seconde, elle reprit le combiné :

— Vous avez de la chance : j'ai une place qui s'est libérée pour ce matin 10 h. Ça vous va ?

— C'est parfait. Ça laisse juste le temps à mon fils de se préparer, et nous sommes chez vous.

Je raccrochai en adressant un regard à Elizabeth et en soulevant le pouce en guise de victoire. Du coup, je lui extorquai un sourire. Pour un bref instant, la paix semblait être revenue entre nous.

36

Une demi-heure plus tard, la Chevrolet filait en direction de la vallée des services sociaux.

Assis à côté de moi, Sullivan demeurait silencieux et immobile, comme fixant devant lui un point imaginaire à l'horizon, à travers le pare-brise.

J'essayais tant bien que mal de le persuader que revoir le Dr Todaloff s'avérait positif pour lui. En même temps, je savais bien que mon discours n'était pas convaincant, que j'étais totalement accaparé par la somme de travail qui m'attendait chez APS, qu'au moment même où je lui parlais, j'aurais dû me trouver en pleine discussion avec Terence Bishop et Bob Harrison au sujet de notre stratégie concernant les casinos. Du coup, je maudissais Elizabeth et son numéro de chantage du matin. Elle aurait très bien pu emmener Sullivan elle-même chez un médecin, et lâcher pour un temps sa traduction d'Anthony Burdell.

Il était presque 10 h, et nous approchions du groupe médical. Je me sentis malgré moi me détendre, comme si ce rendez-vous était déjà passé.

À l'approche du cabinet du Dr Todaloff, je remarquai une ambulance garée, dont le gyrophare tournait en silence dans sa tourelle de verre.

Ma première pensée était que le médecin avait dû prendre un cas en urgence, et que cela allait de ce fait retarder notre passage.

Lorsque j'arrêtai la voiture, un véhicule de police vint stationner à côté de l'ambulance.

Une femme en larmes sortit du cabinet du médecin, suivie par trois autres personnes qui l'accompagnaient, la soutenant visiblement. Je compris à cette seconde même que quelque chose d'anormal venait de se produire, sans doute un événement tragique. Je demandai à Sullivan de rester dans la voiture, et sortis pour marcher vers le cabinet.

Un policier vint à ma rencontre, me faisant déjà signe de m'arrêter.

— Bonjour, lui fis-je signe de la tête. Qu'est-ce qui se passe ?

— Une personne a mis fin à ses jours, me répondit-il, stoïque.

— Dans le cabinet du Dr Todaloff ?

— C'est le Dr Todaloff, me précisa-t-il sur le même ton.

Je compris alors que la femme que j'avais vu sortir en train de pleurer était la secrétaire du pédiatre, celle-là même qui avait enregistré mon rendez-vous une heure plus tôt.

— Ce n'est pas possible, murmurai-je, j'avais rendez-vous avec lui pour mon fils à 10 h.

— Ça s'est produit il y a une vingtaine de minutes.

Sonné, je remontai dans la voiture et mis le contact.

— On n'y va pas, Papa ? demanda Sullivan, impassible.

— Le Dr Todaloff vient d'annuler ses consultations de la journée.

37

À notre retour, je racontai cet épisode à Elizabeth, qui bien évidemment en resta bouche bée. Je lui balançai un peu cyniquement :

— Tu vois, comme ça, ce pédiatre que tu critiquais tant a trouvé une façon de résoudre ses problèmes d'incompétence ! À présent, tu devras t'en trouver un autre.

Une fois ma vacherie assénée, je remontai dans la Chevrolet et pris la direction de Manhattan.

La circulation était particulièrement difficile aux abords de New York, et il était presque midi quand je me garai dans notre parking réservé aux membres de chez APS.

Quelques minutes après mon arrivée, Bishop, Harrison, Masterton, Laura et moi-même étions attablés dans notre salle de conseil, prêts à prendre d'assaut les plus prestigieux établissements de la capitale mondiale du jeu.

Laura nous fit un bref topo de la situation, qui n'était d'ailleurs pas des plus encourageantes. En effet, suite à notre contact, plusieurs directeurs de casinos avaient dans un premier temps posé une option, qu'ils étaient tout simplement en train de reconsidérer depuis environ quarante-huit heures. Du coup, nous en venions progressivement à douter : peut-être n'étions-nous pas à la pointe ? Et si notre position sur le marché n'était pas aussi évidente que cela ? Peut-être avions-nous manqué de discernement en ignorant la compétitivité, en songeant naïvement que nous obtiendrions ce monopole très facilement.

La conversation s'enflammait. Terence Bishop était partisan de réattaquer lesdits casinos en leur proposant une offre plus intéressante, bien plus avantageuse que la première. Bob Harrison nous incitait à démarcher auprès d'autres établissements, peut-être moins luxueux que ceux de notre première liste.

Sa stratégie était la suivante : tous les directeurs de casinos de Las Vegas se connaissaient. Si nous parvenions à caser notre logiciel de protection réputé infaillible auprès d'un seul, les autres seraient forcément au courant et reviendraient vers nous.

La discussion s'animait. Rupert Masterton, endossant une fois de plus le rôle de grand sage, tentait de calmer les esprits. Notre indéfectible secrétaire notait chaque argument avec une précision de scripte.

Quant à moi, « père fondateur » d'APS, je m'efforçais de paraître au cœur des débats, alors qu'il m'était impossible de dissimuler mon absence. J'étais ailleurs, et tous l'avaient remarqué. Ce fut Bob qui, avec beaucoup de franchise, m'en parla le premier :

— Simon, tu ne sembles pas avec nous… Tu as des soucis ?

Bob Harrison avait toujours eu une psychologie très poussée, doublée d'une grande perspicacité. En conséquence, je savais qu'il était inutile de lui mentir. Avant même que j'aie ouvert la bouche, il anticipa ma réponse :

— C'est ton île, c'est ça ? Elle te crée des problèmes ?

Gêné d'être percé à jour aussi facilement, je les regardai tous les quatre en souriant bêtement, tentant de garder un self-control, qui bien malgré moi était en train de m'échapper.

— Disons que l'acclimatation n'est pas aussi facile qu'on aurait pu le penser, laissai-je échapper avec un sens aguerri de la diplomatie et une longue pratique de l'euphémisme.

Bob, à qui rien n'échappait, me renvoya mon sourire. Je savais ce qu'il signifiait : une invitation à venir le rejoindre plus tard dans son bureau, et à lui confier mes tracas, si bien sûr j'en ressentais le besoin. Depuis la création d'APS, nous avions toujours fonctionné ainsi.

La réunion se poursuivit. Finalement, Terence Bishop finit par nous convaincre de revenir à la charge des premiers casinos déjà contactés, mais avec une meilleure offre, et surtout des arguments impossibles à rejeter, ou même ignorer.

Nous avions donc tous les cinq du travail en perspective.

38

Au moment où j'approchais de la maison, je remarquai la Dodge de Steve Jones garée devant notre villa. Le vieil homme était en train d'en sortir quand je coupai le contact. Il ne m'avait pas vu.

Je l'appelai par la portière :

— Vous vouliez me voir, Mr Jones ?

Il se retourna et me fit un signe de la main en guise de salut. Puis, la tête baissée, couverte de sa vieille casquette en jean, il s'avança vers la Chevrolet.

— En fait, je passais par chez vous, et je me suis souvenu de notre conversation d'hier soir, à propos de l'homme qu'on a retrouvé dans les bois. Vous savez, le tennisman.

J'éprouvai un bref instant la désagréable impression que Mr Jones pouvait lire dans mes pensées, et s'en amusait. Pourquoi venait-il justement me parler à moi de cette macabre découverte ?

Bien sûr, je feignis l'étonnement. Quelle autre attitude pouvais-je donc adopter ?

— Oui, je me souviens… Et alors ?

Il se pencha vers moi. La visière de sa casquette rentrait presque à l'intérieur de la voiture.

— Hier, je vous avais dit qu'on l'avait retrouvé trempé de la tête aux pieds. Vous vous souvenez ?

— Très bien. Et qu'est-ce qu'on a découvert ?

— Ils ont procédé à une autopsie : en fait, cet homme avait du chlore dans les poumons, comme s'il avait séjourné dans une piscine. C'est curieux, non ?

Il s'écarta de la portière et me regarda en souriant.

Je lui rendis son sourire.

Il ne pouvait pas savoir. C'était impossible. Ou alors il avait vu la scène. Mais celle-ci s'étant déroulée au milieu de la nuit, cela voulait tout simplement dire qu'il m'espionnait. Dans ce cas, s'il avait été témoin de notre altercation, et de notre bagarre – jusqu'à la chute dans l'eau – Mr Jones n'allait pas tarder à me faire chanter. Il me fallait donc attendre quelques jours pour en avoir la preuve. Pourtant, cette pratique ne lui ressemblait pas. Non, je devais absolument me persuader : c'était le hasard s'il s'était arrêté à ma porte ce soir. Sa visite tenait au seul fait qu'il m'avait parlé de cet homme la veille au soir. Je ne devais pas chercher plus loin.

Il m'adressa un signe de la main par la portière alors que sa Dodge s'éloignait, me laissant seul avec mes questions. Car soit Mr Jones était effectivement terriblement naïf, soit il ne l'était pas du tout et jouait à l'être. Soit le vieil homme n'était rien de tout cela, et je me faisais du cinéma.

Quand je glissai la clé dans la serrure de la villa et que j'annonçai ma venue, comme j'avais l'habitude de le faire les soirs où je ne rentrais pas trop tard, le silence m'accueillit une nouvelle fois, me renvoyant instantanément en pleine figure ma propre solitude.

Je jetai un œil dans le bureau d'Elizabeth. Le clavier de son ordinateur crépitait à un train d'enfer, comme si elle redoublait brusquement d'activité pour bien me montrer qu'elle aussi travaillait dur pour y arriver.

— Je suis là, lançai-je à voix basse.

— Je t'ai entendu arriver... Bonsoir, me répondit-elle sans quitter les yeux de son écran et tout en continuant à taper.

Je marchai jusqu'à la chambre de Sullivan et frappai à la porte, qui comme à son habitude était fermée. Aucune réponse ne se fit entendre de l'autre côté. Je tournai la poignée et passai la tête par l'encadrement.

Sullivan était dans sa position favorite : assis en tailleur sur la moquette, le dos calé contre le bord de son lit, devant son échiquier électronique.

— Bonsoir, Kasparov ! Alors, *Deep Blue* est-il en échec ?

Mon fils me regarda, sans pour autant me gratifier d'un sourire.

— Jusqu'ici, j'ai évité l'échec au roi. Il est coriace, mais je me défends.

— Je suppose que tu n'as pas mis le nez dehors de la journée.

— Tu supposes bien. Je suis sur cette partie depuis ce matin, et j'espère bien le battre avant la tombée de la nuit.

Mesurant la gravité de la situation, je m'assis sur son lit. De là où je me trouvais, je dominais l'échiquier. Sullivan avait perdu une partie de ses pions ainsi que ses deux tours, mais il lui restait encore un fou, un cavalier et sa reine. Ses pièces principales étaient regroupées autour du roi et faisaient barrage contre l'ennemi, présent en plus grand nombre.

— La situation semble bloquée, mais pas désespérée, commenta le garçon, les yeux rivés sur le carré noir et blanc.

— L'abus de ce jeu n'est pas très bon, Sullivan, même pour un adulte.

— Alors comment se fait-il qu'on fabrique des champions ? me rétorqua-t-il du tac au tac.

— Parce que certains enfants sont naturellement doués pour ça et qu'on fait tout pour qu'ils deviennent surdoués. Mais tous les grands maîtres, les Fisher, les Karpov, et Kasparov justement, ont sacrifié leur existence entière pour ce jeu. En passant dix heures devant un échiquier, on devient fou, crois-moi, et on fait vivre un enfer à son entourage !

Pour la première fois depuis mon entrée dans sa chambre, mon fils se retourna vers moi et planta son regard dans le mien :

— Et si c'était ça, mon avenir : devenir un grand maître.

— Avant d'accéder au statut de grand maître, il faut être un champion, et ça nécessite des années d'un travail quotidien et laborieux. Tu es encore jeune, Sullivan, tu as besoin de t'amuser, de côtoyer d'autres enfants de ton âge, de sortir d'une pièce, de voir le monde. Ces enfants qui sont devenus des champions n'étaient pas comme les autres, tu comprends. D'une certaine façon, on leur a fait croire que le monde ressemblait à un carré de soixante-quatre cases noires et blanches et que rien d'autre n'avait d'importance, que rien dans l'existence ne pouvait surpasser un échiquier.

— Je ne sais pas si tu as raison. Il faut que je réfléchisse à tout ça. En tout cas, ce soir, je dois absolument terminer ma partie, et la gagner.

Sullivan replongea dans l'univers de ce carré parfait. Je quittai la chambre et refermai doucement la porte.

Le soir, après le repas, Elizabeth et moi nous installâmes sur nos transats respectifs, une tasse de café à la main.

De là où nous nous trouvions, nous pouvions observer sans peine les cafards gigantesques qui arpentaient le carrelage. La taille de certains dépassait celle de mon pouce. Ils progressaient lentement, dos voûté et carapace tombante, sur les dalles du bord de la piscine. Quelques lézards, désormais totalement assimilables à des iguanes, se tenaient à distance, gueule ouverte et queue fouettant l'air. Ils nous fixaient de leurs pupilles dilatées.

— J'ai l'impression qu'en quelques jours ils sont devenus énormes, tu ne trouves pas ? me lança Elizabeth.

— Oui, en les regardant je me demande si c'est la même espèce qu'à notre arrivée qui a grossi aussi rapidement, ou si elle a été remplacée par une autre race à la taille plus importante.

— Je ne sais pas, j'ai l'impression qu'il s'agit des mêmes, continua Elizabeth.

— Alors, pourquoi cette mutation soudaine ?

Elizabeth posa sa tasse à côté du transat, et me fixa. Pour la première fois, je sentis en elle de l'inquiétude dans le regard, voire de l'angoisse. Je n'avais jamais ressenti une telle impression depuis notre installation.

— Il n'y a pas que les cafards et les lézards qui sont devenus étranges, Simon. Avec tout ce qui se passe sur cette île, j'ai peur maintenant de rester seule ici. Je veux retourner vivre à New York.

— Mais on vient juste de s'installer ! soupirai-je, bien que convaincu qu'Elizabeth avait mille fois raison.

— J'ai un mauvais pressentiment. Sullivan n'est plus le même depuis notre arrivée. Tu n'arrives plus à faire une nuit complète de sommeil sans te réveiller dix fois. Il n'y a autour de nous que suicides et meurtres. Nous sommes trop isolés. Nous allons finir rongés par l'ennui. Même nous, nous avons changé ! On peut déménager, il est encore temps !

Je n'avais pas d'arguments contraires à lui opposer. Elle avait raison sur toute la ligne. J'étais exactement comme elle, je sentais le danger partout.

— Ce Ralph Bogolan est sacrément doué ! Ce petit salaud s'est bien foutu de nous avec son coin de paradis pour milliardaires !

— Ok, soufflai-je, je te promets de penser à notre retour à Brooklyn.

À l'instant même où je prononçai cette phrase, je sentis la main d'Elizabeth se glisser dans la mienne.

39

Un claquement perça mes tympans.

Quelques secondes plus tard, un second bruit aigu retentit, puis un troisième. Ce fut ce dernier qui me fit ouvrir les yeux. Machinalement, je jetai un œil à moitié fermé au réveil : les chiffres digitaux vert fluo indiquaient 3 h 12. Il était donc définitivement admis qu'il me serait impossible de passer une nuit entière sur cette île sans être réveillé par quoi que ce soit.

D'une allure mécanique, je pris le chemin de la cuisine. J'étais encore endormi. J'avais la bouche aussi pâteuse que si elle contenait une tonne de terre glaise. L'eau fraîche du robinet me fit l'effet d'une délivrance.

Ici, j'étais sur une autre planète, celle de Paradise Island, où la vie ne ressemblait pas à ce qu'elle pouvait être ailleurs. Le fonctionnement était différent. Les règles de vie n'étaient pas les mêmes. Il fallait se plier à cet environnement sous peine de ne pouvoir s'adapter.

Mes pas me guidèrent naturellement vers la terrasse. Je fis coulisser la baie vitrée. La fenêtre, immense et silencieuse, s'ouvrit sur un espace qui désormais m'était devenu familier.

À présent, j'étais parfaitement réveillé, comme revigoré. J'avais retrouvé une énergie oubliée, disparue depuis des siècles.

Le carrelage bordant la piscine était chaud. Du bout du pied, je chassai quelques lézards. Une colonie de cafards s'écarta également à mon passage.

J'approchai du muret et regardai en contrebas, vers l'ancienne villa jadis occupée par les Thompson.

Il s'était passé ici tant de choses en si peu de temps. La nuit où j'avais surpris Celia et son mari faire l'amour me semblait si lointaine.

Ce que je découvris me cloua littéralement sur place. Mes mains s'agrippèrent au parapet, se crispant sous l'effort.

Deux corps – une femme et un enfant – étaient allongés devant l'entrée de la villa. Ils ne bougeaient pas.

Je me calai derrière le rebord de la terrasse afin d'observer la scène sans être vu. Mes entrailles se vrillaient dans mon ventre. Je craignais le pire.

Lorsque je vis le voisin sortir de la maison, un fusil dans une main, et tirant par les pieds le corps d'un autre enfant, je plaquai instinctivement une main sur ma bouche. J'étouffai un hurlement. Ce que j'étais en train de regarder dépassait l'entendement. C'était terrifiant, incompréhensible, irréel.

L'homme vint consciencieusement disposer le troisième corps à côté des deux autres. Puis, il s'arrêta, immobile, le canon de son fusil vers le bas, contre sa jambe, et tête baissée, contempla sa famille.

J'étais pétrifié. Pourtant, je devais faire quelque chose, prévenir quelqu'un.

Elizabeth dormait, tout comme Sullivan. J'étais donc le seul à pouvoir donner l'alerte.

Impossible de prévenir la police sur cette île. Quant à la sécurité, à Steve Jones, son téléphone était à coup sûr branché sur répondeur.

Je me surélevai et me déplaçai de quelques mètres.

— Oh ! me héla l'homme au fusil.

Tétanisé, je feignis de l'ignorer.

— Eh ! redoubla-t-il en criant.

J'étais debout, je le fixai, incapable de faire le moindre mouvement.

— Ça vous évitera de le faire par vous-même ! me hurla-t-il.

— Qu'est-ce que vous dites ? lui demandai-je de répéter, troublé par l'incompréhension de ses propos.

— De toute façon, vous auriez fini par le faire !

Sa voix, à la fois limpide et grave, montait dans la nuit, se perdait dans les étoiles.

Puis, je le vis distinctement s'agenouiller près des trois corps, placer le canon de son fusil sous son menton, et appuyer sur la détente.

D'instinct, je détournai la tête pendant le coup de feu.

Lorsque je regardai à nouveau, le corps de l'homme était à terre, à moitié écroulé sur celui de sa femme.

À cette seconde même, je songeai à notre conversation de la veille, et à Elizabeth me suppliant de déménager au plus vite.

Ses paroles continuaient à me hanter tandis que je me laissai glisser, en larmes, le dos contre le parapet.

40

Les jours suivants, les terreurs nocturnes furent encore plus terribles. Elles prenaient d'assaut mon esprit sitôt les yeux fermés. J'en arrivais à redouter le moment de l'endormissement, telle l'héroïne de ce célèbre film d'épouvante, qui se bourre de médicaments afin de repousser les apparitions de Freddy Krugger, le tueur au visage brûlé, au chapeau de feutre et au gant confectionné de lames d'acier.

Après la nuit du triple meurtre et du suicide de mon voisin, j'avais tout de même réussi à joindre le poste de sécurité de l'île au petit matin. Deux voitures de police étaient venues, ainsi que deux ambulances, malheureusement en vain, car dans son délire meurtrier l'homme n'avait épargné personne.

Les scellées avaient été placées sur la maison, et tout le périmètre de la villa cerné de la fameuse banderole jaune de police, indiquant une ligne à ne pas franchir. Le quartier était donc désormais considéré comme une zone dangereuse, où la sécurité des citoyens ne pouvait être garantie.

Elizabeth avait raison : nous devions partir au plus vite. En quelques heures, nous étions passés à un niveau d'alerte supérieur. Il y avait danger à rester sur l'île.

La première personne à qui je décidai de parler de cette situation fut naturellement l'homme qui nous avait incité à venir nous installer ici, à savoir Ralph Bogolan.

Était-il seulement au courant de ce qui se passait ici ? En avait-il entendu parler ? Continuait-il à vendre maisons et appartements ?

Je sortis mon portable et sélectionnai son numéro.

Après deux sonneries, je tombai sur sa secrétaire. Je demandai à parler à Bogolan. Bien sûr, contre toute attente, il était en réunion. Elle ajouta qu'il ne serait pas disponible avant plusieurs heures, car il faisait visiter des maisons dans la région. S'agissait-il de villas sur Paradise Island ? L'idée m'effleura une seconde.

Elle me proposa de le rappeler plus tard dans la journée.

Au bureau, j'essayai une nouvelle fois. Son discours fut le même : il était toujours absent de l'agence. Son déplacement avait dû durer plus longtemps que prévu, du moins c'est ce que je m'efforçai de croire, tout en étant persuadé que ce stratagème n'avait qu'un seul but : me faire perdre patience et renoncer à prendre contact avec Bogolan.

Dans l'après-midi, je fis une nouvelle tentative, sans succès. Cette fois, la secrétaire apporta une variante à son scénario : son patron était bien revenu à l'agence, mais n'était resté qu'un court instant. Il était reparti aussitôt pour un autre rendez-vous très important. Il n'allait sans doute revenir qu'en fin de journée. Cela semblait donc fortement compromis de lui parler aujourd'hui. Bien évidemment, elle m'invita de sa voix suave à le rappeler le lendemain, de préférence en début de matinée, moment de la journée où il serait certainement plus disponible.

Il fallait être particulièrement naïf pour gober une once de ce discours destiné à éloigner les importuns.

Je pris ma décision avant même d'avoir raccroché : l'agence ne se trouvant qu'à quelques blocs d'immeubles de chez APS, je décidai de m'y rendre de ce pas et de vérifier mon intuition première, à savoir que Ralph Bogolan était bien présent dans son bureau et ne voulait pas me prendre au téléphone.

Le silence de quelques secondes qui avait suivi mon premier coup de téléphone correspondait forcément au moment où la secrétaire avait informé Bogolan de mon appel, et qu'il lui avait donné la consigne de sa prétendue absence.

L'instant d'après, je parcourais déjà le trottoir à grandes enjambées en direction de l'agence.

Le gardien d'immeuble annonça ma venue. Un silence s'ensuivit, pendant lequel j'imaginais très bien la situation : la secrétaire composant la ligne interne de son patron et lui expliquant que j'attendais en bas, à la réception.

Ayant moi-même l'expérience du monde des affaires, je savais parfaitement qu'à ce stade de l'insistance, c'était quitte ou double. Ou ma ténacité payait maintenant, ou c'en était fini pour aujourd'hui. Toutefois, je voyais mal Bogolan me renvoyer comme un vulgaire colporteur après son numéro de séduction.

Le gardien en livrée patientait, combiné à l'oreille, en me regardant. En attendant le verdict, je détaillais sa veste à galons et sa casquette, uniforme ridicule qui lui donnait l'aspect d'un amiral de vaisseau d'un autre siècle.

Les secondes s'écoulaient.

Puis, il me fixa à nouveau, tout en parlant dans le combiné :

— D'accord… Très bien… Je vous en prie.

J'attendis, mort d'impatience.

— Vous pouvez monter. 3e étage, 1re porte à droite, déclara-t-il en m'indiquant l'ascenseur que je connaissais déjà.

41

— Si vous voulez bien patienter quelques minutes, Mr Bogolan va vous recevoir.

En prononçant cette phrase, la secrétaire avait bien pris soin de me fusiller du regard. Je sentis dans ce dernier toute l'animosité accumulée depuis ce matin à l'égard de celui qui osait venir défier le grand agent jusque dans son antre.

Je pris donc place dans un fauteuil de cuir, devant une table basse garnie de revues consacrées à l'économie mondiale et au marché de l'immobilier.

Face à moi, sur le mur, dans un immense cadre protégé d'une vitre, un paysage brouillé de Nicolas de Staël semblait s'étendre à l'horizon. Le maître des lieux était-il réellement amateur de peinture, ou pensait-il que ce genre de reproduction était susceptible d'interpeller sa clientèle en apportant une touche culturelle à sa profession exclusivement lucrative ? Je me livrais à ce genre de réflexion quand

Ralph Bogolan fit irruption dans la salle d'attente, affichant un sourire commercial qui tranchait avec la situation vécue depuis ce début de matinée.

— Simon ! Je suis sincèrement désolé pour ce contretemps !

Je notai que pour me rassurer – et sans doute se faire pardonner – mon hôte était passé sans ménagement du Mr Blake de la dernière fois à mon prénom.

J'adoptai donc le même ton :

— Tout est de ma faute, Ralph, j'ai insisté lourdement depuis ce matin. C'est à moi d'être désolé.

— Non, renchérit-il, j'avais donné des consignes très strictes à Joanna, et comme à l'accoutumée, elle les a respectées à la lettre.

— C'est tout à son honneur, ajoutai-je en lançant un sourire à la secrétaire. Dans son regard, je perçus que l'animosité venait de se changer brusquement en haine.

— Entrez, Simon. Je n'ai vraiment pas beaucoup de temps, mais je suis très heureux de vous voir.

Bogolan ferma la porte de son bureau et m'invita à m'asseoir.

Un énorme fauteuil de cuir, encore plus volumineux que celui de la salle d'attente, épousa la forme de mon corps.

— Vous voulez boire quelque chose ? me proposa-t-il. Whisky ? Gin ? Vodka ?

— Non, merci. C'est un peu tôt pour moi.

— Un café, peut-être…

— Si vous en prenez un : volontiers.

— Très bien.

Bogolan décrocha le combiné de la ligne interne et demanda à sa Joanna bien-aimée de nous préparer deux *espresso*. Je la devinais fulminer intérieurement à l'autre bout du fil tout en se pliant aux ordres de son patron.

— Alors, Simon, comment se déroule votre nouvelle vie à Paradise Island ? déclama-t-il en se laissant totalement absorber dans le dossier de son fauteuil.

— Justement, pas très bien. C'est même la raison de ma visite.

Je pus lire la surprise sur son visage. Il s'avança tout à coup vers moi, en posant les coudes sur son bureau.

— Vous m'intriguez. Que se passe-t-il ?

— C'est un peu long à expliquer en quelques minutes, mais... Disons que nous n'avons jamais réussi à nous sentir totalement à l'aise sur cette île.

— Depuis le début ? demanda Bogolan.

— Oui, depuis notre arrivée.

— Selon vous, c'est dû à quoi ?

Au moment où j'allais me lancer dans une explication détaillée de tout ce qui était survenue sur l'île depuis notre installation, on frappa à la porte. La secrétaire apportait un plateau sur lequel trônaient deux tasses de café à l'arabica particulièrement parfumé.

J'attendis que la secrétaire ait fini de nous servir pour continuer mon récit. Une fois la porte refermée, je poursuivis :

— Ma femme s'est réfugiée dans son travail, et dans un mutisme que je ne lui connaissais pas auparavant. Quant à mon fils, il ne sort plus de sa chambre. Il reste prostré des journées entières face à un échiquier sans prononcer un seul mot.

Tel un psychanalyste, Bogolan m'observait avec attention.

— New York et son effervescence nous manquent. Ses trottoirs, ses magasins, ses théâtres, ses cinémas, ses librairies, ses klaxons, et même ses sirènes de police. Avant que nous ne partions habiter là-bas, je ne m'étais jamais rendu compte que tout cela nous était si nécessaire.

— Je ne comprends pas. Le mois dernier, j'ai encore vendu une quinzaine de villas et d'appartements, et les retombées de la part de ces nouveaux acquéreurs sont fantastiques ! Vous étiez très citadins dans l'âme, peut-être vous faut-il un peu plus de temps que les autres…

— Je ne pense pas que ce soit une question de temps, lui avouai-je en portant la tasse brûlante à mes lèvres.

— Cette île est un paradis, comme son nom l'indique. Je n'ai encore vu personne s'en plaindre.

— C'est peut-être un paradis trop artificiel pour nous.

— Adrian Perry vous a-t-il bien accueillis ? tenta-t-il en changeant de sujet.

— Oui, très bien, ainsi que le vieux Steve Jones. Nous avons été très bien reçus. Ce n'est pas le problème.

Bogolan jeta furtivement un œil à sa montre. Constatant que le temps pressait pour lui, j'orientai la conversation sur le vrai sens de ma visite :

— Il y a aussi autre chose dont je souhaitais m'entretenir avec vous. C'est même pour cela que j'ai insisté afin de vous rencontrer.

Mon interlocuteur prit soudainement un air grave que je ne lui connaissais pas. Il se pencha encore davantage vers moi.

— Je vous écoute.

— Sincèrement, Ralph, ne me dites pas que vous n'êtes pas au courant de tout ce qui se passe dans l'île depuis plusieurs semaines.

Il me dévisagea, interloqué.

— Que se passe-t-il depuis plusieurs semaines dont je ne sois pas au courant, Simon ?

— J'imagine que vous êtes en contact permanent avec les autorités qui gèrent l'île. Vous avez donc forcément entendu parler de tout ce qui s'est produit.

Il m'observa, l'air ahuri, sans ouvrir la bouche.

— Les suicides ! Les meurtres !

Je me rendis compte que j'étais en train de hausser le ton sans vraiment m'en apercevoir.

— Qu'est-ce que vous racontez ? Comment des événements aussi graves auraient pu m'être dissimulés.

— La police s'est déplacée plusieurs fois. C'était juste en dessous de chez nous. La première fois pour nos voisins, les Thompson, puis la nuit d'avant, le nouveau voisin qui a supprimé sa femme et ses deux enfants avant de se tirer une balle dans la tête. J'ai tout vu, Ralph, depuis notre terrasse.

Je hurlais presque quand Bogolan me demanda par un geste de me calmer et de parler moins fort.

— Je vous sens paniqué. Que puis-je faire pour vous ? Vous voulez parler à un médecin. J'ai un très bon ami psychiatre, voulez-vous que je l'appelle tout de suite. Il pourrait peut-être vous prendre entre deux patients. Il habite à deux pas d'ici.

— Non ! hurlai-je à nouveau. Je veux que vous organisiez notre retour sur New York le plus vite possible. Nous voulons déménager avant la fin de la semaine. Au début, je ne la croyais pas, mais ma femme a raison : cette île est maudite ! Vu mon portefeuille, j'imagine que nous bénéficierons d'avantages financiers.

— Calmez-vous ! Prenez le temps de la réflexion !

— C'est tout réfléchi. Nous voulons quitter l'île dans les jours qui viennent. Je vous rappelle pour mettre au point les formalités de notre départ !

Je me levai et quittai son bureau sans le saluer. Sa secrétaire me regarda avec un air terrifié. J'avais sans doute un visage de fou au moment où je sortis de l'agence.

À la seconde même où je me retrouvai dehors, je pris appui contre le mur de l'immeuble, respirant profondément en dénouant ma cravate.

J'étouffais.

Les bruits de la ville m'assaillirent, mais ils me régénérèrent en même temps. Je retrouvai un univers sonore qui m'était familier et qui me manquait depuis des semaines.

À présent, j'étais sûr de ma décision, et malgré moi heureux d'avoir franchi ce pas.

42

À partir de cet instant, j'agençai très vite la suite des événements dans ma tête : harceler Ralph Bogolan afin qu'il organise notre déménagement de Paradise Island, et donc notre rapatriement vers New York, dynamiser nos contacts auprès des casinos importants de Las Vegas, et m'occuper d'une façon plus active des problèmes de Sullivan.

Curieusement, depuis que je m'étais persuadé que nous allions quitter ce lieu, je me sentais mieux. Je retrouvais une énergie qui me semblait avoir disparu depuis des siècles. Chez APS, je travaillais d'arrache-pied, tout en multipliant chaque jour les appels auprès de Bogolan. Ce dernier n'était jamais libre, mais je me rappelais néanmoins au bon souvenir de sa secrétaire, qui me détestait toujours un peu plus. Pour ma plus grande joie, elle allait bientôt me haïr définitivement.

C'est aussi à cette période que je commençai à être assailli de visions.

Au début, celles-ci étaient uniquement concentrées sur les animaux : des cafards et des lézards, que je voyais dans des tailles disproportionnées, énormes par rapport à la réalité.

Ensuite, ce furent des statues, qui paraissaient prendre vie lorsque je les observais.

Dans la vallée où nous habitions avait été érigé un grand marbre représentant un groupe de pèlerins découvrant le continent américain. Trois émigrants subjugués par leur découverte, portant tricornes et uniformes des Insurgés, escortés par un Indien Mohican, tendaient le bras vers une terre imaginaire. Cet ensemble était superbe et me fascinait littéralement. J'avais la curieuse impression de retrouver en lui une parcelle de cette Amérique sauvage qui continuait à vivre malgré elle dans le cœur des citoyens.

Un jour, alors que je passais devant ce monument, peut-être pour la vingtième fois, il me sembla que l'Indien avait la tête légèrement inclinée vers moi, comme s'il se retournait pour regarder derrière lui. Au début, je le remarquai à peine, mais cette impression s'accentua au fil des passages. Maintenant, il me semblait que la tête de l'Indien avait toujours été tournée vers moi, que ce n'était pas une vue de l'esprit.

Dans la vallée consacrée aux loisirs et aux sports, une statue haute de trois mètres représentant un discobole inspirait le respect à tout débutant sportif.

L'effet agit de la même façon que pour le groupe d'émigrants. Après de multiples visions, le bras du discobole paraissait être bien plus haut qu'à l'accoutumée, comme si l'athlète prenait encore plus d'élan afin d'envoyer l'objet le plus loin possible.

La semaine passa à une vitesse fantastique, chacun retranché dans le champ de ses propres activités. Enfin, je parvins au vendredi soir, épuisé et soulagé que ces cinq jours d'enfer soient terminés.

Depuis ces derniers temps, notre quintet avait accentué le rythme, et les résultats s'étaient avérés plus que probants. Pour le plus grand bonheur de l'équipe, nous entrions dans la phase finale de négociation des contrats. Les casinos s'étaient finalement montrés très intéressés par notre système de sécurité. Une première série de signatures aurait lieu dès la semaine suivante. Il fallait donc que tout soit prêt pour le lundi matin.

Bien sûr, comme je m'y attendais, Elizabeth me harcela d'entrée de jeu avec le dossier du déménagement qui n'avançait pas. Selon elle, je n'avais pas été suffisamment ferme avec Ralph Bogolan, et la préparation de notre éventuel retour sur New York ne progresserait pas d'un pouce tant que je ne serais pas constamment sur son dos. Je tentai de lui expliquer une nouvelle fois que mes journées étaient terriblement chargées et que je ne pouvais pas passer mon temps à relancer Bogolan. Agacé par son entêtement, j'eus une parole malheureuse : j'émis l'idée que si elle jugeait que ça n'avançait pas assez vite à son goût, elle pouvait toujours faire les démarches elle-même. Bien sûr, le coup était largement prévisible : elle me répliqua que traductrice n'était pas un passe-temps, mais un vrai métier, qui nécessitait à la fois énergie, isolement, calme et réflexion. J'eus droit à un nouveau couplet sur nos incompatibilités d'humeur respectives depuis que nous habitions l'île et mon laxisme dans la gestion des problèmes de notre fils. Ses arguments, comme les miens, étaient les mêmes.

D'une façon radicale et cavalière, je mis fin à ses accusations en allant m'installer devant le gigantesque écran plasma de notre salon. Ainsi, télécommande en main, je me livrai à une véritable séance de zapping, passant sans transition aucune d'un documentaire sur la Préhistoire à un match de basket-ball, tout en parcourant les couloirs d'hôpital d'une série télévisée.

Depuis notre installation, et cela s'était affirmé au fil des semaines passées ici, Elizabeth et moi n'étions plus sur la même longueur d'onde. Mis à part ces moments de frénésie sexuelle remontant au premier mois de notre présence sur l'île, toute marque de tendresse entre nous s'était estompée pour disparaître complètement.

Elizabeth ne m'en avait pas parlé, mais je sentais qu'elle me le reprochait. Dans le domaine de l'intimité, le silence est plus éloquent que les mots. En clair, pour résumer la situation, je devais sauver ma famille.

C'était devenu ma priorité, et celle-ci intervenait au moment décisif des contrats les plus importants que j'allais réaliser dans ma carrière d'homme d'affaires.

Dans les griefs conjugaux, les comportements apparaissent souvent comme extrêmement simplistes. Ainsi, Elizabeth, pour bien me signifier le fait que son travail était tout ce qui comptait dans son existence, se coupa du monde pendant deux jours en demeurant devant l'écran de son ordinateur.

Quant à Sullivan, il s'isola tout naturellement dans sa chambre, se plongeant dans la perfection quadrilatère de son échiquier.

Réfugié dans ma solitude coutumière, je partis en voiture faire un tour du côté des tennis.

Je marchai un moment au milieu des courts, observant d'un œil distrait les joueurs à travers le grillage. Pour moi, ce lieu était hautement porteur de symboles : c'était là que ma vie sentimentale avait basculé, et que ma violence intérieure, profondément enfouie, avait jailli de moi telle une source. En quelque sorte, c'était exactement à cet endroit que mon univers avait changé, que tous mes repères personnels s'étaient trouvés modifiés.

Mais à cet instant précis, alors que je suivais des yeux les gestes précis et harmonieux de ces tennismen du weekend, j'ignorais encore qu'un nouveau degré allait bientôt être franchi dans le cauchemar que nous réservait Paradise Island.

43

Le lundi matin, je me levai tôt, aux alentours de 6 h. Une douche revigorante me fouetta le sang. Une orange pressée me fournit la dose énergétique dont j'avais besoin pour attaquer cette nouvelle semaine. Puis, je passai dans la cuisine, où la Nespresso libéra les secrets d'une capsule, un mélange subtil provenant des hauts plateaux de l'Équateur. Un bol de céréales croquantes acheva de recharger mes batteries personnelles pour commencer la journée.

Dans la cuisine, je pressai le bouton de la radio : les informations étaient les mêmes, à la fois rassurantes et désespérantes. Mêmes difficultés boursières qui poussaient chaque jour les économistes à faire des miracles, mêmes manifestations sportives où les meilleures équipes l'emportaient à tour de rôle, faits divers identiques, divertissants ou tragiques, qui se reproduisaient à l'infini.

Chaque jour, le monde recommençait, réinventant les mêmes choses jusqu'au soir, nous imposant avec tristesse et absurdité son lot répétitif de plaisirs et de douleurs d'un bout à l'autre de la planète.

À une époque de ma vie, bien avant que je ne m'établisse définitivement dans les affaires et que je fonde APS, j'avais effectué de nombreux voyages de par le monde.

Je me souvenais que dans les premiers temps, au cours de mes diverses visites et explorations dans les autres pays, j'avais été grisé par les découvertes que je faisais, comme si j'étais le seul à découvrir ce qui se passait en dehors des États-Unis. L'Europe me parut exotique, l'Afrique sauvage, l'Inde et l'Asie inquiétantes et magiques, l'Amérique du Sud pittoresque et l'Océanie surprenante. Pendant plusieurs années, je multipliai les voyages à l'étranger, passant d'une culture à l'autre, et puis un jour, et cela arriva d'un seul coup, la lassitude s'empara de moi. J'étais rassasié de déplacements, de vols aériens, d'heures d'attente dans les aéroports et de nuits solitaires dans de grands hôtels. Le monde, bien que différent dans ses détails, me paraissait étrangement être le même d'un point à l'autre du globe : les pauvres se ressemblaient tous, comme les riches. Chacun aspirait aux mêmes désirs, et dans les contrées les plus étonnantes, les plus éloignées de nos latitudes, il n'y avait malheureusement aucune place pour l'originalité.

C'était à tous ces voyages passés que je songeais au volant de la Chevrolet. Je fonçais, bien décidé à faire plier les casinos de Las Vegas à nos exigences et à obliger Ralph Bogolan à organiser coûte que coûte notre retour.

Il était presque 7 h quand j'approchai de l'embarcadère. Curieusement, et ceci était fort inhabituel compte tenu de l'heure, je croisai quelques voitures en sens contraire, comme si elles arrivaient de New York au lieu de s'y rendre.

Puis, à environ deux cents mètres du ferry, je stationnai derrière une file de voitures déjà arrêtées, moteur coupé. Des hommes en bras de chemise se tenaient debout à côté de leurs véhicules, tournés dans la direction de l'embarcadère.

À mon tour, je sortis et regardai moi aussi vers les premières voitures garées au loin.

Je m'adressai au conducteur devant moi :

— Excusez-moi, vous savez ce qui se passe ?

L'homme se retourna et me dévisagea, l'air ahuri.

— Je n'en ai pas la moindre idée. Tout à l'heure, des voitures de police sont passées en direction de l'embarcadère. Je crois qu'ils ont bloqué l'accès au ferry. J'ai vu plusieurs personnes faire demi-tour.

— Vous attendez depuis longtemps ? lui demandai-je.

— Moi, je ne suis là que depuis cinq minutes, mais d'après la file j'imagine que les premiers sont arrivés il y a déjà un moment.

En regardant au loin, je réalisai à la fois l'absurdité de ma question et la pertinence de sa réponse.

À cet instant, cinq conducteurs rebroussèrent chemin vers le centre de l'île, dans le sens inverse de l'embarcadère.

Je les regardai passer – trois hommes en costume et deux femmes en tailleur – visiblement furieux de ne pouvoir embarquer.

Que devais-je faire : attendre un éventuel embarquement – mais combien de temps allais-je devoir patienter ? – ou renoncer dès à présent et retourner à la villa prendre des dispositions pour la journée.

J'avais la main sur la poignée de la portière et m'apprêtais à remonter en voiture quand une vieille Dodge vint se garer à ma hauteur, en sens inverse. Le vieux Steve Jones passa sa tête par la fenêtre et m'interpella :

— Ah, Mr Blake ! Décidément, nous sommes faits pour nous rencontrer toujours au même endroit !

Puis, il partit de son long rire caverneux, témoignant d'un ancien passé de fumeur et d'opéré d'une trachéite.

Néanmoins, sa présence tombait bien, car je savais que j'allais trouver en lui les réponses à mes interrogations.

— Vous savez pourquoi ils ont bloqué l'accès ? m'empressai-je de lui demander.

Aussitôt, je vis son visage entier s'illuminer du bonheur de me fournir les explications que j'attendais.

Avant même qu'il ait prononcé un seul mot, un sourire chargé de satisfaction vint s'imprimer sur sa figure ridée.

Bien sûr qu'il savait. Comment aurait-il pu en être autrement ?

— Vous n'êtes pas au courant ?

On sentait qu'il jubilait intérieurement.

— Cette nuit, deux hommes ont massacré toute leur famille, et un autre a été retrouvé égorgé dans le local poubelle d'une résidence. La police a bloqué toute l'île. On ne peut plus ni entrer ni sortir. Ils veulent interroger tout le monde. Du coup, on est tous devenus suspects ! Allez, je vous laisse ! me lança-t-il. Une grande journée m'attend.

Il m'adressa un clin d'œil tout en démarrant sa Dodge. En une seconde, un tourbillon infernal assaillit mon cerveau, un véritable typhon macabre : je voyais les contrats d'APS tomber à l'eau, Ralph Bogolan éclater de rire dans son bureau, m'imaginant pris au piège de son île devenue une souricière en une nuit, Elizabeth s'esclaffer à mon retour, se réjouissant à l'idée de ma nouvelle condition de captif, et la police m'interroger pendant des heures à propos de mon altercation avec le tennisman retrouvé mort dans les bois, les poumons gorgés du chlore de notre piscine. Brusquement, je me mis à trembler, pris de suées.

Pourtant, j'ignorais que le pire était encore à venir.

Troisième partie

L'empire des crapauds

44

C'est en fin de matinée que les premiers orages ont éclaté sur l'île.

En quelques minutes, le ciel est devenu menaçant. La vallée s'est retrouvée plongée dans l'obscurité. Une pluie d'une force colossale s'est écrasée avec fracas sur les toitures, noyant le paysage derrière un rideau opaque. Les nuages s'ouvraient littéralement au-dessus de nos têtes.

Sullivan est sorti de sa retraite pour parler d'apocalypse, puis s'en est retourné continuer une partie d'échecs commencée la veille.

Quant à Elizabeth, contre toute attente, elle accueillit mon retour avec une expression d'inquiétude, voire de réelle angoisse quand je lui racontai pourquoi les policiers avaient bloqué l'embarcadère.

J'ai tenté de joindre APS, mais ni la ligne de téléphone ni la liaison Internet n'étaient accessibles.

Avec le portable, j'ai essayé vainement d'appeler Laura Levine, mais le réseau étant totalement paralysé, l'appel constamment rejeté.

Elizabeth et moi sommes restés ainsi une partie de la journée, blottis dans nos canapés blancs, observant par la baie vitrée le déluge qui était en train de transformer Paradise Island.

— Tu crois que ça va durer longtemps ? murmura-t-elle, comme envahie par la crainte de déclencher la foudre.

— Je ne sais pas, répondis-je évasivement. Il ne me semble avoir jamais vu une telle violence dans le ciel.

Au moment même où je prononçai ces mots, un craquement terrifiant zébra la pénombre pour embraser toute la vallée.

— Et pour le bureau, comment vas-tu faire ? se risqua-t-elle.

— Que veux-tu que je fasse ? De toute façon, pour l'instant, il est impossible de sortir, c'est beaucoup trop dangereux. La priorité est de se protéger.

La pluie redoublait de force, martelant les vitres et nos crânes.

Après une heure, je commençai à m'impatienter.

Les trombes d'eau s'abattaient sur notre toit avec toujours autant de force. Toute tentative à l'extérieur était rendue impossible. J'envisageais progressivement la perte de ma journée chez APS. J'étais bloqué là, isolé sur l'île, en détention provisoire, comme assigné à résidence dans ma propre demeure, alors que sur Manhattan il ne pleuvait peut-être même pas, et que si j'avais habité New York j'aurais pu me rendre au bureau sans la moindre difficulté. Les arguments d'Elizabeth en faveur de notre déménagement m'apparaissaient désormais encore plus urgents que je ne pensais. Manifestement, elle avait raison sur toute la ligne, comme quoi les femmes pressentent bien souvent les choses mille fois plus en avance que nous.

Je restais rivé à la vitre, les mains sur les hanches, contemplant la surface de la piscine bombardée sous les assauts meurtriers du ciel. Derrière ce pilonnage, une série de questions surgissaient de ce néant aquatique : que faisions-nous là ? Pourquoi n'avais-je pas écouté Elizabeth ? Pourquoi nous étions-nous laissés entraîner par ce Ralph Bogolan dont j'ignorais encore l'existence quelques mois plus tôt ? Avions-nous encore la possibilité de faire machine arrière ? De revenir à notre vie d'avant ?

Pour la première fois depuis notre arrivée, une étrange sensation s'empara de moi. Une pensée négative m'envahit peu à peu : et si j'étais le seul responsable de cette aventure ? Et si un péché d'orgueil naturel m'avait empêché d'avoir un discernement clair, d'anticiper ce qu'allait être notre existence une fois devenus insulaires ? Ne m'étais-je pas rêvé milliardaire, avec le décorum inhérent à ce statut ? Pour moi, il n'y avait maintenant plus le moindre doute : j'avais entraîné ma famille au cœur des ténèbres.

Derrière la vitre transformée en rideau de douche, j'apercevais à présent des dizaines d'escargots. Certaines coquilles étaient énormes, aussi grosses que le poing. Aussi loin que je remontais dans mes souvenirs, il ne me semblait avoir jamais vu de gastéropodes d'une taille aussi impressionnante. C'étaient de véritables mutants. Elizabeth pouvait les voir aussi.

— C'est incroyable… Ils sont monstrueux… l'entendis-je murmurer, tout en se blottissant contre moi.

— Je ne pensais même pas que ça existait… Pas sur cette planète… lui répondis-je sans réfléchir.

Elle m'adressa un regard dans lequel je pus déceler de la peur. Je sentais poindre une angoisse sourde, profonde, qui m'interrogeait également : pourquoi moi, Simon Blake, l'avais-je poussée à venir poser ses valises sur ce territoire hostile duquel il paraissait désormais impossible de s'échapper ?

Je soupirai en regardant ce paysage de fin du monde derrière la vitre.

Pris au piège.

Ce fut l'expression terrible qui me vint en tête, et que mes lèvres refusèrent de prononcer pour ne pas affoler Elizabcth.

45

Le déluge continua à s'abattre sur l'île toute la nuit.

Vers 2 h du matin, l'orage redoubla de force et se transforma en véritable tempête. Des tuiles furent arrachées par un vent d'une violence inouïe qui déplaçait chaises et tables de jardin et soulevait tout ce qui pouvait donner prise au moindre appel d'air.

À l'abri derrière notre baie vitrée, Elizabeth et moi avions observé les pluies torrentielles s'acharner sur la villa. Sullivan s'était endormi très tard, bousculé dans son sommeil par les éclairs qui frappaient toute la vallée.

Puis, vers 5 h du matin, alors que nous n'y croyions plus, la pluie cessa miraculeusement, presque en quelques secondes, comme si un être invisible et gigantesque avait enfin fermé le robinet. Le bruit s'arrêta, faisant place à un silence étrange, tel l'instant particulier qui suit la fin d'une terrible bataille.

Emmitouflés dans des couvertures, blottis sur un canapé, nous ressemblions à deux rescapés d'un cataclysme. Nous nous regardions, l'air ahuri, les traits creusés, cherchant en vain du réconfort dans le regard de l'autre. Dehors, la vie reprenait doucement. Nous sortions d'un cauchemar qui avait duré vingt-quatre heures. Cette nouvelle journée qui se présentait devant nous apparaissait comme une page blanche à écrire, mais nous ignorions encore comment nous allions la remplir, quel serait le texte qui allait naître sur le papier.

Je repoussai la couverture et me levai péniblement, suivi par Elizabeth.

Je posai ma main sur la poignée de la baie vitrée, déverrouillai le bouton-poussoir et la fis coulisser. La fenêtre se déplaça devant moi en silence, laissant entrer dans le salon une onde de fraîcheur dont nous étions privés depuis la veille. Instinctivement, je fermai les yeux et pris une forte inspiration. Puis, je rejetai l'air contenu dans mes poumons. Je revivais. Je sentais à nouveau sur mon visage le frais et la chaleur, éléments du monde extérieur dont il me semblait avoir perdu le souvenir.

Je n'avais pas entendu Elizabeth. Elle vint se blottir contre moi et me prit la main. Ses doigts serrèrent fort les miens, comme pour me montrer que nous étions bien vivants, et que le pire était derrière nous.

Je la pris dans mes bras et l'embrassai.

La piscine tenait davantage de la mangrove amazonienne que des résidences de Beverly Hills. La surface de l'eau était recouverte de milliers de feuilles et de branchages arrachés aux arbres avoisinants. Sous l'épaisseur de tout ce qui avait été amené par le vent, on discernait à peine l'eau.

Je fis quelques pas sur le bord, enjambant les branches cassées. Les lézards et les cafards avaient disparu. Ils avaient laissé la place aux escargots. J'en pris un dans ma main. Sa coquille logeait toute entière dans ma paume. Sa tête énorme, cornes dressées, était tournée vers moi. Il ressemblait à un de ces énormes bulots de Polynésie.

L'échelle de la piscine était recouverte d'escargots. Ils avaient envahi l'extérieur de la maison.

Elizabeth s'approcha de moi pour observer l'animal.

— Je n'en ai jamais vu d'aussi gros. D'après toi, ils sortent d'où ? murmura-t-elle timidement, comme si elle n'avait pas voulu les effrayer.

— Je l'ignore. Ils ont peut-être toujours vécu sur l'île, mais jusqu'ici ils se cachaient.

— Ça me rappelle une nouvelle de H. G. Wells.

Même dans les moments les plus insolites, je retrouvais bien là l'érudite qui m'avait séduit lors de notre rencontre.

— H. G. Wells, l'auteur de *La Guerre des Mondes* et de *L'Homme Invisible* ? tentai-je de me rassurer sur ma culture littéraire.

— Oui, et aussi l'auteur de *L'île du Dr Moreau*, ce chef-d'œuvre plus méconnu. Il a également écrit quelques nouvelles. L'une d'elles m'a marquée quand je l'ai lue enfant. Je me souviens du titre : *The Food of the Gods. La nourriture des Dieux*, étrange comme titre.

— On y parle de notre île ? hasardai-je.

— Non, pas tout à fait. Mais on y suit un groupe d'explorateurs qui se perdent dans une contrée peuplée d'animaux qui nous sont familiers, mais qui ont atteint des tailles démesurées. Je me souviens en particulier de deux moment où les protagonistes sont assaillis par des guêpes géantes et attaqués par des rats monstrueux.

— Et tu crois que nous sommes arrivés dans ce monde ? lui demandai-je.

— Je ne sais pas, répondit-elle en contemplant la vallée au loin. Et maintenant, qu'est-ce qu'on fait ?

— Je vais prendre la Chevrolet et aller jusqu'au supermarché constater de visu à quoi ressemble le reste de cette île.

46

La route qui serpentait à travers la vallée était jonchée de branches. Je roulais sur les plus petites, mais j'étais régulièrement contraint de m'arrêter afin de dégager les plus importantes pour me frayer un passage.

Nous n'étions qu'à quelques dizaines de kilomètres de New York ; pourtant, j'avais l'impression de parcourir une forêt du Brésil.

De temps à autre, je croisais une autre voiture, mais la route était quasiment déserte. J'avais peine à reconnaître le relief qui m'était devenu familier en quelques mois. Je roulais doucement, écrasant les branchages qui craquaient sous mes pneus au fur et à mesure.

Je parcourais une terre dévastée, ravagée. J'avais en tête ces images récurrentes de régions détruites par des typhons, avec maisons écroulées et véhicules retournés, même si je me trouvais dans le New Jersey et normalement loin de ces images apocalyptiques.

À l'approche de la vallée où se trouvait le Sunny Store, je croisais davantage de voitures. Désormais, quelques-unes me suivaient. Nous roulions au pas, en direction du centre commercial.

Lorsque j'arrivai sur les lieux, je tombai dans un embouteillage. J'eus brusquement l'impression que tous les insulaires s'étaient donnés rendez-vous devant le Sunny.

J'eus du mal à trouver une place de parking, et je tournai un moment. Enfin, après deux tours, une place se libéra. Je la pris aussitôt.

D'un pas alerte, je franchis les portes automatiques. Lorsqu'elles s'ouvrirent devant moi, je découvris alors la foule qui avait envahi la galerie commerciale.

Les files d'attente aux caisses étaient impressionnantes.

La partie consacrée au bricolage et à l'entretien de la maison était submergée. Après les vingt-quatre heures de tempête que nous venions d'essuyer, les rayons étaient dévalisés. Tous les présentoirs d'outils étaient pris d'assaut. Il ne restait pratiquement rien. Tous ces milliardaires, qui avaient pour habitude de tout faire faire chez eux s'étaient transformés en l'espace d'une nuit en bricoleurs du dimanche.

Les caddies débordaient de boîtes à outils, de pinces coupantes, de planches et autres ustensiles indispensables à l'existence de l'homme moderne.

Mais c'était surtout dans les rayons consacrés à la sécurité que la foule s'était rassemblée. Là, je restai interloqué devant le spectacle qui s'offrait à moi : les mains se tendaient vers les présentoirs, arrachaient les articles avec une frénésie que je n'avais jamais rencontrée dans ce genre de lieu. C'était à qui s'emparerait de l'alarme la plus efficace, du verrou le plus solide, du rouleau de fil barbelé le plus renforcé, du système de protection le plus infaillible. Aussi loin que je remontais dans mon enfance, je n'avais jamais vu une telle excitation, une telle rage communicative. Même la distribution de sacs de riz en Somalie était plus disciplinée. Toute la population de l'île semblait en proie à un véritable délire sécuritaire.

À quelques mètres de moi, deux hommes se battaient, l'un s'efforçant d'arracher un article des mains de l'autre. Dans le mouvement saccadé des corps, je ne parvenais à distinguer l'objet de tant de convoitise, mais j'imaginais aisément qu'il devait s'agir de quelque super verrou aux performances hautement élaborées, ou bien d'un détecteur de présence ultra sophistiqué.

Un chef de rayon, portant un gilet rouge marqué du logo du magasin, tentait de ramener cette foule déchaînée à la raison. Celle-ci, totalement sourde à ses arguments, ne l'écoutait pas.

L'homme, désespéré par ce spectacle dégradant, se tenait à l'écart, n'osant se jeter dans la mêlée. Nos regards se croisèrent.

— C'est incroyable, me dit-il, je n'ai jamais vu une chose pareille en trente ans de métier. On croirait des gens affamés qui s'entretuent pour du pain !

Il passa devant moi, l'air dépité.

— Je renonce, marmonna-t-il.

— Il faudrait peut-être appeler la police, suggérai-je.

— Elle ne viendra pas, me répondit-il du tac au tac. Tous les policiers ont été réquisitionnés pour interroger les familles de l'île. C'est à cause des meurtres de l'autre nuit qu'ils en sont arrivés là, ajouta-t-il en désignant le rayon envahi d'un mouvement avancé du menton. Moi, je vais partir le plus vite possible. Ici, les gens deviennent fous. S'il vous reste un peu de bon sens, je vous conseille de faire comme moi !

Puis, il s'éloigna.

Je quittai le centre commercial quelques secondes plus tard.

47

— Tu as raison, il faut partir de cet endroit le plus rapidement possible !

J'étais incapable de rester en place. Je tournais dans la maison, telle une bête enragée, passant nerveusement d'une pièce à l'autre.

— Je n'ai jamais vu un truc pareil. Les gens étaient déchaînés, avec des rictus de terreur et des yeux injectés de sang.

Je racontai par le menu détail mon expédition au Sunny Store à Elizabeth. Elle me regardait bouche bée, abasourdie, une expression que j'avais rarement vue chez elle. D'habitude, il lui en fallait beaucoup pour l'impressionner.

Lorsqu'elle me demanda une nouvelle fois si je n'exagérais pas, si « je n'en rajoutais pas pour obtenir un effet dramatique », je sortis presque de mes gonds. Je haussai le ton sans m'en rendre compte. Mes nerfs étaient en train de lâcher.

— Si tu ne me crois pas, tu n'as qu'à prendre la voiture et aller y voir par toi-même ! hurlai-je presque.

Elizabeth, dans un élan de tendresse que je ne lui avais pas souvent connu, me prit les deux mains et vint se serrer contre moi.

— Non, je te crois… Je te crois… vraiment.

Je tentai une nouvelle fois de joindre APS. La sonnerie, persistante et continue, me fit raccrocher aussitôt.

À la fois démoralisé et ulcéré, je fixai Elizabeth.

— Il n'y a aucun moyen de les joindre. La ligne est toujours coupée.

— C'est pas possible. Qu'est-ce qu'on va faire ?

— J'en sais rien, mais il faut absolument trouver le moyen de sortir de cette île.

— Tu m'as dit toi-même que l'accès à l'embarcadère était impossible. Tu ne vas quand même pas y aller à la nage ?

— S'il le faut, peut-être ! lui lançai-je au moment où je sortis en trombe de la villa.

Moins d'une minute plus tard, j'étais au volant de la Chevrolet, direction le ponton d'embarquement.

J'avalais les kilomètres à une vitesse fulgurante. Je sentais les vibrations du moteur de mes entrailles à ma boîte crânienne. Je n'avais jamais poussé ma voiture aussi loin. Je fonçais à travers la forêt, prenant tous mes virages sèchement. Les pneus crissaient à chaque courbe.

J'étais obsédé par l'île. En quelques heures, elle était devenue un piège, et nous devions en sortir coûte que coûte. Je me maudissais de ne pas avoir écouté Elizabeth plus tôt, de ne pas avoir tenu compte de ses pressentiments.

J'allais franchir ce satané bras de mer, accoster sur l'autre rive, filer droit sur Manhattan, et obliger par la force Ralph Bogolan à trouver une solution dans l'heure qui suivait.

Je serrais le volant avec tellement de force qu'il me semblait que j'allais le broyer. Encore quelques lacets, et j'allais bientôt découvrir la voie d'accès à l'embarquement.

Un dernier virage.

J'y étais presque.

À cinquante mètres devant moi, un barrage de policiers m'obligea à freiner brusquement.

Un colosse à l'allure menaçante, cintré dans son uniforme, le visage barré d'une paire de Ray-Ban aux reflets métalliques, s'avança vers moi d'un pas déterminé.

C'est à cet instant que je remarquai une voiture arrêtée un peu plus loin, garée en contrebas.

Une silhouette était allongée sur l'asphalte, recouverte d'un plaid discret.

La voix du policier vint détourner mon attention :

— Désolé, Monsieur, mais vous allez devoir faire demi-tour !

À son intonation, je sentais qu'il n'y avait pas d'alternative possible.

— Jusqu'à quelle heure vous allez bloquer le passage ? tentai-je sans grand espoir.

— Aucune idée, mais a priori la situation ne devrait pas changer jusqu'à demain.

Tout en exécutant ma manœuvre, je glissai un œil en arrière vers la forme allongée sur le bitume. Qu'avait-il bien pu se passer ? Un insulaire avait-il essayé de fuir par n'importe quel moyen, et les hommes avaient ouvert le feu ? Y avait-il seulement eu des sommations ? Leurs consignes étaient-elles strictes ? Jusqu'où étaient-ils autorisés à aller ?

Au moment où je m'éloignai, jetant un œil au policier dans mon rétroviseur, je ressentis l'étau se refermer un peu plus sur notre situation.

Désormais, les habitants de Paradise Island étaient vraiment prisonniers.

48

J'étais comme un fauve en cage, et malgré ses paroles réconfortantes, Elizabeth ne parvenait pas à me calmer.

— Écoute, je suis sûre que demain la liaison avec le continent sera rétablie. Ils ne peuvent pas bloquer éternellement l'accès à l'île. C'est impossible. C'est comme le téléphone, il est évident que tout ça va fonctionner à nouveau. Comment veux-tu qu'il en soit autrement ? On a payé suffisamment pour habiter dans cet endroit pour que ça marche !

J'avais beau passer tous les scénarios en revue, ceux-ci étaient forcément négatifs. J'avais une folle envie de courir jusque chez Adrian Perry et de lui demander des comptes sur le champ. Mais où se cachait-il ? Sans doute n'habitait-il même pas l'île. Quant à Steve Jones, l'homme soi-disant au courant de tout ce qui se passait dans l'île, sa ligne téléphonique était en dérangement depuis la veille. Idem pour le poste de sécurité.

Je ne voyais aucune issue immédiate à cette situation. Devant mon désarroi impossible à dissimuler, Elizabeth s'approcha de moi.

— De mémoire de Mme Blake, je ne me souviens pas t'avoir jamais vu dans cet état.

— Tu sais, près de l'embarcadère, les policiers encadraient une voiture arrêtée. Juste à côté, il y avait une forme allongée sur la route. Je suis certain que c'était le conducteur. Il a dû vouloir s'enfuir, et ils ont tiré pour l'en empêcher. Les gens deviennent complètement fous, Elizabeth. Je le sens, c'est évident. C'est palpable. Dans les voitures, ils avaient tous l'air bizarre. Si tu avais vu leurs visages.

— Qu'est-ce qu'on peut faire ?

Je haussai les épaules, démuni devant sa question.

— Il y a peut-être un autre accès au continent. Ce n'est peut-être pas le seul embarcadère sur l'île. De toute façon, on ne peut pas continuer à vivre isolés comme ça. Il existe forcément un moyen de joindre quelqu'un.

Désormais, un sentiment de panique que je ne lui connaissais pas filtrait à travers sa voix.

Une nouvelle fois, je soulevai le combiné du téléphone et le portai à mon oreille : toujours le même bip continu. En voyant mon expression, elle comprit qu'il n'y avait rien à faire.

— Et ton portable ? lança-t-elle.

Je le sortis de ma poche et le consultai : le réseau n'était pas opérationnel.

Des images tout droit sorties de l'enfance jaillissaient brusquement : des visions de récits d'aventures, d'évasions, d'îles maudites dont on devait fuir à tout prix. Je songeais à Wells, à Stevenson, mais aussi à William Golding et à *Sa*

Majesté des Mouches, sans bien sûr oublier Jules Verne et son *Île mystérieuse*. Nous étions tout à coup plongés au cœur d'une fiction.

Le regard d'Elizabeth se perdait à l'horizon, vers les villas accrochées sur l'autre versant de la vallée.

— Je crois que j'ai une idée, murmurai-je, sans pourtant mesurer toutes les conséquences de ce que je venais de dire.

49

J'étais au fond du garage, déplaçant avec une vigueur peu commune des dizaines de cartons, de tailles et de poids divers. Je n'avais donc pas entendu Elizabeth lorsqu'elle s'était approchée de moi.

— Mais qu'est-ce que tu cherches, à la fin ?

Sa voix avait résonné jusqu'au plafond du garage, qui en fait me servait de remise depuis notre installation.

J'émergeai, sortant la tête de ce chaos de boîtes.

Mon épouse se tenait debout, les poings serrés sur les hanches, les jambes légèrement écartées, dans une position bien significative d'énervement et de détermination.

Enfin, je sortis avec soulagement le carton que je cherchais.

— Je savais bien qu'il était là !

— Qu'est-ce qui était là ? me demanda sèchement Elizabeth.

En guise de réponse, je posai le carton sur le sol et le lançai dans sa direction en le faisant glisser.

— Tu te prends pour Robinson Crusoé ou pour Tom Hanks dans *Seul au monde* ? Qu'est-ce que tu comptes faire avec ça ?

L'air médusé, elle contemplait le canot pneumatique dégonflé, plié dans son carton d'emballage.

— Ce que je compte faire, comme tu dis, c'est tout bonnement rejoindre le continent sans passer par l'embarcadère !

— Je suis perplexe… dit-elle simplement.

— Si tu le permets, je vais t'expliquer tout ça autour d'une tasse de café. On sera toujours mieux que dans le garage.

Quelques minutes plus tard, nous étions tous deux enfouis dans nos canapés blancs de salon, deux tasses posées devant nous.

Mon cerveau turbinait à plein. Je fourmillais d'idées. En un instant, j'avais bâti mille et un projets, sans toutefois savoir s'ils pourraient vraiment tenir le coup.

Elizabeth attaqua bille en tête :

— Tu es vraiment sérieux, Simon ? Tu veux te rendre sur le continent ?

— J'ai retourné le problème dans ma tête des centaines de fois. Crois-moi, c'est le seul moyen de quitter l'île. C'est l'unique solution.

— Tu as un plan ? lança Elizabeth, sur un ton qui mêlait l'excitation adolescente au goût du mélodrame.

Une fraction de seconde, j'eus l'étrange sentiment d'être revenu très loin en arrière, à l'époque où, collégien, mes camarades et moi échafaudions des stratagèmes afin de nous procurer les réponses aux prochains contrôles en classe.

Alors, avec toute la concentration dévolue à l'opération que je préparais, je lançai :

— Je vais quitter l'île de nuit dans ce canot pneumatique, mais sans passer par l'embarcadère. C'est effectivement à ce point-là, justement au niveau de l'embarcadère, que le trajet entre l'île et le continent est le plus court. C'est donc logiquement à cet endroit qu'est déployé le plus grand nombre de vigiles. Au contraire, je vais prendre le chemin le plus long, celui où normalement aucun policier n'est susceptible de surveiller.

Elizabeth se tordait les mains, comme elle faisait toujours dans les moments de nervosité extrême, le regard planté dans le mien.

— Comment peux-tu être sûr qu'il n'y ait aucune sentinelle en poste à cet endroit ?

— Je ne suis sûr de rien. Pour l'instant, j'ai un plan, c'est tout. Il est évident que si je programme une sortie de l'île, j'irai voir avant si c'est possible.

Je décelai dans son regard une dose conséquente de scepticisme.

— La traversée va être interminable… et difficile. Es-tu sûr d'être assez bon sportif pour ramer jusqu'au rivage ?

J'étais tiraillé entre l'envie de m'énerver contre elle et celle de la convaincre à tout prix.

— Tu as pu le constater comme moi : dans l'état actuel des choses, il n'existe absolument aucun moyen d'entrer en contact avec le continent, et a fortiori de le rejoindre géographiquement.

Elle soupira en reposant sa tasse.

— Bon, admettons que tu parviennes à traverser.

— Tes encouragements me vont droit au cœur, lui assénai-je sèchement.

Elle reprit, imperturbable.

— Une fois de l'autre côté, qu'est-ce que tu feras ? Je te rappelle que ce sera la nuit.

— Je marche jusqu'à un grand axe, et je prends une chambre d'hôtel jusqu'au matin. Puis, le lendemain, je rejoins Manhattan par les transports. Au niveau des vêtements, pas de problème : j'emporte un change avec moi. J'aurai fait ma toilette à l'hôtel. Parvenu à Manhattan, je me rends chez Bogolan et l'oblige à rétablir la liaison entre l'île et le continent.

Elizabeth se leva tout à coup. Elle commença à arpenter le salon, tête baissée, les mains dans les poches.

— À t'écouter, ça a l'air enfantin.

— Je n'ai pas dit ça. Je ne le pense même pas. Je sais seulement qu'il faut tenter quelque chose… et maintenant.

Brusquement, je vis le visage de ma femme changer, pâlir, comme si elle cédait à une panique soudaine.

— Et si nous partions tous les trois. Après tout, le canot est assez grand.

Il y avait un léger tremblement dans sa voix.

— C'est un trop grand risque. Et si ça marchait, une fois là-bas, qu'est-ce qu'on ferait ?

— On louerait une chambre d'hôtel, le temps de vendre la maison.

Sa voix montait. Ses intonations étaient proches de la supplication.

— Tu sais très bien que seul j'ai beaucoup moins de risque de me faire repérer. Et puis, on ne peut pas infliger ça à Sullivan ! Tu te rends compte : lui faire rejoindre la rive en pleine nuit ! Ce n'est pas envisageable !

— Et si ça ne marche pas ?

Sa voix venait de se voiler.

— Comment ça ?

— Si jamais tu n'arrives pas à franchir le bras de mer, comment aurons-nous de tes nouvelles ? Comment saurons-nous où tu te trouves ?

Je savais que ses questions étaient pertinentes, et qu'elle avait mille fois raison de se les poser.

50

Pour quitter la villa, il fallait faire preuve de discrétion. Je suis donc parti de la maison à 1 h du matin à vélo.

Dans mon sac à dos, j'avais mon costume et toutes mes affaires pour le lendemain.

Pour éviter de me faire repérer, j'ai roulé toutes lumières éteintes. Mon objectif était d'atteindre la pointe de l'île opposée à celle de l'embarcadère, là où justement le passage entre Paradise Island et le continent était le plus large. Pour franchir les différentes vallées menant à l'extrémité de l'île, je devais rouler à un bon rythme.

Le canot pneumatique dégonflé et plié était attaché sur le porte-bagages, de même que la pagaie démontable. Le gonfleur était dans mon sac, prêt à être utilisé. Avant de partir, j'avais serré Sullivan et Elizabeth très fort dans mes bras. Nous nous étions souhaités tous les trois bonne chance. Ma famille comptait sur moi. Je savais que je ne pouvais pas la décevoir. C'était une question de survie et d'honneur, non seulement pour ma femme et mon fils, mais aussi pour moi. Je ne pouvais pas échouer. Je n'avais pas le droit, tout simplement.

J'ai mis un peu plus d'une demi-heure pour atteindre l'endroit que j'avais en tête, un chemin de terre qui descendait en pente douce vers la pointe.

Durant tout le trajet, je n'ai cessé de regarder au loin si j'apercevais des voitures, mais étrangement, je n'ai pas entrevu la lueur d'un phare. L'île semblait déserte. Pourtant, je distinguais ici et là quelques lumières allumées dans les résidences voisines.

Entre le chemin de terre et la berge, il y avait une forêt. Elle n'était pas étendue, mais assez fournie. On pouvait la traverser rapidement.

J'ai laissé le vélo à l'entrée du bois, en veillant bien à le dissimuler sous un amas de feuillage.

Puis, je me suis enfoncé entre les premiers arbres, avec dans le dos le sac contenant mes affaires, et dans les bras le canot, le gonfleur et la pagaie.

Je n'avais pas de lampe torche. Je me repérais avec la lueur de la nuit. Les branches me barraient le passage, me rendant la progression difficile. Je songeai brusquement à Blanche-Neige fonçant dans les bois, tentant d'échapper aux ombres menaçantes des arbres.

Je marchais droit en direction de la berge. Au loin, j'entendais le bruit des grenouilles et des crapauds. Ces derniers jours, leur nombre avait fortement augmenté. Ils semblaient proliférer à une vitesse folle.

Tandis que je peinais à écarter les branchages hostiles à ma marche, je revoyais notre installation, les premiers jours heureux, l'insouciance de la nouveauté, l'euphorie du changement. Comment tout cela avait-il pu changer en si peu de temps ? Comment tout ce que j'avais pris soin de bâtir avait-il pu s'écrouler aussi rapidement ?

Les réponses étaient absentes, mais à présent, je devais trouver des solutions pour sortir de ce cauchemar.

Les cris saccadés et persistants des batraciens se rapprochaient. Je ne devais plus être très loin de la berge. Enfin, à travers les arbres, j'aperçus les premiers reflets de l'eau. J'y étais. C'était maintenant qu'allait se jouer notre avenir, notre départ de l'île, et donc notre survie.

Je bénis le ciel d'avoir choisi un canot pneumatique qui n'était pas jaune fluo, comme la plupart le sont. Le coloris de celui-ci tirait sur le vert olive, et dans la situation actuelle, je dois dire que ça tombait à point nommé.

Enfin, j'atteignis la berge, une bande de terre étroite, d'une largeur de quelques mètres seulement, séparant les premiers arbres d'une eau verdâtre à la surface immobile.

D'instinct, je plongeai la main et fus saisi par le froid glacial. Je compris d'emblée que dans tous les cas je n'avais pas intérêt à ce que le canot se retournât.

Seule une brise fraîche et légère berçait quelques branches de saules pleureurs au-dessus des berges. Tout était extraordinairement silencieux. Même une présence animale semblait exclue. C'était le bon moment.

Alors, mes gestes s'enchaînèrent naturellement, presque avec une certaine grâce.

Sur la surface plane de la berge, je déposai à même le sable la large bande de plastique dépliée.

Pour être plus libre de mes gestes, je dégageai mes bras des bretelles du sac à dos et le posai à terre.

Puis, j'assemblai les deux éléments formant la pagaie et fixai l'embout du gonfleur sur la valve du canot. Je commençai à exercer une pression régulière du pied, en un geste saccadé et mécanique. Tout en maintenant la pression, je ne relâchais pas mon attention, avec la volonté farouche de balayer l'ensemble du décor autour de moi.

Après quelques minutes, les rebords du zodiac se sont arrondis, puis élevés doucement. Mon radeau de la liberté était en train de prendre forme.

Le canot s'est gonflé très vite. En quelques pressions du pied bien ferme, il a atteint rapidement une certaine robustesse. J'ai appliqué la paume de la main sur le boudin de caoutchouc : il était devenu dur et impénétrable.

J'ai tiré le canot jusqu'à l'eau et déposé mon sac à dos au fond. Puis, j'ai pris place à l'intérieur et me suis écarté de la berge en me repoussant avec la pagaie. En deux trois coups, je me suis éloigné du bord. J'ai parcouru une dizaine de mètres, une vingtaine, puis bientôt une cinquantaine.

La berge est devenue une bande sombre, puis une ligne. Enfin, ses contours se sont estompés, engloutis dans le paysage.

Alors, d'un geste régulier, avec un mouvement de balancier semblable à celui d'un métronome, j'ai commencé à pagayer, de plus en plus vite, de plus en plus fort.

Bientôt, j'ai atteint le milieu du cours d'eau.

Pendant quelques secondes, j'ai cessé de ramer et me suis retourné : au loin, je pouvais apercevoir le relief du continent. J'avais parcouru la moitié de la distance, mais j'avais conscience que je ne devais surtout pas relâcher mon effort.

J'ai pensé à Elizabeth, à Sullivan, à APS, aux contrats de casinos, à Ralph Bogolan à qui j'étais bien décidé à faire payer la situation dans laquelle ma famille se trouvait aujourd'hui, et pourvu de ces divers boosters, j'ai saisis la pagaie encore plus fermement, et ai accéléré la cadence.

C'est à cet instant précis que j'ai entendu le premier sifflement, au ras de mon oreille gauche. Il m'a fallu quelques secondes pour réaliser qu'il s'agissait d'une balle. À peine cette constatation avait-elle envahi mon cerveau qu'un second sifflement s'est fait entendre. C'est là que j'ai enfin réalisé : on était en train de me tirer dessus.

J'ai plongé à plat ventre au fond du canot pour n'offrir aucune visibilité à celui ou ceux qui me visaient.

Deux balles frôlèrent le canot, dont une me passa juste au-dessus. Puis, brusquement, un éclatement me pétrifia. Un pschitt soudain et incessant s'en suivit, et quelques secondes après, les rebords du canot s'affaissèrent.

Le caoutchouc s'amollit.

Je compris que mon embarcation allait se dégonfler totalement, et que je ne tarderais pas à me noyer.

Très vite, l'eau commença à passer au-dessus du bord du canot, et à envahir l'intérieur. La vision s'imposa à mon esprit : à l'aube d'un succès financier plus que probable, j'allais couler à pic dans un bras de mer, et mourir seul dans la nuit.

51

Je ne sais pas vraiment combien de temps j'ai mis à faire le trajet inverse, mais en atteignant la berge il m'a semblé que je revenais d'entre les morts.

Je me suis extrait de l'eau, avec la terrible sensation de m'arracher à une masse liquide qui m'emprisonnait depuis des siècles. J'ai rampé sur la grève.

Une vision m'a traversé l'esprit quelques secondes. J'ai soudainement repensé à un livre que je possédais lorsque j'étais enfant, une édition illustrée des *Voyages de Gulliver*. Dans les premières pages, on découvrait le personnage principal rejeté sur le rivage de Lilliput, car son navire venait de faire naufrage. Il était allongé sur le sable, les jambes léchées par les vagues. Il paraissait exténué, évanoui. Il pensait à coup sûr qu'il allait mourir. Et pourtant, il réussissait à survivre. Une grande partie de ma jeunesse, j'étais demeuré fasciné par ce roman.

Au moment où je reprenais conscience, après l'effort surhumain que je venais de fournir, je fus traversé par des milliers de pensées et d'impressions contraires. J'allais vivre. Ces eaux profondes et noirâtres n'étaient pas devenues mon tombeau. En même temps, je n'arrêtais pas de songer que j'aurais dû succomber mille fois à cette épreuve.

Le froid. Glacial. Inimaginable. Insupportable. Je ne l'avais jamais ressenti d'une façon aussi vive. Lorsque le canot s'est affaissé sous le poids de mon corps, et que je me suis retrouvé dans l'eau, des milliers d'aiguilles ont pénétré ma peau. La douleur a lacéré mes chairs, broyé mes os, déchiré mes muscles. J'étais au milieu de nulle part. J'allais m'enfoncer dans un gouffre.

Je ne pouvais hurler, je ne faisais que mordre mes lèvres bleuies. J'étais tétanisé, incapable de faire le moindre mouvement. Pourtant, je devais revenir, faire le chemin du retour. Alors, j'ai commencé à bouger bras et jambes, et à me frayer un passage dans l'étendue immense et sombre devant moi, comme si j'avançais mètre par mètre pour scier une plaque de marbre.

Je hurlais intérieurement, mais aucun son ne pouvait s'échapper de ma gorge. Le rivage par lequel j'étais arrivé était encore loin devant moi, mais je devais continuer ma progression, ne pas céder un pouce de terrain pendant mon avancée.

Le pire, c'était mes jambes. La douleur était si intense, si vive, qu'il me semblait qu'on était en train de les percer avec une chignole.

Au-dessus de moi, j'ai encore entendu une dizaine de sifflements de balles, puis plus rien. Instinctivement, j'ai baissé la tête. On avait continué à me tirer dessus, mais l'obscurité presque totale m'avait protégé.

Tout en m'éreintant prodigieusement dans ma nage maladroite, je ne cessais de me dire que cette douleur valait mille fois mieux qu'être mort. Ceux qui avaient fait cela étaient forcément bien équipés : fusils à lunettes – peut-être même à infrarouge – silencieux, visiblement du matériel de haute technologie.

Y avait-il des sentinelles postées tout autour de l'île, prêtes à intervenir à la moindre tentative d'évasion ? Où m'avaient-ils suivi en attendant le moment propice pour me tuer ?

Maintenant, c'était donc clair : on ne s'évadait pas de Paradise Island.

Les questions ne cessaient de s'affoler dans ma tête. S'il était impossible de s'échapper de cette île, comment allions-nous survivre ? Comment allais-je pouvoir arracher ma femme et mon fils à cet enfer ? Je ne cessais de me repasser en boucle ce futur moment où j'allais revenir chez nous, vaincu par le froid et l'eau, avouer ma défaite, et constater enfin l'échec de mon plan.

Lorsque j'ai parcouru les deux cents derniers mètres me séparant de la berge, lorsque j'ai vu cette bande de terre se rapprocher, j'ai pensé que mon cœur allait exploser, que ma cage thoracique allait être écrasée par le poids de la délivrance. Mais j'ai aspiré une grande goulée d'air et me suis effondré sur le sable.

J'étais passé au travers des balles. J'allais survivre.

Je suis resté longtemps tapi dans l'ombre, caché derrière les premiers arbres, tremblant de froid, recroquevillé dans mes vêtements trempés, attendant de reprendre quelques forces pour pouvoir bouger à nouveau.

Puis, j'ai commencé à marcher à la lisière des bois. C'est là que j'ai réalisé que je n'avais plus mon sac à dos, que celui-ci avait disparu à jamais, emporté par les eaux insondables qui bordaient l'île.

Mes vêtements de rechange, mais aussi mes papiers et ma carte bleue se trouvaient à présent au fond de l'eau. Miraculeusement, ma clé se trouvait dans ma poche de pantalon, et y était restée.

Privé de tout repère, je me suis perdu dans la forêt. J'ai marché, tourné en rond. Incertain de mon chemin, je suis souvent revenu sur mes pas.

Aux premières lueurs du jour, j'ai trouvé le vélo, couché à l'endroit où je l'avais laissé, comme s'il m'attendait, premier témoin de ma débâcle personnelle, de ma retraite honteuse.

Je l'ai fait rouler jusqu'au chemin de terre. Après avoir retrouvé un peu de forces, je l'ai enfourché et ai commencé à pédaler. Les premières minutes ont été difficiles, douloureuses, chaotiques. Tel un soldat vaincu, je reprenais le chemin du retour.

J'étais vidé, anéanti, laminé.

Tout était à refaire.

52

J'ai fait tourner la clé dans la serrure de la manière la plus douce possible, la plus silencieuse. Je ne voulais effrayer personne ; surtout pas Elizabeth, dont je savais qu'elle pouvait sursauter facilement.

Quand je suis passé devant la cuisine, j'ai jeté un œil aux chiffres digitaux du micro-ondes qui brillaient dans l'obscurité.

L'appareil affichait 6 h 17. J'étais au bord de l'épuisement. J'allais bientôt m'écrouler.

Je me sentais terriblement sale. J'avais besoin de me décaper, de véritablement m'étriller la peau sur toute sa surface.

J'ai passé un moment sous la douche, frottant avec énergie chaque partie de mon corps. Le jet d'eau puissant fouettait mon visage, en chassant toutes les impuretés, me lavant avec violence de tous ces échecs. Le parfum à la vanille du gel douche envahissait toute la salle de bain. Je fermais les yeux pour en aspirer toutes les saveurs. Je devais oublier cette tentative d'évasion. Pour la première fois depuis longtemps, je me sentais formidablement bien.

J'ai enfilé un peignoir et suis allé me blottir dans un canapé du salon. Ça n'avait pas marché, et je devais vite passer au plan B.

Sauf que je n'avais pas de plan B.

J'ai fermé les yeux et sombré très vite dans un sommeil profond.

Lorsque Elizabeth m'a découvert au matin, il faisait jour. J'étais resté toutes ces heures dans la même position, le dos calé contre un oreiller, la tête inclinée.

Elle a poussé un cri. J'ai sursauté.

J'ai réalisé tout à coup que je n'aurais jamais dû être là, qu'à cette heure j'étais normalement censé être en route pour Manhattan, plus exactement pour les locaux d'APS et la forteresse dans laquelle se cachait Ralph Bogolan.

— Qu'est-ce que tu fais là ?

Sous l'effet de la surprise, j'ai ouvert brusquement les yeux en étouffant, moi aussi, un cri.

J'ai regardé autour de moi : j'étais dans notre maison. Pourquoi ?

En une fraction de seconde, ma nuit de cauchemar refit surface.

— Ça n'a pas marché ? Tu as eu un problème ? en déduisit Elizabeth.

Je me suis assis sur le canapé en me frottant les yeux.

— On a essayé de me tuer !

Elizabeth demeura interloquée.

— J'avais fait la moitié du trajet sur le canot pneumatique quand on m'a tiré dessus, poursuivis-je.

— Qui ça ON ? s'emporta-t-elle. Mais qui a essayé de te tuer ?

— Mais comment veux-tu que je le sache ? lui hurlai-je presque à mon tour. C'étaient des fusils équipés de silencieux, et en plus il faisait nuit !

— Alors comment pouvaient-ils te viser ?

Je reconnus bien là la logique cartésienne de ma femme. J'étais en train de lui expliquer que je venais d'échapper à la mort, et elle était déjà en train d'analyser la situation avec une acuité scientifique.

— Je pense qu'ils avaient des viseurs à infrarouge, comme les tireurs professionnels. Ils ont crevé le canot, mais c'est un miracle s'ils ne m'ont pas touché.

— Tu es tombé à l'eau ? me demanda-t-elle avec une naïveté confondante.

— Comment crois-tu que ça s'est passé ? Les balles ont commencé à siffler lorsque j'étais à égale distance des deux rives. Dès que l'une d'elles a atteint le canot, je me suis retrouvé à l'eau en quelques secondes. Elle était glacée, et je n'y voyais rien. J'aurais pu facilement y rester, tu sais.

Là, Elizabeth s'est tue et m'a fixé. Elle semblait réaliser ce qui s'était produit, et au-delà de ce malencontreux épisode, la gravité de la situation.

Elle a ouvert la bouche et plongé son regard dans le mien, incapable de prononcer le moindre mot. Elle venait de comprendre l'impensable.

Alors, je l'ai aidée à formuler ce qu'elle voulait dire :

— C'est plus grave que je ne pensais. Ça veut tout simplement dire que la sécurité de l'île est entre les mains de flics et de soldats psychopathes. Au moindre débordement, ils peuvent agir. Ils n'ont de compte à rendre à personne. Ça me rappelle étrangement les derniers jours de la communauté du Révérend Jim Jones au Guyana. Lorsque l'angoisse des adeptes est devenue peur panique, il les a poussés au suicide. Après, ils ne pouvaient plus revenir en arrière. Impossible de reculer. Ils ont marché en avant jusqu'à la mort.

Puis, tout à coup je me suis levé et ai donné un furieux coup sur le canapé :

— Nous ne sommes pas au Guyana, on ne se laissera pas tuer sans rien faire !

J'étais comme possédé, en proie à un état second.

— On va trouver un autre moyen ! Il y en a forcément un !

53

Avec Elizabeth, nous sommes restés longtemps prostrés dans nos canapés, l'un en face de l'autre, sans nous parler.

Nos regards étaient vides, sans expression, comme ceux des morts.

Je me maudissais d'avoir échoué. Mais qu'aurais-je pu faire contre les balles de ces rangers fantômes ? Pas grand-chose, à coup sûr.

Nous devions nous poser, peut-être laisser passer un ou deux jours, reprendre des forces, puis tenter une nouvelle action. Mais pour l'instant, il fallait réfléchir, prendre du recul pour savoir réellement ce que nous envisagions pour la suite.

— Nous ne sommes peut-être pas les seuls dans ce cas, lança-t-elle.

— C'est-à-dire ?

— À avoir songé à quitter l'île, d'une façon… clandestine.

Elizabeth avait raison. Je n'avais pas pensé à cette éventualité. Elle profita de mon silence pour continuer :

— À plusieurs, on est forcément plus fort. Peut-être faudrait-il se regrouper avec d'autres.

Je visualisai tout à coup un groupe d'hommes en train de marcher dans la forêt menant à la berge, sérieusement déterminés à franchir ce bras de mer. Puis, je chassai cette idée d'un revers de manche imaginaire.

— Je ne pense pas que ce soit une bonne idée. Si l'un échoue, les autres aussi. Non, je crois au contraire qu'il faut se débrouiller par nous-mêmes. En agissant seuls, on peut réussir à passer à travers les mailles du filet. Un groupe se remarque plus facilement, mais à trois on reste invisibles.

Elizabeth et son cartésianisme me ramenèrent vite à la réalité :

— Si tu n'as pas réussi à passer seul de nuit, sans faire de bruit et dans l'obscurité totale, comment peux-tu imaginer que nous parviendrons à atteindre le continent ? C'est complètement utopique. Le tour de l'île doit être truffé de soldats, arme au poing, prêts à tirer. Ne te fais pas d'illusions, Simon, même déterminés et surentraînés, on n'y arrivera pas ! Et je te parie n'importe quoi que d'autres ont essayé avant nous !

Contrairement à ce qui s'était passé ici quelques jours plus tôt, Elizabeth paraissait étrangement calme, et c'était moi qui paniquais, en proie à un doute terrible, oppressant, impossible à évacuer. Ma famille m'apparaissait brusquement comme un groupe de bagnards, condamnés à passer le restant de son existence sur l'île du Diable, sans aucune possibilité de s'échapper.

Une fois encore, j'étais debout dans notre immense salon, en train de faire les cent pas.

Elizabeth, enfouie dans son fauteuil, me regardait passer et repasser.

À bout de nerfs, je m'emparai du téléphone : le *bip* du dérangement agressa aussitôt mes tympans.

— Et merde ! hurlai-je.

Mon cri résonna dans toute la villa.

La simple ouverture de mon portable m'indiqua aussitôt que je ne recevais plus de réseau. Ce n'était même pas la peine de me connecter à Internet : je connaissais déjà le résultat. Donc, aucun moyen de contacter la sécurité, la police du continent, et encore moins Ralph Bogolan, qui de toute façon ne se souciait aucunement de la situation sur l'île. Lui était bien au chaud, dans son immeuble cossu de Manhattan. Il nageait dans un océan de dollars, copieusement enrichi par les affaires que devaient lui rapporter ses clients. Ce que nous allions devenir représentait sans doute le dernier de ses soucis.

Je me calmai et fis tout de même une tentative sur le web. Mon serveur rejetait farouchement toute intrusion.

— C'est pas vrai… murmurai-je.

Et puis soudainement, à cet instant précis, la lumière se fit en moi. Nous venions de franchir un cap décisif. Maintenant, nous devions aller jusqu'au bout.

Alors, je reclaquai le portable d'un geste ferme et l'emportai sur la terrasse.

Elizabeth, qui pressentait déjà ce que j'allais faire, ne laissait rien transparaître de son inquiétude, rien de son angoisse.

Je m'approchai du bord de la piscine, et d'un geste ample balançai l'ordinateur dans l'eau. L'appareil disparut aussitôt sous la surface, coulant à pic jusqu'au fond, où il s'immobilisa sur le carrelage. Puis, je regagnai le salon calmement.

Elizabeth me suivit des yeux, sans prononcer un mot.

Après un moment, je l'entendis dire distinctement :

— Tu deviens fou, Simon.

Une autre idée me traversa l'esprit. Je filai dans notre chambre, ouvris un placard rempli de vêtements.

Coincée derrière des manteaux, je dégageai une housse de couleur noire. J'étais fébrile quand je fis glisser la fermeture-éclair.

Il était là, prêt à l'emploi, l'héritier de cette société qui avait connu la violence et l'autodéfense dès ses origines.

Je fermai les yeux au moment où je sortis le fusil. Je ne l'avais pas soupesé depuis des siècles, mais j'eus immédiatement le sentiment qu'il tenait bien dans la main.

Elizabeth ouvrit la bouche mais je parlai à sa place :

— Maintenant, nous sommes vraiment chez nous ! m'écriai-je en exhibant l'arme bien au-dessus de moi, portée à bout de bras.

54

L'Amérique. Le continent sur lequel nous vivions, notre terre, notre patrie. N'était-elle pas contenue toute entière dans ce symbole ?

Tous les Américains ou presque avaient une arme. C'était un droit inaliénable depuis le Far West. Notre nation s'était construite ainsi. C'était une protection que chacun pouvait revendiquer. Et Paradise Island ne faisait pas exception à la règle. Il ne m'avait fallu que quelques mois, une enfilade de semaines, pour passer de l'euphorie de l'installation à un sentiment d'insécurité grandissant.

Puisque visiblement nous étions condamnés à demeurer sur cette île, nous devions adapter nos méthodes de survie. Ici, tout discours semblait vain, toute négociation impossible.

Ce fusil, j'avais vu parfois mon père le sortir de son étui, en lustrer la crosse à l'aide d'une crème spéciale, en faire briller les chromes.

Un jour – je devais avoir une dizaine d'années – je l'avais surpris dans sa chambre, assis sur son lit, le dos voûté, en train de nettoyer son arme. Lorsque je lui avais demandé pourquoi nous avions ce fusil à la maison, ses mots avaient été clairs :

— L'Amérique est une puissance, mais elle n'est pas invincible. Il faut toujours se tenir prêt.

L'île était devenue dangereuse. Il fallait absolument se protéger. C'était essentiel, vital. Mais, même un fusil entre les mains, dans quelle direction devais-je aller ? Où devais-je me rendre ?

La nuit tombait. Dehors, le chant des batraciens était assourdissant. Les grenouilles se postaient en masse autour du plongeoir. Je m'assis sur un transat, le fusil sur les genoux.

Tenir en main ce fusil était une chose. Savoir ce que j'allais en faire en était une autre.

— Qu'est-ce que tu comptes faire avec ça ?

La question d'Elizabeth était très claire. Ma réponse le fut peut-être encore davantage. Si à cet instant précis je tenais ce fusil contre moi, aussi fermement que je le pouvais, c'était avant tout parce que je m'étais senti agressé.

Ce fusil était pour moi comme la machette permettant de se frayer un chemin à travers la jungle pour avancer. Sous ma paume, je sentais la douce chaleur du bois. Je caressais sa forme arrondie pour remonter jusqu'au métal du canon. L'objet était éminemment sensuel. Impossible de nier l'effet qu'il me produisait. À son contact, je me sentais étrangement bien, apaisé. Je fixai Elizabeth, qui se tenait droit devant moi :

— J'ignore encore ce que je compte faire. J'improvise au fur et à mesure. S'il faut que nous traversions ce bras de mer tous les trois, ce sera avec ce fusil.

Elizabeth, atterrée, m'adressa un regard étrange, un peu inquiétant.

— C'est quoi ton plan ? me demanda-t-elle.

— S'évader.

— À part ça ?

— Je viens de te le dire ! m'emportai-je.

Poussé dans mes ultimes retranchements, je devais bien avouer à Elizabeth que je n'avais pas le moindre plan, ni d'ailleurs la plus infime stratégie.

— Peut-être y a-t-il un autre point de l'île moins surveillé, un endroit par lequel je pourrais quitter la berge discrètement.

À travers mes mots, je tentai surtout de me convaincre moi-même, sans toutefois y parvenir.

Elizabeth me regarda et dit calmement :

— Tu te doutes bien que si tu t'es fait tirer dessus en choisissant l'endroit le plus inaccessible de l'île pour traverser, et ceci en pleine nuit sans aucune source de lumière, ta tâche ne sera pas plus facile en un autre endroit.

Devant la force de cet argument, je devais admettre qu'elle avait raison. Puis brusquement, je lançai, comme sous l'effet d'une excitation de gamin :

— Je pourrais retourner là-bas, et cette fois répliquer.

— Tu délires, Simon. Les tueurs sont plusieurs, invisibles, et munis de fusils à lunettes. Ils t'abattront avant que tu aies fait le moindre mouvement. Tu n'as aucune chance, crois-moi. Tu ne t'en tireras pas !

Elizabeth avait mille fois raison, je le savais parfaitement. Il fallait réfléchir, faire le point, prendre un moment pour examiner la situation et peut-être élaborer un stratagème pour nous sortir de cet enfer.

Le questionnement, le doute, et maintenant l'angoisse, avaient provoqué chez moi une soif incontrôlable. Je me rendis d'un pas alerte à la cuisine, où je fis couler dans un grand verre à jus de fruits de cette eau toujours fraîche et sucrée.

Au moment où cette saveur envahit ma bouche asséchée et pénétra mes papilles, je fermai les yeux, transporté par ce bonheur intense. Enfin, je revivais, régénéré par ce breuvage irrésistible, ce nectar aux vertus multiples.

Puis les mots sortirent de ma bouche avec sincérité, instinctivement :

— Écoute, je viens de penser à quelque chose. Oui, tu as raison : seul, je n'ai aucune chance. Je laisse tomber, d'accord. Mais imagine une seconde : admettons que nous constituions un groupe, une brigade prête à défendre nos propres intérêts. À plusieurs, nous serons forcément plus forts.

— C'est encore plus grave que je ne pensais, murmura ma femme.

L'instant d'après, j'étais dehors, devant la maison, le fusil entre mes mains, canon baissé vers le bas.

Voilà donc à quoi ressemblait une guerre dans nos états modernes. Sans armure, sans uniforme.

Maintenant, c'était certain : j'allais arpenter Paradise Island dans son ensemble, aller à la rencontre des autres, et soulever une armée.

Je glissai dans mon sac à dos une bouteille d'eau et un paquet de biscuits. J'ajoutai deux pommes. J'ignorais encore la nature des difficultés que j'allais rencontrer.

Il n'y avait plus de temps à perdre.

J'embrassai Sullivan et Elizabeth et me dirigeai vers le bas de la vallée, là où il y avait sans doute encore de la vie.

55

J'avais une arme et je descendais la vallée. Je n'avais pas peur d'être remarqué. Je marchais le fusil à la main, bien en évidence, tel un chasseur. Je ne cherchais pas de gibier, je ne savais même pas ce que j'allais faire et où je me rendais. Mon pas était assuré. J'avais confiance en moi.

Les premières maisons se présentaient à quelques centaines de mètres. Curieusement, je réalisai que depuis que nous habitions la vallée, je n'étais jamais descendu jusqu'ici.

J'avais la sensation de m'aventurer en terre étrangère, alors que ces maisons, je les voyais toujours depuis notre terrasse.

Doucement, resserrant instinctivement mes doigts sur la crosse du fusil, je m'approchai d'un portail. La grille en fer forgé noire en imposait. J'eus un court instant l'illusion de me trouver à la porte d'un manoir d'inspiration gothique et non devant une villa high-tech du XXIe siècle.

Fixé au sommet du muret de gauche, un objectif de caméra de surveillance était dirigé sur moi. Le moindre de mes mouvements était visiblement épié, le plus infime de mes gestes passé au crible. Je ne cessais de regarder l'œil de verre cyclopéen qui me détaillait.

Je sonnai à la porte : personne ne réagit à l'intérieur. Je laissai même mon pouce enfoncé sur le bouton métallique de l'interphone. Toujours aucun signe de vie derrière les fenêtres. Il fallait tenter le tout pour le tout, et découvrir ce qu'il y avait à l'intérieur de cette villa. Même très protégée, j'étais certain qu'on pouvait y pénétrer et en percer le secret.

Depuis le portail, je voyais bien que la fenêtre était fermée, ainsi que la porte, mais peut-être allais-je réussir à trouver un accès en la contournant.

Je passai le fusil à travers les barreaux, le laissant retomber de l'autre côté. À présent, j'étais condamné à franchir le seuil.

Alors, je saisis les barreaux à pleines mains, et en soulevant mon corps de toutes mes forces, parvins à monter le long de la grille comme sur une corde lisse. Je me hissai avec facilité jusqu'au haut du portail. La caméra resta immobile. À aucun moment, elle ne suivit mes mouvements. J'en déduisis donc que le système ne fonctionnait plus, ou avait été désactivé.

Je me laissai tomber sur le gravier du haut de la grille. Je me réceptionnai sans trop de mal, pliant les genoux comme il fallait. J'étais loin d'avoir la souplesse d'un chat, mais ma chute ne fut pas trop catastrophique.

C'était fait. Désormais, j'étais de l'autre côté. Je récupérai le fusil et contemplai la maison.

D'instinct, je pointai le canon devant moi, et me mis à avancer, un doigt sur la gâchette. J'avais vu faire ça des milliers de fois, dans des polars ou des westerns.

Je donnais peut-être l'illusion d'être confiant à qui m'aurait découvert ainsi à cet instant précis, mais intérieurement j'avais peur. J'étais même terrifié. Je n'avais jamais fait une chose pareille : avancer une arme à la main. J'appartenais à cette génération heureuse qui n'avait jamais eu à faire la guerre. Ces gestes, je ne les avais vus qu'au cinéma.

J'inspectai les fenêtres, tentant de découvrir quelque chose à l'intérieur. Mais rien ne bougeait, rien ne laissait transparaître un signe de vie. Aucune silhouette humaine ou animale ne se déplaçait.

Peut-être une fois derrière la maison allais-je faire une découverte.

Les mains toujours crispées sur le fusil, je contournai la villa.

Une piscine se trouvait à l'arrière. Le bord était jonché de lézards à la taille monstrueuse, ainsi que de grenouilles. Là aussi, elles s'étaient regroupées près du plongeoir. Alors que j'approchais, les coassements cessèrent aussitôt. Les batraciens avaient senti ma présence.

L'eau était sale et verdâtre, offrant l'aspect putride d'un marigot.

Quantité de branchages et de feuilles recouvraient la surface. Visiblement, cette maison, dont les propriétaires m'étaient inconnus, se trouvait dans le même état que la nôtre.

Derrière la baie vitrée, le salon était vide. J'apercevais des magazines posés sur la table basse, ainsi que des tasses de café, dont certaines encore à moitié pleines. J'avais l'impression qu'une famille, qui se trouvait encore là quelques heures plus tôt, venait de fuir. Pour quelle raison ? Pour aller où ? Quelle était la nature du danger qui la menaçait ?

À la crainte de tomber sur quelqu'un venait de succéder l'inquiétude d'une solitude profonde et anormale.

Alors, je calai le fusil sous mon bras et plaçai mes deux mains en porte-voix :

— Eh oh ! Y'a quelqu'un ?

J'attendis, mais ma question resta sans réponse.

Cette maison semblait inhabitée. Je devais donc en trouver une autre.

L'état de la villa faisait penser que ses occupants étaient partis pour ne pas revenir, qu'ils laissaient derrière eux quelque chose, qu'ils quittaient un passé, qu'ils s'en débarrassaient. Avaient-ils, eux aussi, tenté une traversée jusqu'au continent ?

Lorsque j'escaladai le portail pour repasser de l'autre côté, je compris que ma quête était loin d'être terminée.

56

Je devais trouver une autre maison. Il me fallait à tout prix rencontrer un être humain sur cette île, lui parler, et surtout comprendre ce qui était arrivé depuis quelques jours sur Paradise Island. Un autre avis, extérieur, devait me confirmer ce que je voyais. C'était essentiel.

Devant moi, la vallée s'étendait, déserte. Tout était immobile, figé, englué dans une atmosphère pesante, terriblement oppressante. Pourtant, vu de l'extérieur, rien ne paraissait avoir bougé.

À environ une centaine de mètres, une autre maison se dressait en contrebas.

Instinctivement, mes doigts enserrèrent un peu plus la crosse, incrustant leur empreinte dans le bois poli. J'allais faire un nouvel essai, et j'espérais de tout cœur qu'il serait concluant.

Le portail qui se présentait à moi était en tous points identique à celui de la première demeure. Je le contemplai un moment. J'allais donc escalader, comme pour la première fois. Je m'approchai suffisamment pour découvrir que les grilles étaient légèrement entrouvertes. Quelqu'un était donc sorti précédemment – ou entré – et avait omis de vérifier que la porte était bien fermée. Du bout des doigts, je poussai légèrement la grille. La porte pivota sur elle-même.

Confiant, mais néanmoins inquiet, je pénétrai dans le jardin.

Mes pas résonnèrent sur le gravier. Le fusil dressé devant moi, je progressai, hésitant. Un rapide coup d'œil m'indiqua que la porte et les fenêtres étaient fermées, condamnant du coup tous les accès. Pourtant, si le portail avait été laissé ouvert, c'était sans doute que le propriétaire avait ses raisons.

Comme pour la première habitation, je contournai la maison. Là encore, une piscine occupait tout l'arrière.

Alors, je me postai devant la porte et sonnai : un son harmonieux de carillon retentit à l'intérieur.

Une boule de nerf et d'acier s'était formée au creux de mon ventre; je ne parvenais pas à l'en déloger.

J'avais peur, envahi par cette angoisse poisseuse et incontrôlable qui s'empare de nous et nous empêche de faire le moindre mouvement. J'attendis longtemps ainsi, mes deux mains enserrant le fusil, l'index de la main droite à proximité de la gâchette.

D'instinct, je collai mon oreille contre la porte. C'était imperceptible, mais j'entendis un bruit très léger de l'autre côté. Je devinai un parquet qui craque, le souffle d'une respiration. Je sentis une présence, quelque chose d'indicible, mais néanmoins sensible. De toute évidence, les derniers mois passés sur l'île avaient développé chez moi une acuité sensorielle que je ne me connaissais pas auparavant.

Je resserrai un peu plus mes doigts sur la crosse. À présent, je n'avais plus aucun doute : il y avait quelqu'un de l'autre côté. Alors, je tentai le tout pour le tout. Il fallait que je sache. Je devais briser à tout prix cette incertitude qui me glaçait les sangs. Savoir, et maintenant. C'était là mon seul objectif. N'y tenant plus, je lançai :

— Écoutez, je sais que vous êtes là ! Ouvrez-moi, c'est important !

Silence total derrière la porte.

J'attendais, le souffle coupé.

Deux bonnes minutes s'écoulèrent, et je perçus un déclic dans la serrure.

Je n'osais respirer, fixant le bas de la porte collé au paillasson, sur lequel figurait un banal *Welcome.*

La porte s'entrouvrit légèrement.

Un homme à l'allure fatiguée me faisait face.

Mal rasé, les cheveux hirsutes, il portait un t-shirt kaki, un pantalon noir de toile légère, une paire de Nike sombres.

— Qu'est-ce que vous voulez ? demanda la voix.

J'étais décontenancé, n'osant à peine parler.

— Il faut se mobiliser. C'est pour ça que je suis là ! furent les seules paroles qui sortirent de ma bouche.

Il continuait à me dévisager d'un air vide, sans expression.

— Se mobiliser contre qui ? Contre quoi ?

Il m'assénait ses questions d'une façon mécanique, totalement désincarnée.

Je continuai sur ma lancée :

— Contre ceux qui tentent de faire de cette île un cauchemar.

Il me fixait, m'imposant ses yeux morts aux iris délavés.

Son silence me mettait mal à l'aise. Je me sentis tout à coup ridicule avec mon fusil à la main.

— De quel cauchemar parlez-vous ? demanda-t-il après un moment.

Était-il réellement sincère ? De mauvaise foi ? Délirait-il au point de ne plus savoir dans quel monde il vivait ? J'étais incapable de deviner ce qu'il pensait vraiment. Avait-il traversé les mêmes épreuves que moi depuis ces derniers jours ? Je me sentais démuni.

Alors, je cessai soudainement cette mise en scène et tentai la sincérité. Dans bien des situations, c'était souvent ce qui marchait le mieux.

— Si vous me laissez entrer, je peux vous expliquer. Nous vivons sans doute la même chose depuis quelque temps.

D'une démarche de zombie, il se déplaça jusqu'à un énorme fauteuil de cuir jaune et se laissa tomber de-dans.

D'un mouvement de la tête, il me proposa de venir m'installer en face de lui.

Je pris soin de fermer la porte, avec un geste lent et méticuleux, et vins m'asseoir dans le canapé qui faisait face à son fauteuil.

Nous nous regardâmes quelques secondes sans nous parler.

Ce fut lui qui rompit le silence :

— Qu'est-ce que vous voulez, exactement ?

Je lui racontai ce que je vivais depuis notre installation. Je lui parlai de mon épouse, de Sullivan, dont le comportement s'était dégradé semaine après semaine. J'évoquai la situation chez APS, et j'en vins évidemment à citer le nom de Ralph Bogolan (j'ignorais s'il le connaissait). Puis, je terminai ce long monologue sur l'isolement, sur la spécificité d'habiter une île.

Pendant mon récit, il m'écouta posément, sans manifester un état d'âme particulier. Puis, je lui demandai :

— Et vous… Qu'est-ce qui s'est passé ?

L'homme pointa son index vers la porte.

— C'est là que tout a commencé… dehors. Il ne faut pas le laisser entrer, sinon on ne répond plus de rien.

— Laisser entrer qui ? l'interrompis-je.

À l'affût de ses moindres paroles, j'étais assis sur le bord du canapé, le fusil posé sur les genoux.

— Mais l'esprit de l'île ! me répondit-il tout de go. C'est lui qui dirige, qui récompense et qui châtie.

L'homme se trouvait visiblement dans une autre dimension. Je ne savais quelle attitude adopter : soit le ramener à la raison en usant de diplomatie, soit adhérer totalement à sa fantasmagorie.

— Mais à quoi ressemble-t-il, cet esprit de l'île ?

J'avais besoin de le pousser plus avant dans sa réflexion, de savoir comment il voyait le monde, de savoir comment il le percevait.

Tandis qu'il m'observait, un sourire naissait progressivement sur son visage.

Pour la première fois depuis mon entrée, il m'apparut apaisé, étrangement serein.

— Attendez, je vais chercher quelque chose.

Il disparut dans un couloir qui menait sans doute à des chambres.

Je patientais en caressant la crosse de bois du plat de la main.

C'est alors qu'il fit irruption un fusil à la main. Il s'arrêta à quelques mètres de moi pour me viser. Lorsqu'il leva le canon dans ma direction, je n'eus qu'une fraction de seconde pour réagir. À mon tour, je pointai mon arme et tirai.

La balle l'atteignit en pleine poitrine, le faisant pivoter sur lui-même et s'écrouler sur la moquette.

Il était figé dans un rictus de douleur, la bouche grande ouverte, ses pupilles bleu acier tournées vers le plafond.

Une gerbe de sang avait maculé le sol.

57

Je restai un long moment dans cette étrange position, les mains crispées sur la crosse de mon fusil, le canon encore fumant, dirigé vers la silhouette d'un homme désormais à terre, et immobile parce que mort.

J'étais un meurtrier pour la seconde fois…

Je n'arrivais pas à quitter des yeux le visage de l'homme, exsangue et terrifiant. Hormis mes parents, je n'avais pas souvent vu de personnes mortes, et là, il s'agissait d'un homme à qui j'avais ôté la vie. C'était par ma faute que son corps était devenu cadavre.

J'avais beau essayer de toutes mes forces, je n'arrivais pas à détacher mon regard de sa silhouette. C'était étrange, et somme toute assez absurde, mais j'avais le sentiment que l'homme allait bouger d'un instant à l'autre, se déplacer avec d'imperceptibles mouvements.

Enfin, je parvins tout de même à regarder autour de moi, à balayer en un lent mouvement le panorama des objets qui m'entouraient.

La première chose que je remarquai fut un cadre posé sur un meuble. On y voyait un couple entourant un enfant. Je reconnus l'homme que je venais d'abattre. À ses côtés, une femme plutôt grande enlaçait un jeune garçon aux cheveux blonds, héritage de sa mère, car l'homme à mes pieds était plutôt châtain.

Sur le canapé, posée à côté de moi : une télécommande. Sans doute l'homme regardait-il la télévision juste avant mon arrivée. Quel programme avait-il choisi ?

Sur la table, des papiers administratifs étaient étalés. Un ordinateur portable était ouvert, mais l'écran éteint. Un paquet de chips à demi entamé posé à côté des documents, à portée de main, de même qu'une paire de lunettes aux branches écartées, une bouteille d'eau à moitié vide, un trousseau de clés, une tasse de café, autant de témoignages d'une vie banale que je venais d'arrêter en une fraction de seconde avec une facilité déconcertante. Un trognon de pomme indiquait qu'il avait eu faim, et éprouvé le besoin de manger quelque chose immédiatement.

Je me levai enfin, conservant ma position de visée initiale, tenant encore bien droit le canon devant moi. J'étais déterminé, prêt à tirer une seconde fois, et surtout prêt à tirer pour tuer. J'avais peur. J'étais là, dans cette villa déserte, la porte fermée, dans une posture de cow-boy. Un homme gisait au sol, à mes pieds, mort d'une balle que je lui avais logée en pleine poitrine.

Tout en conservant mon attitude axée sur la défensive, je fis quelques pas en direction du couloir.

J'enjambai le corps de l'homme. Pendant une fraction de seconde, il me sembla le voir bouger. Mais c'était la peur, uniquement la peur, sans doute la simple terreur d'être confronté à l'acte que je venais de commettre.

Je devais vérifier si j'étais vraiment seul dans cette maison, ou si quelqu'un d'autre s'y trouvait.

Je m'engageai dans le couloir, progressant entre les murs blancs, le doigt sur la gâchette.

Mon souffle était coupé, mais je maîtrisais tant bien que mal ma respiration. J'avançais péniblement, m'attendant au pire.

Je passai devant une chambre : vide. Un lit impeccable, une pièce bien rangée. Rien ne dépassait. Aucun bruit.

D'élégants rideaux blancs apportaient une touche luxueuse à l'ensemble. Cette première incursion annonçait de toute évidence que la villa avait été désertée. Si un intrus était dissimulé dans la maison, où pouvait-il bien se cacher ?

Je pénétrai dans une vaste pièce de forme octogonale. Un billard trônait en son centre. Son tapis vert vif capta mon attention. Là encore, le silence régnait. Absolument rien ne semblait en désordre.

C'est lorsque je poussai la porte de la troisième pièce, une autre chambre, qu'un véritable coup de massue me fut asséné.

Une femme était allongée sur un lit défait. Je restai tétanisé sur le seuil, incapable de détacher mon regard de son corps. Elle était nue sous un kimono noir partiellement ouvert, couchée sur le dos en travers, la tête en arrière, dépassant en dehors du lit. Sa bouche était ouverte, comme ses yeux, fixant le plafond immaculé au-dessus d'elle. Un filet de salive et de sang mêlés avait séché à la commissure des lèvres.

Je pris sur moi et fis quelques pas dans sa direction. Sa poitrine aux seins gonflés ne bougeait pas. Ses jambes ouvertes révélaient une toison blonde et duveteuse. Des tâches blanchâtres, éparses – très vraisemblablement du sperme – maculaient ses cuisses.

Même morte, ce qui me frappa, ce fut la beauté de cette femme, cette sexualité offerte et désirable, bien que figée. Y avait-il eu rapport amoureux avant la mort ? Viol, puis étranglement (son corps portait des marques bleues) ? Une lutte s'en était-elle suivie ? Le visage de la femme avait les traits de celle entrevue dans le cadre du salon. J'en déduisis donc qu'il s'agissait très certainement de l'épouse de l'homme que j'avais tué. Mais la pièce suivante allait m'offrir une vision encore plus cauchemardesque que la précédente.

Cette fois, j'entrai dans la chambre d'enfant. Là encore, le lit était défait. Des jouets épars jonchaient le sol.

Un garçon couché sur le ventre gisait sur la moquette jaune. Le manche d'un couteau dépassait de son dos. Au niveau de sa tête, une mare de sang s'était répandue dans les fibres synthétiques du tapis. Une plaie manifeste, telle une cicatrice, parcourait le cou de l'enfant.

Mentalement, je reconstituai très vite le déroulement de la scène. Le garçon avait dû se débattre pour tenter d'échapper à son agresseur, mais il avait été rattrapé, immobilisé à terre, poignardé et égorgé.

Je refermai doucement la porte.

Je ne pouvais cesser de me poser la question suivante : était-ce l'homme que j'avais abattu qui avait tué son épouse et son fils, ou les avait-il découverts avant que je n'ouvre le feu sur lui ? Dans l'état actuel des choses, il m'était absolument impossible de répondre à cette question.

Ce que je devais faire maintenant, c'était fuir.

Toujours l'arme à la main, je retraversai le couloir dans l'autre sens, puis le salon par lequel j'étais entré au début.

Lorsque je sortis sur le perron de la villa, et que j'emplis brusquement mes poumons d'air frais, j'eus l'étrange sensation d'être redevenu à nouveau ce plongeur apnéiste remontant des profondeurs.

Pour la première fois depuis longtemps, j'inspirai profondément.

58

Les choses avaient changé en quelques heures.

Pourquoi ?

Je l'ignorais.

Pour la première fois, j'avais peur. Paradise Island m'apparaissait plus que jamais comme un piège dont il était impossible de s'échapper. Je revoyais mentalement, en quelques flashs, les divers épisodes qui nous avaient menés là où nous nous trouvions à présent. J'avais entraîné ma famille sur cette île hostile et dangereuse, et cela, je ne pouvais me le pardonner.

Pire, je venais de tuer quelqu'un. Dans la panique qui m'assaillait, je cherchais désespérément une issue de secours, une porte de sortie. Bien sûr, j'avais agi en légitime défense. J'avais tué pour ne pas l'être, mais je ne cessais de me repasser cette scène où j'avais pressé la gâchette, tel un film monté en boucle.

Je parvenais tout de même à canaliser la terreur qui m'étreignait. Un moment, je pensai même me rendre aux autorités, mais la seconde d'après, je songeai : de quelles autorités parlais-je ? Et si ces dernières existaient, où se trouvaient-elles ? Je regardais autour de moi : personne dans la rue, ni aux abords de la ville. Les coups de feu avaient-ils été entendus ? À cette heure, je ne pouvais le savoir. Pour l'instant, mon crime restait impuni, et sans doute aussi les meurtres de l'homme que j'avais abattu.

Si personne ne m'avait vu ni entendu entrer dans la villa de ma victime, alors de toute évidence personne ne découvrirait mon identité.

Dans l'état actuel des choses, si je retournais dans notre demeure maintenant, j'avouais mon échec. Cette idée de trouver des alliés pour monter un groupe afin de s'échapper de l'île continuait à me tarauder. Dans ce projet, je ne baissais pas la garde.

Il me fallait trouver au moins un complice. Être deux, c'était déjà ça, un début de force, une once de soulèvement. Sur le versant de la vallée qui me faisait face, à mi-chemin de la colline, une grande demeure trônait à la lisière des bois. Je décidai alors d'y tenter une nouvelle fois ma chance.

Au fur et à mesure que j'approchais de la maison, je sentais instinctivement mes doigts se crisper sur le bois de la crosse. À partir de maintenant, je savais que j'étais en danger, car exposé et vulnérable.

Que s'était-il passé dans l'île pour qu'il n'y ait personne ? Les habitants s'étaient-ils réfugiés dans leurs maisons, barricadés derrière leurs portes blindées ? En ce moment même, n'étaient-ils pas en train de m'observer ?

Bientôt, un portail en fer forgé noir se dessina au fond de l'allée dans laquelle je progressais. Il était en tous points semblable à celui des maisons précédentes.

L'évidente uniformité de l'île ne m'avait peut-être jamais paru aussi terrifiante. Ici, tout se ressemblait.

Je devais me trouver à une vingtaine de mètres de la grille quand un coup de feu retentit. J'entendis la balle siffler et passer à quelques mètres de moi. Mon premier réflexe fut de me jeter à plat ventre sur le sentier. Dans mon plongeon, je n'avais pas lâché le fusil à côté de moi.

Brusquement, je pensai : la balle n'était pas passée si près. Soit l'homme ne savait pas viser et m'avait manqué, soit il avait délibérément tiré loin de moi pour m'éviter ; une sorte d'avertissement, en quelque sorte.

Je relevai la tête et regardai la maison : aucun signe de présence humaine aux fenêtres, nul mouvement, nul bruit qui m'aurait confirmé que j'étais bien une cible. D'où la balle était-elle partie ? Impossible de le savoir.

Alors, lentement, la main toujours sur le fusil, je m'agenouillai au milieu du chemin. Quelques secondes plus tard, j'étais debout, immobile, prêt à continuer mon avancée.

Je n'avais pas fait dix pas qu'une seconde balle vint se ficher dans la terre, soulevant un nuage de poussière juste devant moi. Manifestement, celui qui tirait sur moi savait viser, et si je continuais à marcher, il n'allait sûrement pas s'interdire de me toucher. Je n'osai faire un geste, hormis celui de déposer mon arme à mes pieds.

Alors, comme si cette action symbolique avait brusquement été un élément déclencheur, la porte de la maison s'ouvrit, et un homme trapu et armé apparut sur le seuil.

Il avança vers moi, le canon de son fusil pointé dans ma direction, et vint se poster à quelques mètres de l'endroit où je me tenais.

— Faites quelques pas en arrière. Je ne veux pas que vous puissiez vous emparer de votre fusil et me tuer. Après tous les efforts que j'ai faits pour rester en vie, ce serait dommage.

— Je n'ai aucunement l'intention de vous tuer, bien au contraire.

— Alors, qu'est-ce que vous voulez, pour venir jusqu'ici ?

— Il faut nous unir si on veut tenter une sortie à l'extérieur. Nous devons essayer de rejoindre le continent.

— Mais qui vous dit que je souhaite retourner sur le continent ? Je me trouve très bien ici, moi. J'ai mis du temps à avoir cette maison et je ne veux pas l'abandonner.

J'étais sidéré, incapable de prononcer le moindre mot. Je m'étais attendu à tout, sauf à cela.

Les idées s'affolaient dans ma tête. Elles étaient embrouillées, et j'avais du mal à y mettre de l'ordre. En l'espace d'une demi-heure, je venais d'échapper à la mort, j'avais découvert une scène particulièrement macabre, tué un homme, et la première personne que je découvrais m'apprenait qu'elle ne quitterait l'île pour rien au monde.

Je me repris et tentai de le raisonner :

— Vous ne pouvez pas rester là, ce n'est pas possible.

— Et pourquoi donc ? me rétorqua-t-il aussitôt.

— Parce qu'à un moment vous voudrez sortir, c'est sûr. Vous en éprouverez la nécessité, ne serait-ce que pour manger.

— J'ai suffisamment de réserves, de quoi tenir un siège ! me répondit-il dans une exaltation inquiétante.

— Et si certains s'avisaient de s'attaquer à votre garde-manger ? suggérai-je.

— Ils peuvent toujours essayer ! s'exclama-t-il avec un long rire sonore. Je les attends de pied ferme ! me lança-t-il en levant son fusil au-dessus de sa tête.

— S'ils sont nombreux, ils vont forcément tenter de pénétrer à l'intérieur.

— J'ai tout barricadé, une vraie forteresse ! Chaque entrée possible est équipée d'un système de sécurité particulier. Le premier qui ose s'aventurer au-delà de cette grille, je lui explose la tête !

Il ponctua sa phrase en ajustant son fusil et en faisant mine de me viser.

— Je vous assure, ça va tellement vite qu'on ne sent rien ! s'époumona-t-il derrière son portail.

Instinctivement, je levai les bras.

— Je ne demande qu'à vous croire ! lui lançai-je.

Dans sa folie, il m'était curieusement sympathique. J'essayai une dernière fois de le convaincre :

— Vous ne voulez vraiment pas quitter l'île ?

— Je suis bien ici. Rien ne m'en fera partir. Un bon conseil : rentrer chez vous et faites comme moi !

Il recula jusqu'à l'entrée de la villa sans pourtant cesser de me tenir en joue.

Je vis alors la porte se fermer sur le canon de son fusil.

Je ramassai mon arme et remontai l'allée, puis m'arrêtai pour contempler un instant la vallée. Elle s'étendait devant moi, à perte de vue : les mêmes maisons, les mêmes jardins, les mêmes habitants, terrés chez eux tels des rongeurs dissimulés dans une galerie souterraine.

Voilà ce que nous étions devenus en quelques semaines : une colonie de rats, mais des rats milliardaires.

J'hésitais à descendre plus avant dans la vallée, à explorer d'autres maisons. La vision de l'homme sur lequel je venais de tirer accaparait entièrement mon esprit.

En une heure de temps, le ciel s'était assombri. La nuit commençait à tomber.

Je renonçai à poursuivre mes investigations et pris le chemin de notre maison.

Faute de pouvoir regagner le continent, j'allais rejoindre notre refuge familial.

Les premiers éclairs se mirent à éventrer les nuages.

59

Lorsque j'ouvris la porte, Elizabeth se jeta dans mes bras, terrifiée.

Elle ne parvenait pas à parler. Elle était prise de tremblements, de soubresauts. Je sentais ses larmes chaudes dans mon cou. Je posai le fusil dans un coin, après avoir pris soin de le décharger, et fermai la porte derrière moi.

Puis, je marchai jusqu'au salon, soutenant Elizabeth, blottie contre moi. Sullivan était enfoui dans un canapé, recroquevillé sur lui-même, ses mains masquant son visage. Je m'assis à côté de lui et le pris dans mes bras. Pour la première fois depuis une éternité, je retrouvais mon enfant, mon petit, le bébé que j'avais accompagné à sa naissance, et que j'avais vu grandir par la suite.

Nous étions redevenus une famille. Il avait fallu tout ce temps et toutes ces épreuves pour que nous ressentions à nouveau cette appartenance communautaire.

Elizabeth m'apporta un grand verre d'eau. Je le vidai d'un trait, comme le deuxième qu'elle me servit.

Je regardai mon fils, puis ma femme, et cette phrase terrible sortit de ma bouche sans qu'il ne soit possible de la contrôler :

— J'ai tué un homme.

Elizabeth, comme paralysée par mes mots, plongea son regard dans le mien.

— Qu'est-ce que tu dis ? demanda-t-elle dans l'espoir naïf d'avoir mal compris.

— J'ai tué un homme, répétai-je. Je suis entré dans une maison. Il a surgi devant moi, armé, et je l'ai tué avant qu'il ne me tue.

Cette phrase simple, prononcée d'une façon presque clinique, fut libératrice. Je contai alors toute mon expédition. Je décrivais les situations calmement, posément, mais plus je donnais de précisions, plus je réalisais la gravité de la situation. Et je terminai mon récit par cette conclusion :

— Eh bien maintenant, je crois que c'est chacun pour soi !

— Qu'est-ce que tu veux dire par « chacun pour soi » ? demanda Elizabeth, comme prise de panique.

— Ça veut dire très clairement qu'à partir de maintenant il n'y a plus vraiment d'endroit où aller. Ça veut dire aussi que, quoiqu'il arrive, nous sommes condamnés à vivre sur cette île.

C'est là que Sullivan intervint, moi qui n'avais pas entendu le son de sa voix depuis des jours .

— Tu ne peux pas nous laisser comme ça, Papa. Il existe forcément un moyen de quitter l'île.

Je ne voulais pas tuer dans l'œuf l'once d'espoir qu'il portait en lui. Après tout, c'était un enfant, et il croyait en la vie. Je ne pouvais pas aller contre ce principe. Mais en mon for intérieur, je ne cessais de me répéter : à quel moment vais-je faire comprendre à ma femme et à mon fils que nous sommes perdus ?

Dans une immense lâcheté, je ne répondis pas. Au contraire, je me levai du canapé, traversai la pièce et marchai jusqu'à la baie vitrée. Je fis coulisser la fenêtre donnant sur la piscine et sortis à l'extérieur.

Dehors, grenouilles et crapauds avaient envahi la terrasse mais demeuraient silencieux, réservant leurs coassements pour plus tard, lorsque la nuit serait tombée. Se regroupant près du parapet, les cafards et les lézards montaient la garde, comme postés en sentinelles. Ils conservaient leur position en avant-poste, prêts à agir si les circonstances le nécessitaient.

Machinalement, sans vraiment réfléchir à ce que je faisais, je sortis le portable de ma poche et composai le numéro d'APS. Bien sûr, le *bip* significateur du non-accès au réseau se déclencha aussitôt. Je tentai un autre numéro, celui de Bob Harrison, mais le résultat fut le même : tout contact avec le continent s'avérait impossible.

Après l'ordinateur, mon téléphone portable atterrit à son tour au milieu de la piscine. Un plouf discret se fit entendre parmi les feuilles mortes, puis plus rien. Le mobile avait coulé à pic jusqu'au carrelage du fond.

Plus d'ordinateur, plus de téléphone, à présent c'était clair : nous n'avions plus rien à faire avec le monde dans lequel nous vivions, et ce monde c'était Paradise Island, cette île que nous devions fuir à tout prix.

Mais notre fuite, il nous fallait la préparer.

Un minimum d'organisation s'imposait.

60

J'inspectai les placards de la cuisine et la remise. La conclusion fut rapide et sans appel : j'estimai notre autonomie alimentaire à environ une dizaine de jours. Au-delà, nous aurions forcément des problèmes. Je n'étais pas alarmiste, mais il fallait néanmoins y penser. Une virée au Sunny Store s'avérait nécessaire.

Quand j'annonçai mon départ, Elizabeth fut prise d'une panique soudaine :

— Et si ça tourne mal ? me lança-t-elle dans une sorte de cri de désespoir.

— Je ne peux pas le savoir sans y aller. Et s'il y a vraiment une possibilité de faire le plein, je veux en profiter maintenant. Imagine qu'après ce soit impossible, ça aurait des conséquences dramatiques pour nous trois.

— Qu'est-ce que tu comptes faire exactement ?

Elizabeth semblait tétanisée, littéralement suspendue à mes lèvres.

— Tout simplement entrer dans le centre commercial et remplir le coffre de la voiture avec un maximum de choses.

— Et tu crois que tu vas pouvoir entrer facilement ? continua-t-elle sur le même registre.

— J'ignore encore comment ça va tourner, mais je dois y aller. On ne pourra pas encore tenir très longtemps comme ça.

Sullivan et Elizabeth se serrèrent très fort contre moi. Comme à chacune de mes sorties – de mes missions – l'absence de retour était toujours envisageable.

Tandis que je les sentais tous deux contre moi, je fermais les yeux pour goûter à ce bonheur éphémère. Je savais que toute tentative en dehors de la villa pouvait se solder par un échec. Mais en même temps, j'étais conscient que je ne pouvais renoncer.

Quelques minutes plus tard, j'étais au volant de la Chevrolet et fonçais en direction de la vallée consacrée à la consommation et aux biens.

Mes doigts s'enfonçaient légèrement dans le skaï. Tous les muscles de mes bras étaient tendus au maximum. Je soutenais ma vitesse, faisant crisser les pneus dans les virages. Un coup d'œil dans le rétroviseur me rassurait sur le fait qu'aucune voiture ne me suivait. Devant moi, la route était déserte. Aucune plaque minéralogique du New Jersey ne se profilait à l'horizon.

À l'approche de la vallée, je ne ralentis pas mon rythme ; au contraire, j'accélérai.

Bientôt, la silhouette colossale du Sunny Store se dessina.

Je réduisis ma vitesse à l'approche du centre commercial, mais fus bientôt stoppé derrière une file de véhicules déjà arrêtés.

Je me retrouvai donc immobilisé à environ deux cents mètres de l'entrée du centre, sans aucune possibilité d'emprunter une autre voie pour me rapprocher.

Je coupai le moteur et fis sauter la boucle de ma ceinture de sécurité.

Le parking était-il déjà si rempli qu'il était impossible d'avancer ?

Après quelques minutes d'attente, je sortis de la voiture et tentai, en me surélevant, d'observer ce qui se passait. Aussi loin que portait mon regard, je distinguais une foule immense rassemblée devant l'entrée du centre.

De toute évidence, tout ce remue-ménage ne prévoyait rien de bon.

Je m'adressai à l'homme qui se tenait debout, à côté de la voiture stationnant devant moi :

— Vous savez ce qui se passe ?

Le conducteur à la forte corpulence, dégarni et portant des lunettes à verres-loupes, se tourna vers moi :

— Il paraît que certains habitants ont investi le centre et fermé les portes. Ils nous empêchent d'entrer.

Je le dévisageai, interloqué :

— Pourquoi ? Ils ont dit quelque chose ?

— L'un d'eux a simplement dit qu'il n'était pas question de mourir de faim sur cette île, et qu'il fallait faire tout ce qu'il faut pour trouver de la nourriture.

— C'est de la folie pure ! lui lançai-je, sidéré. Il va bien falloir qu'ils finissent par ouvrir les portes. Ils sont là depuis longtemps ?

— Plusieurs heures, semble-t-il.

— La police est prévenue, au moins ?

— Mais il n'y a plus de police ! me rétorqua-t-il du tac au

tac. Ni police ni armée. Maintenant, nous ne pouvons plus compter que sur nous-mêmes.

J'observais la scène, à la fois révolté et désemparé. Des images de châteaux médiévaux assiégés par l'ennemi avaient soudainement envahi mon esprit.

— Pourquoi tous ces gens réunis devant les portes n'essayent-ils pas de rentrer par la force ?

L'autre me regarda en levant les yeux au ciel.

— Mais ils ont essayé, et on leur a tiré dessus. Ceux qui se sont enfermés à l'intérieur du centre détiennent des armes, et ils sont bien décidés à ne laisser entrer personne. À la moindre tentative d'intrusion, ils tirent.

— Et ceux qui essayent de rentrer n'ont pas d'armes, eux ? répliquai-je aussitôt.

— Eh bien, justement, certains sont partis en chercher. C'est pour cette raison que je crois qu'il vaut mieux s'en aller maintenant. Ça va dégénérer. Dans une heure, on pourra compter les morts sur le parking. Et moi, je ne veux ni être témoin de ce spectacle ni en faire partie.

L'homme m'adressa un signe de tête et remonta dans sa voiture. Sa détermination était communicative, car je fis de même : direction notre villa, notre forteresse familiale où nous pouvions encore trouver refuge.

À peine le moteur mis en route, je fonçai déjà pour quitter la vallée.

61

La soirée qui suivit ressembla à une veillée d'armes.

Sullivan avait peur et refusait de dormir dans sa chambre. Il m'avait transmis ses craintes. J'étais désormais obsédé à l'idée que des inconnus puissent tenter de pénétrer à l'intérieur de notre maison.

En seulement quelques jours, nous nous étions mis en danger. Nous étions devenus vulnérables.

Tous les trois étions blottis dans des sofas, devant la baie vitrée donnant accès à la piscine.

Dehors, les coassements se faisaient toujours plus intenses, plus présents. À l'extérieur, la nature redevenait maîtresse des lieux. Après chaque dérèglement, chaque bouleversement, elle reprenait toujours le dessus. Si l'homme trébuchait, elle était toujours là. Aussi longtemps que l'humanité occuperait cette planète, la nature serait présente, prête à agir, à reprendre les commandes.

Derrière la vitre s'étaient entassés les crapauds. Les abords de la piscine grouillaient de lézards et de cafards. Leur taille avait encore changé depuis ma dernière observation. Dorénavant, ces animaux me paraissaient gigantesques. Leurs dimensions étaient au-delà du normal.

En quelques secondes, une pluie violente vint s'abattre sur les fenêtres devant nous. Celles-ci furent transformées aussitôt en rideaux de douche. L'eau ruisselait sur les parois. Au-delà, la visibilité était devenue floue.

Derrière ces cloisons opaques, on pouvait deviner des formes incertaines.

Enfoui au fond d'un canapé, emmitouflé dans une couverture, je tentais d'imaginer les jours qui allaient suivre, ce qui allait se produire sur cette île. Comment ma famille allait-elle s'en sortir ? Je l'ignorais. Je n'avais au fond de moi que des questions et pas une seule réponse. Le moment où nous avions feuilleté cette brochure, dans notre maison de Brooklyn, me paraissait lointain, inaccessible, figé dans une époque ancrée dans un autre âge.

Quel péché d'orgueil m'avait poussé à entraîner ceux que j'aimais dans ce cauchemar ? Quel rêve fou de milliardaire m'avait aveuglé à ce point ?

Nos outils de communication ne fonctionnaient plus. Même le téléphone, cet élément incontournable du siècle dernier, avait disparu de notre environnement, de notre paysage sonore et visuel. Il fallait faire sans, comme tout ce que nous avions acquis depuis des siècles.

— Quand est-ce qu'on rentre chez nous ? demanda Sullivan.

Notre fils venait de résumer parfaitement la situation : ainsi donc, nous n'avions jamais été chez nous. Du jour où nous étions arrivés sur cette île, nous nous étions curieusement sentis en transit, dans une situation provisoire, presque en location et non dans un endroit qui nous appartenait vraiment.

— Bientôt, répondis-je naïvement.

— C'est quand bientôt ? demanda-t-il à nouveau avec anxiété.

— Le plus vite possible... mais ce n'est pas facile, murmurai-je.

Dès que je fermais les yeux, je ne cessais de revoir, comme un film monté en boucle, cet instant où j'avais tiré sur cet homme, où j'avais tué. À peine deux mois avaient suffi pour que je passe du statut d'homme d'affaires à celui de meurtrier. Drôle de promotion en accéléré, étrange reconversion.

Même séparé par un canapé, la peur m'avait rapproché de Sullivan. Je retrouvais le fils dont on m'avait séparé, l'enfant que j'avais perdu pendant un temps. Il était là, devant moi, plus proche que jamais.

À quelques mètres seulement, Elizabeth, recroquevillée sur elle-même, regardait droit devant elle. Ses yeux étaient totalement vides, comme sans expression.

Je l'appelai. Elle ne me répondit pas. Me voyait-elle ? M'entendait-elle ? Elle semblait ailleurs, partie très loin, sans doute sur le continent, dans une vie où cette île n'existait pas.

Sullivan s'endormit sur mon épaule, doucement, avec tendresse.

Elizabeth, quant à elle, demeurait dans la même position.

Puis, tout à coup, alors que je m'attendais à tout sauf à cela, une phrase sortit de sa bouche, des mots terribles qui vinrent crever le silence :

— Tu nous as mentis, Simon. Nous t'avons fait confiance et tu nous as trompés.

Seules les lèvres avaient bougé. Son visage, lui, restait immobile.

— Tu sais très bien que c'est faux. Cette décision de venir habiter ici, nous l'avons prise ensemble. C'est nous-mêmes qui nous sommes piégés, avec sans doute la complicité de Ralph Bogolan.

D'ailleurs, depuis combien de jours n'avais-je pas songé à cet agent patenté à la solde de promoteurs encore plus diaboliques que lui ? Pour la première fois, une question vint me tarauder : finalement, ce Bogolan, pour qui travaillait-il ? Était-il aussi indépendant qu'il le prétendait ? Que faisait-il à cette heure ? J'imaginais sans peine qu'il ne vendait plus de villas pour Paradise Island, et que depuis il était passé à d'autres produits. Son agence existait-elle seulement encore ?

— Dans ton aveuglement à vouloir venir vivre ici, tu nous as sacrifiés ! Et tu le sais très bien ! continua Elizabeth sur le même ton qu'auparavant.

Elle était à cran, tout comme moi. Je l'avais vue parfois très énervée, mais sans doute pas au point de s'en prendre à moi d'une façon aussi véhémente.

— C'est une erreur de se quereller, marmonnai-je en fermant les yeux, comme pour m'imprégner moi-même totalement de ce que je disais.

Je poursuivis :

— En se disputant, on se divise, et en se divisant on se condamne, car on est moins fort.

— Tu deviens philosophe, maintenant ? me lança-t-elle, excédée.

Alors, je soufflai et la fixai :

— Après, tu feras ce que tu veux, mais on n'a vraiment pas besoin de ça en ce moment. Tu ne trouves pas ?

Elle me fusilla du regard :

— Très bien. Je te laisse une dernière chance de nous sortir de là.

— Sinon ? lui criai-je.

— Sinon je partirai en emmenant Sullivan avec moi.

— Pour aller où ? lui lançai-je.

Elle ne répondit pas.

Trahison fut le premier mot qui me vint à l'esprit.

Oui, je me sentais trahi, lâché par celle que j'aimais.

Le temps de recharger à nouveau mon fusil, et j'étais dehors, au volant de la Chevrolet.

Où allais-je me rendre ?

Qu'allais-je faire ?

J'ignorais encore tout de mon avenir.

62

Je démarrai la voiture sans savoir quelle route emprunter.

Mes deux mains étaient posées sur le volant, dans la position 10 h 10. Rejoindre l'embarcadère était une possibilité, mais la perspective de pouvoir traverser jusqu'au continent s'avérait bien mince.

Le site devait être gardé par quelques soldats – une milice armée montée par Adrian Perry ? – prêts à tirer à la moindre tentative. J'évaluai très rapidement mes chances de nous sortir de là par l'embarcadère : elles étaient quasiment nulles.

Pourquoi étais-je monté dans ma voiture ? Il faisait nuit, je n'avais plus de canot pneumatique, et je ne savais pas vraiment où aller. La seule possibilité que j'avais, mais après réflexion cette piste semblait peu solide, était de rallier la partie opposée de l'île, non loin de l'endroit où j'avais tenté mon premier passage. Là seulement je pourrais peut-être trouver quelqu'un dans la même situation que moi, prêt à tenter une action pour traverser.

Soit je m'alliais à un autre insulaire, ou à un groupe s'il en existait un, soit je tentais l'aventure seul. Dans les deux cas, je mesurais que ce périple ne serait pas sans danger.

Le Sunny Store fut le premier nom qui me vint à l'esprit. S'il était un endroit où je devais me rendre immédiatement, c'était bien le centre commercial.

Il y avait forcément un moyen d'y entrer.

Je revisitais mentalement la configuration des lieux, et tentais par l'esprit d'explorer à nouveau au mieux l'endroit que j'avais parcouru des dizaines de fois.

Tandis que je continuais à rouler, je revoyais les rayons dans lesquels je devais me rendre, ceux qui me permettraient de m'emparer très vite d'une quantité suffisante de nourriture.

Il devenait urgent de faire le plein, et j'étais bien décidé à aller jusqu'au bout – c'est-à-dire la lutte physique et armée – pour remplir un caddie.

Au loin, derrière l'arrondi de la colline, j'aperçus l'immense S lumineux, fixé au sommet d'un mât, qui dominait la vallée.

Enfin, j'approchais.

Au moment où j'atteignis le sommet, je découvris alors des dizaines de voitures garées devant l'entrée du centre commercial, comme une mer de capots se dressant devant moi.

D'instinct, je ralentis en pressant légèrement la pédale de frein, puis m'arrêtai sur le bas-côté quelques mètres plus loin. Je coupai le moteur, remontai le levier de vitesse, puis sortis lentement de la voiture.

Je contemplai un long moment cet océan de tôle devant moi.

Pénétrer le Sunny s'avérait totalement infaisable.

Cela ne faisait pas le moindre doute que ceux qui faisaient aujourd'hui office de gardiens du temple me tomberaient dessus sans que je puisse réagir.

Être armé ne m'octroyait d'ailleurs aucune supériorité. Pour espérer approcher de l'entrée du magasin, je devais faire preuve d'un courage que je ne possédais pas.

J'étais condamné à passer mon chemin. Pourtant, des kyrielles de questions continuaient à m'assaillir, des interrogations pour lesquelles je n'avais nulle réponse à proposer.

Qui étaient les propriétaires de ces véhicules qui avaient investi le Sunny ? Des individus isolés ? Des familles entières qui avaient pris d'assaut les magasins avec la ferme intention de ne pas s'en faire déloger ? Il était difficile de trouver des explications. Le risque de ne pouvoir pénétrer dans le supermarché, ces personnes l'avaient échangé contre celui de ne pouvoir en sortir. Car dehors, à l'extérieur, sur le parking, devant les portes, même sur le toit, d'autres attendaient, armés de fusils et de barres de fer, de pistolets ou de manches de pioche, de battes de base-ball ou de tronçonneuses, et semblaient attendre le moment opportun d'une charge fébrile, de cet instant fragile et décisif ou plus rien ne pourrait être empêché.

Depuis le haut de la colline, je contemplais un concentré d'humanité dans ce qu'elle avait de plus tragique et de plus terrifiant.

L'affrontement paraissait imminent, inévitable. Le sang allait couler. Le massacre était déjà programmé.

Pourquoi n'étais-je pas comme eux ? Pourquoi n'avais-je pas rejoint cette foule hurlante prête à se déchaîner contre ses congénères ?

L'observation de la banalité d'un tel comportement avait quelque chose d'effrayant.

Soudain, je songeai : si la réserve d'alimentation de toute l'île se trouvait là, en cet endroit précis, comment allais-je pouvoir nourrir ma famille ? Comment allions-nous pouvoir survivre, tout simplement ?

Brusquement, la lumière se fit.

La problématique devenait du même coup évidente : si avoir accès à cette corne d'abondance du consumérisme américain s'avérait impossible, alors il me fallait bien trouver un pis-aller, à savoir un particulier, dans lequel j'allais puiser comme s'il s'était agi de la communauté.

Mais désormais, toute maison n'était-elle pas gardée avec l'efficacité, redoutable et inviolable, d'un château fort ?

Si je décidais d'entrer dans une maison, je devais forcément m'exposer aux mêmes types de risques que ceux que j'avais rencontrés lors de ma dernière tentative d'effraction.

Certes, j'avais une arme avec moi, mais un fusil c'était peu.

Désormais, la problématique était simple : j'allais peut-être devoir tuer pour m'emparer d'une boîte de conserve.

63

Dans le rétroviseur, je voyais disparaître au loin le centre commercial, le S fiché à l'extrémité de son mât devenir minuscule, absorbé peu à peu par l'arrondi de la colline.

Ainsi donc, le garde-manger de l'île était cadenassé et, paradoxalement, ceux qui en possédaient la clé étaient condamnés. La plupart voulaient y entrer et ne le pouvaient pas ; les autres ne désiraient qu'une seule chose : en sortir, et c'était impossible. La situation était parfaitement verrouillée.

Mon fusil était posé à côté de moi sur le siège du passager. En jetant un coup d'œil furtif à l'arme, je songeais en souriant à Ralph Bogolan et à sa présentation idyllique de l'île. Comme cette époque était lointaine ; j'avais presque peine à m'en souvenir. Où était-il, lui, en ce moment ? Je pensais à cet instant précis où je le tiendrais au bout de mon canon. Quand cette rencontre viendrait à se faire, aurais-je la force de tirer ? Ou bien l'inconscience ? J'ignorais encore jusqu'où j'étais décidé à aller. Je ne connaissais pas mes limites, pour la simple et bonne raison que durant toute mon existence je n'avais jamais eu besoin d'aller aussi loin. Le monde des affaires était cruel, certes, souvent inhumain, mais normalement jamais mortel.

Je quittai la vallée consacrée aux biens de consommation, et me dirigeai vers les premières habitations.

Des villas blanches, semblables à la nôtre, se profilaient déjà à l'horizon.

Je garai la Chevrolet devant la première qui se présenta.

Aucun véhicule ne stationnait devant les grilles. J'en déduisis que la villa était inhabitée. Les propriétaires avaient certainement dû partir précipitamment, en abandonnant tout derrière eux.

Cette fuite soudaine ressemblait à un exode. Mais où étaient passés tous ces gens ? Où étaient-ils partis ? Étaient-ils encore regroupés sur Paradise Island ? Se trouvaient-ils déjà sur le continent, à l'abri du danger ?

J'avais beau scruter par la grille, nul mouvement n'attirait mon attention.

L'escalader représenta pour moi un jeu d'enfant. Lorsque je retombai sur le gravier menant au perron, je me dis qu'à présent je n'avais plus rien à perdre, que j'étais de toute façon décidé à aller jusqu'au bout.

La porte était fermée. Pour entrer, je cassai un carreau de la baie vitrée donnant dans le salon.

La pièce était bien rangée, ne donnant absolument pas le sentiment d'une quelconque pagaille de dernière minute.

Trois cadres posés sur un buffet renvoyaient l'image d'une famille heureuse, du moins jusqu'à cette fuite vers l'inconnu.

Un piano, sur lequel était ouverte une partition de Chopin, occupait une partie du salon. La page indiquait un nocturne, un des nombreux que le musicien polonais avait composés. Un bâtonnet d'encens consumé était réduit en cendres, déposé au fond d'une coupelle.

J'explorai les différentes pièces : chaque chose était rangée à sa place.

Après ma visite des lieux, je revins dans le salon et me laissai tomber dans le fauteuil, le fusil sur les genoux.

Je saisis brusquement l'absurdité de la situation : j'étais là, en possession d'une arme chargée, prêt à tirer, dans une maison qui n'était pas la mienne, environné du parfum d'une famille qui n'était pas la mienne non plus.

Notre arrivée dans l'île, lorsque nous nous tenions tous les trois à l'avant du ferry, remontait à des siècles.

Comment en étions-nous arrivés là ? Par quel processus incontrôlable ? Comment avions-nous été aussi aveugles pour ne rien voir venir ? Pouvais-je encore seulement agir sur le cours des choses ? Les modifier en ma faveur ? Tout cela me semblait incroyable, à peine réel.

Bien sûr, comme je m'y attendais, les occupants étaient partis avec le contenu des placards et du réfrigérateur. Ces derniers étaient vides, ce qui devait être le cas de toutes les villas avoisinantes.

Lorsque je repassai le portail dans l'autre sens, j'étais littéralement abattu.

Où aller ? Dans quelle direction ? Je me sentais assailli par des tas de questions en même temps, sans aucune réponse à apporter.

Je savais d'ores et déjà que la recherche de vivres serait la première de mes préoccupations.

Si tout le monde avait déserté la région en emportant le contenu de son garde-manger, comment allions-nous faire, nous les Blake, pour nous nourrir ?

Dans la foulée, je visitai encore quatre maisons, mais le résultat fut identique : pas la moindre boîte de conserve ni de paquet de céréales ouvert. Alors, pour la première fois, une idée troublante vint me bousculer : et si nous étions destinés à mourir de faim sur cette île ?

J'avais tout envisagé, sauf cette éventualité.

Quand je repris la route en direction de la maison, j'ignorais totalement ce que j'allais pouvoir faire, et ce que nous allions devenir tous les trois.

64

J'avais mis tant d'années à construire ma vie, et seulement quelques semaines à la voir s'écrouler, tels ces châteaux de sable qu'on bâtit laborieusement tout un après-midi sur une plage, et dont les remparts, en apparence solides, s'effondrent dès les premières vagues. J'engloutissais dans mon propre néant l'héritage des Blake. Cet acharnement qu'avaient mis mon grand-père et mon père à ériger un empire, allait disparaître avec moi pour toujours. Notre dynastie allait être balayée comme les premières feuilles par le vent d'automne.

J'avais englouti une fortune dans une maison que je n'aimais pas, sur une île que je détestais. J'avais perdu peu à peu la femme que j'aimais, mon fils que j'adorais, mon entreprise – intrinsèquement liée à ma vie – que j'avais fondée à la sueur de mon front. J'avais sombré dans la violence. J'avais fini par prendre un fusil et par tuer un homme que je ne connaissais pas. J'étais même prêt à le refaire si cela était nécessaire.

Aujourd'hui, il n'était plus question de vivre, mais de survivre. J'avais quitté New York, cette ville qui regorgeait de tout, à foison, où tout était à portée de main, disponible, où nous n'avions qu'à nous servir, dans ce coin de Paradis aux fruits sublimes mais défendus. Nous avions vécu d'illusions, persuadés que notre bonheur se trouvait là, en cet endroit précis du globe, mais tout s'était dissipé en quelques jours, tel un voile de buée qui disparaît sur un miroir de salle de bain.

Oui, ma femme avait raison. C'était bien un cauchemar, et bien qu'écarquillant les yeux de toutes nos forces, il était impossible d'en sortir.

Dans la cuisine, les vivres diminuaient, comme dans la remise. C'était ça, notre vrai problème. Elle était là la priorité, ancestrale et radicale : se nourrir. S'échapper de l'île était devenu secondaire. On ne pouvait envisager de quitter les lieux le ventre vide. Affaiblis, nous ne pourrions aller bien loin.

— Que comptes-tu faire pour nous tirer de là ? me hurla-t-elle.

— Jusqu'à preuve du contraire, nous sommes deux à nous être mis dans cette situation. Pourquoi serais-je le seul à détenir le remède miracle ?

— Parce qu'il y en a un ?

Je la regardai, désespéré.

— Non, il n'y en a pas.

Mes nerfs étaient à la limite de lâcher.

— Je ne sais comment faire, Elizabeth. Il est impossible d'entrer dans le Sunny Store. Les réfrigérateurs de toutes les maisons alentour sont totalement vides, et s'échapper de l'île semble illusoire. Je ne sais plus quoi essayer.

Elle me fixait d'un regard mort, sans répondre.

— Je pourrais bien essayer à nouveau de rallier le continent, mais à quel endroit exact, je l'ignore.

— Tu crois qu'il y a encore des soldats, comme lors de ta première tentative ? demanda-t-elle.

— J'ignore si ce sont des soldats, sans doute une bande de mercenaires engagés, prêts à tuer n'importe quel inconscient qui essaierait de rejoindre l'autre rive. Mais engagés par qui, ça, je ne sais pas…

— Je vais refaire une tentative, murmurai-je presque machinalement, sans véritablement mesurer la portée de mes propos.

— Tu veux retenter une traversée ? demanda Elizabeth.

— Peut-être… Mais auparavant, je dois absolument trouver de la nourriture. Je ne peux pas réessayer une traversée comme ça. C'est voué à l'échec. Et puis je dois trouver un autre canot pneumatique ; le nôtre a disparu, englouti dans les eaux.

— Où est-ce que tu vas trouver ça ?

— Je ne sais pas. Je vais cambrioler un garage, un appentis, une remise ; n'importe quoi, jusqu'à ce que j'en trouve un ! Mais avant, il faut trouver de quoi manger, c'est essentiel. Demain, j'attaquerai l'autre partie de l'île, celle que je n'ai jamais faite. Il y a peut-être des maisons, ou des appartements où on trouve encore de la nourriture. J'emporterai trois sacs de sport avec moi, et je compte bien les remplir.

— Et si tu rencontres quelqu'un ? me lança Elizabeth, paniquée.

— Soit il me donnera le contenu de ses placards, soit je tirerai. S'il faut tuer pour manger, je tuerai.

À la seconde même où je prononçai ces mots, je m'aperçus que j'étais devenu quelqu'un d'autre.

65

J'avais établi ce programme pour le lendemain, mais d'ici là je devais absolument dormir.

La fatigue, l'épuisement, le stress, tous ces différents facteurs s'étaient combinés pour finalement me faire chuter.

J'aurais dû me relever, faire face, partir dès à présent chercher de la nourriture, mais c'était tout bonnement au-dessus de mes forces. J'avais beau envisager cette expédition, je ne pouvais pas m'y rendre, en tout cas pas ce soir. Au fond de moi, je savais que je n'étais pas en pleine possession de mes moyens, que si jamais les choses tournaient mal, je n'aurais pas la capacité de réagir.

J'avais encore suffisamment d'avance pour tenir, ainsi que quelques jerrycans dans le garage. Question carburant, nous pouvions voir venir. C'était pour notre alimentation que la question devenait délicate. En fait, je devais réapprovisionner nos placards de toute urgence.

Il ne faisait pas encore trop froid. Les températures du soir restaient même largement confortables.

Je passai un bon pull et marchai jusqu'au transat de la piscine. Là, je m'allongeai, face aux étoiles, le nez en l'air pour les contempler.

Cette nuit-là, il me sembla que lézards et cafards n'avaient jamais été aussi gros. Ils progressaient péniblement autour de la piscine, comme handicapés par leur taille. J'avais l'étrange impression que ces animaux étaient devenus des mutants en quelques semaines.

D'énormes grenouilles, mêlées à de gigantesques crapauds, s'étaient regroupées autour du plongeoir.

Leurs coassements couvraient tous les bruits de la nuit. Les grillons, eux, étaient devenus à peine audibles.

Elizabeth, qui elle aussi venait de passer un pull-over, vint me rejoindre. Comme à l'accoutumée, elle occupa le transat à côté du mien. Elle s'allongea sans dire un mot, imitant ma posture.

Il me sembla retrouver un temps très ancien, l'époque où nous étions arrivés sur Paradise Island. Les mois qui venaient de s'écouler me paraissaient un siècle.

Elizabeth se tourna vers moi. Je sentais son regard dans l'obscurité.

— Et si ça ne marche pas ? Si tu ne réussis pas ?

J'accueillis ces questions comme je les avais toujours reçues, c'est-à-dire avec beaucoup de sérénité.

— Si je te dis que je vais faire le maximum pour rapporter de la nourriture dans cette maison, alors tu peux me croire.

Dans la pénombre, je percevais au flottement de sa voix qu'elle avait les larmes aux yeux.

— Si à l'instant où je te parle nous pouvions être de l'autre côté, sur ce foutu continent qu'on a quitté par imprudence…

— Je vais nous ramener sur ce continent, c'est une question de jours. Nous allons y revenir… tous les trois.

Puis, elle se leva et me balança en partant :

— Ne fais pas de promesses que tu ne peux pas tenir !

Je l'entendis refermer la baie vitrée, et vis la lumière du salon s'éteindre.

Je restai seul sous les étoiles.

Moi aussi, je nourrissais le rêve fou de revenir là-bas.

Comment la terre avait-elle continué à tourner à New York ? Le reste du monde savait-il ce qui se passait sur Paradise Island ? Les gens avaient-ils seulement entendu parler de cette île ? Connaissaient-ils son existence ? Était-elle répertoriée dans un atlas ? Figurait-elle sur les cartes ? Le numéro de séduction de Ralph Bogolan n'était-il qu'un tour de passe-passe ? Une prestation d'illusionniste destinée à berner le client le plus septique pour le transformer en gogo ?

La société que j'avais fondée existait-elle toujours ? À cette heure, qu'étaient devenus mes fidèles collaborateurs ? Ceux de la première heure : Terence Bishop et Bob Harrison, mais aussi Rupert Masterton, et notre indispensable secrétaire, Laura Levine ? APS avait-elle survécu à mon absence ? Les contrats des casinos de Las Vegas avaient-ils été signés ? J'ignorais tout des dernières tractations.

C'était comme si ma propre existence m'était devenue étrangère.

Lorsque je me glissai dans les draps, je sentis la silhouette d'Elizabeth à côté de moi. J'entendais son souffle léger. J'ignorais depuis combien de temps elle s'était endormie.

Dans la pénombre, je sentais son corps se soulever doucement.

Aujourd'hui, je ne reconnaissais plus cette femme que j'avais aimée si ardemment, pour qui j'avais tant d'admiration, que j'incitais tant à quitter la traduction pour les terres inconnues de l'écriture.

Cette femme s'éloignait progressivement de moi. Son sourire, les courbes de son corps, son parfum, tout cela disparaissait, s'estompait peu à peu comme un fondu enchaîné de cinéma. Pourtant, un doute perdurait : lorsque j'aurais sauvé ma famille, lorsque je l'aurais ramenée sur le continent, Elizabeth redeviendrait-elle celle qu'elle était auparavant ? Celle que j'avais entraînée par amour dans cet enfer ? Ou resterait-elle à jamais ainsi ? Je ne cessais de me torturer pendant des heures avec ces questions sans réponse.

Le sommeil m'envahissait, paralysant peu à peu chacun de mes muscles.

Dans quelques heures, une nouvelle vie m'attendait. Je n'avais plus la force de lutter. Tel un guerrier vaincu, je déposai les armes et me laissai glisser dans le gouffre de la nuit.

66

Je n'avais aucune idée de l'heure précise à laquelle j'avais ouvert les yeux. Ce que je savais, en revanche, c'est qu'il faisait sombre. De toute évidence, l'aube était encore lointaine.

Machinalement, comme je le faisais chaque nuit, j'allongeai le bras à côté de moi, en passant la main sous les draps. Ceux-ci étaient encore tièdes, mais Elizabeth n'était pas là.

Le matelas était légèrement creusé. Avec les années, il s'était incurvé, modelé par la forme du corps de ma femme.

Dans mon demi-sommeil, j'enfonçai la main un peu plus profondément : il n'y avait personne.

Quelle heure était-il ? Où pouvait-elle se trouver ? furent les deux questions qui assaillirent mon esprit au même moment.

Un coup d'œil aux chiffres digitaux du réveil me renseigna sur l'heure : 3 h 37.

Je basculai sur le bord du lit, enfilai mon peignoir que je nouai autour de la taille, et entrai les pieds dans mes mules de cuir noir.

Le salon était désert. Aucun bruit.

Je fis coulisser la baie vitrée et avançai de quelques pas en direction de la piscine.

Les crapauds n'avaient jamais poussé de coassements aussi forts. Le volume de leurs cris était si élevé que c'en était assourdissant. Je montai les quelques marches menant à la terrasse : nulle trace d'Elizabeth.

L'inquiétude, l'anxiété, la crainte m'envahirent.

Je retournai dans la chambre, ouvris l'un des placards prévus pour les vêtements, et pris le fusil que j'avais déjà utilisé quelques jours plus tôt, tout en vérifiant qu'il était bien chargé.

Si quelque chose clochait dans la maison, au moins je ne serais pas sans défense.

Alors, je commençai ma progression dans le salon, le canon du fusil levé devant moi. J'avançais pas à pas, le doigt sur la gâchette, prêt à tirer.

Le couloir menant aux chambres ne laissait passer aucun bruit. Pas le moindre murmure, le plus petit souffle. Où étaient ceux que j'aimais ? Dans quelle pièce ?

J'appliquai la paume de ma main sur la première porte, celle donnant sur notre chambre : elle était vide. Je balayai d'un regard furtif le dessus de lit de notre tombeau conjugal. Notre relation amoureuse avait disparu depuis bien longtemps. Pour Elizabeth et moi, elle avait été remplacée – le terme exact serait sans doute compensée – par un surcroît de travail.

La chambre d'amis était également déserte. À l'intérieur, tout était impeccable. Chaque chose était parfaitement rangée à sa place, ce qui donnait une idée de la fréquence de nos visites d'amis depuis notre arrivée sur l'île. Il fallait bien se raccrocher à une idée, même si elle était absurde.

La porte de la chambre de Sullivan était fermée. C'était étrange, car la nuit mon fils laissait toujours sa porte entrouverte, une habitude gardée depuis la petite enfance.

Mes doigts se posèrent sans bruit sur la poignée, et commencèrent à tourner. Celle-ci, parfaitement ronde, épousait le creux de la paume.

J'entendis le déclic à l'intérieur de la serrure.

Il me fallut un temps pour réaliser ce que j'étais en train de voir : Sullivan était couché dans son lit. Quant à Elizabeth, elle se tenait assise sur ce dernier, et appliquait de toutes ses forces un oreiller sur le visage de mon fils. Elle semblait le maintenir de tout son poids.

Lorsque j'ouvris la porte, elle releva la tête vers moi, affichant une expression totalement impassible, un regard vide.

La vie de mon fils était en jeu.

Je levai le fusil et pointai le canon dans sa direction.

J'ignorais ce que j'allais faire, mais je n'avais pas le temps de réfléchir. C'était une question de secondes.

Elizabeth fut plus rapide que moi, et en un rien de temps elle saisit l'extrémité du canon, le maintenant vers le plafond.

Aussi étrange que cela put paraître, aucun de nous deux ne prononça un seul mot, uniquement concentré sur nos gestes, ce que nous voulions faire, et surtout ce que nous voulions empêcher qu'il arrivât.

Elizabeth agrippait le fusil avec la volonté manifeste de me l'arracher et de s'en servir contre moi. Je luttais pour le conserver, bandant mes muscles au maximum, le tirant vers moi de tout mon être.

À présent, nous étions dans le couloir, progressant pas à pas vers le salon. Ses yeux en furie allaient des miens à l'arme qu'elle tentait de récupérer. Nos visages, à quelques centimètres l'un de l'autre, étaient fermés, nos mâchoires crispées. Nous tentions de manœuvrer dans le couloir, mais tout mouvement s'avérait impossible.

Un instant, mes yeux croisèrent les siens. Dans ceux-ci, j'essayais de trouver en vain une once de sentiment, mais il n'y avait plus la moindre trace d'empathie, encore moins d'amour. Plus aucune expression ne subsistait, tels les yeux artificiels d'un automate. Cette dernière vision fut l'impulsion nécessaire pour réagir. Alors, dans un effort démesuré, titanesque, je réunis tout ce qu'il restait de forces en moi et réussis à dégager le fusil en repoussant Elizabeth.

Littéralement éjectée, elle partit en arrière et perdit l'équilibre, s'écroulant dans le couloir. Elle était en train de se relever pour revenir à la charge quand je pointais sur elle mon fusil.

Le coup partit instantanément, sans que je l'eus vraiment décidé.

La balle, tirée à bout pourtant, pulvérisa son chemisier.

Une gerbe de sang explosa sur le mur blanc et le parquet ocre du couloir.

Son corps demeura comme en suspension quelques secondes, puis s'écroula au sol.

Cette lutte n'avait duré que quelques secondes, mais elles me firent l'effet d'une éternité.

J'entrai dans la chambre de Sullivan.

Lorsque je repoussai l'oreiller, je découvris son visage, la peau plâtreuse, les lèvres cyanosées. Aussitôt, je posai une oreille près de son cœur. Il respirait faiblement, mais respirait tout de même.

Je l'enlaçai du plus fort que je pus.

Lorsqu'il ouvrit les yeux et inspira une goulée d'air, je le pris dans mes bras. Depuis combien d'années n'avais-je pas serré mon fils contre moi ?

Je l'avais protégé en l'écartant définitivement de la femme que j'aimais le plus au monde.

Désormais, je savais que ce que nous allions vivre ne serait plus comme avant.

67

Sullivan était encore à demi inconscient lorsque je l'avais porté dans le salon. Il n'avait pas vu le corps ensanglanté de sa mère dans le couloir, ou s'il l'avait aperçu, même un court instant, il n'avait sans doute pas réalisé ce qui venait de se produire.

J'avais allongé mon fils sur un canapé du salon, puis j'étais resté assis à côté de lui, le serrant dans mes bras.

Nous étions demeurés longtemps ainsi, l'un contre l'autre, en silence.

J'entendais sa respiration qui, peu à peu, reprenait son rythme normal, comme une machine se régulant d'elle-même. Je restais près de lui, à son contact, sans bouger.

Des images très anciennes me passaient par la tête. Je revoyais Sullivan bébé, lorsque Elizabeth et moi le promenions en poussette dans Central Park. Cette époque – et j'imaginais qu'il en était certainement de même pour tous les parents – me semblait à la fois éloignée et très proche. Grâce à ce silence réparateur, les paupières de mon fils finirent par s'alourdir.

Bientôt, il ferma les yeux, et épuisé, finit par sombrer dans le sommeil.

Quand j'eus vérifié qu'il dormait profondément, je basculai en dehors du sofa et me retrouvai debout.

Maintenant, je devais m'occuper d'Elizabeth.

Lorsque je revins dans le couloir, je m'étais psychologiquement préparé au pire, mais la vision de son cadavre couvert de sang me sauta au visage avec la rage d'un doberman affamé.

J'étais incapable de faire le moindre geste. Mes yeux ne pouvaient se détacher de cette femme que j'avais tant aimée, dans une autre vie, un autre monde.

Elle reposait à même le sol dans une position fœtale. Ses deux mains tenaient son ventre couvert de sang, ce ventre qui avait si généreusement abrité notre fils. Sa bouche était déformée par un horrible rictus, lui donnant une allure de masque de carnaval grotesque.

J'avais à mes pieds une pauvre figurine désarticulée, pantelante, et non la femme que j'avais serrée si souvent dans mes bras, et à qui le jour je rêvais de faire l'amour la nuit.

Avant de toucher le corps d'Elizabeth, je décidai d'isoler Sullivan en lui épargnant la vision de ce spectacle. Le confronter au cadavre de sa mère risquait d'anéantir les plus infimes espoirs de survie pour mon fils. Je le transportai donc dans notre chambre. Lorsque je le recouvris avec les couvertures, il dormait toujours.

Je devais agir au plus vite. Je retournai dans la chambre et marquai un temps d'arrêt, debout devant la silhouette immobile et recroquevillée d'Elizabeth.

Alors, je m'agenouillai et plaçai mes bras sous les siens. En tentant de maintenir cette position, je la tirai en la faisant glisser sur la moquette. Ainsi, je déplaçai lentement son corps, laissant dans les fibres synthétiques une traînée rouge derrière moi.

C'était le corps de ma femme, et pourtant, curieusement, il m'était déjà étranger. Ce corps que j'avais contemplé si souvent, que j'avais exploré, dont je n'avais cessé de me satisfaire, était devenu inconnu pour moi.

Au cœur de l'horreur, j'accomplissais ma tâche d'une façon mécanique, m'interdisant tout sentiment humain. C'était là mon unique chance d'aller jusqu'au bout de ma macabre entreprise.

Brusquement, une image me paralysa, une scène de film entrée dans notre inconscient collectif. J'étais Norman Bates découvrant le corps sans vie de Marion Crane dans la douche du célèbre motel.

Que faisait-il, déjà ?

Je cherchais, et des passages revenaient les uns après les autres.

Je visualisais à nouveau toute la séquence, lorsqu'il effaçait les traces dans la baignoire, et ce sang sombre sur l'émail brillant dans ce noir et blanc glacé. Puis, j'accompagnais le pauvre Norman, lorsqu'il enroulait le corps de la jeune femme dans le rideau de douche. C'était de cette façon qu'il parvenait à la traîner jusqu'au coffre de la voiture. La clé se trouvait là, au cœur de cette scène. Je me focalisai donc sur cette séquence de cinéma érigée pour moi en mode d'emploi.

Je remplaçai le rideau de plastique par un drap du lit de Sullivan. Le résultat fut similaire.

À grand renfort de manœuvres, j'enroulai le corps d'Elizabeth dans le linge, et procédai de la même façon que le tenancier du motel.

Lorsqu'il fut entièrement enveloppé, je le hissai sur mon épaule. Je progressai dans le couloir, puis parcourus le salon en portant mon épouse. Je sentais son corps encore chaud tout contre moi.

Quand Elizabeth fut calée au fond du coffre de la Chevrolet, je bus un verre d'eau, me lavai les mains et remis mes vêtements.

Alors, je m'allongeai dans un canapé du salon.

Au loin, quelques rayons se frayaient un passage parmi les nuages orageux.

68

C'est Sullivan qui me réveilla.

Il avait pris peur en découvrant qu'il se trouvait dans notre chambre. Il s'était demandé ce qu'il faisait là, sans vraiment comprendre ce qui s'était passé.

— Où est Maman ? me cria-t-il en me secouant de toutes ses forces.

J'émergeai du sommeil pour découvrir son visage paniqué.

— Papa, dis-moi, où est Maman ?

Il hurlait presque, et je devais le serrer fort entre mes mains pour le calmer.

Le chemisier ensanglanté d'Elizabeth me revint en mémoire.

J'avais encore la vision de son corps enroulé dans la couverture, tassé au fond du coffre de la Chevrolet.

— Ta maman est partie, Sullivan.

Ce furent les seuls mots que je trouvai pour lui résumer la situation.

« Partie ».

Je m'en voulais déjà de n'avoir pas réussi à prononcer le mot « morte », mais c'était impossible. Je n'y parvenais pas. J'avais beau essayer, ça ne sortait pas.

Mon fils semblait ne se souvenir de rien. Comment pouvais-je lui expliquer ?

Comment était-il possible de lui raconter tout cela ? De lui faire le récit de la disparition de sa mère ?

Bien sûr, il ne réalisait pas. Il en était incapable. Il me suppliait de lui ramener sa maman sur le champ. Il voulait la voir immédiatement, sans plus attendre. Alors, d'un seul coup, sans que rien ne m'ait préparé à cet excès de violence, j'explosai :

— Ta mère est morte, Sullivan, tu ne la reverras jamais ! C'est moi qui l'ai tuée, et si je ne l'avais pas fait, tu ne serais pas là pour me parler !

Il me dévisagea, l'air totalement ahuri. Comprenait-il seulement ce que j'étais en train de lui expliquer ?

Puis, n'y tenant plus, je m'effondrai dans ses bras, en larmes. Pour la première fois depuis sa naissance, c'était mon fils qui me réconfortait, et non le contraire.

Je ne pouvais pas m'arrêter, déversant dans mes mains un véritable flot lacrymal. Mon corps entier était secoué de tremblements.

Comment allais-je trouver les mots justes pour lui expliquer ? Pour lui dire combien cette situation était absurde, dépourvue de toute logique ?

Aucun homme ne devrait être amené à supprimer celle qu'il aime.

Depuis notre arrivée sur l'île, notre vie s'était transformée en cauchemar, et celui-ci continuait, s'accentuant davantage à chaque nouvelle étape franchie.

Sans vraiment nous en rendre compte, nous nous étions enfoncés jour après jour un peu plus dans l'horreur.

Au début, tout était merveilleux, en conformité avec les prédictions de Ralph Bogolan, et puis, imperceptiblement, les choses avaient changé. Paradise Island nous avait contaminés, nous inoculant son venin d'une façon irréversible, faisant de nous les esclaves de ce lieu. Nous étions à la merci de cet endroit, réagissions à ses moindres volontés, telles les cellules domestiquées d'une entité tyrannique.

Mes larmes s'écoulaient, drainant avec elles le flot des mois passés.

Comment notre existence avait-elle pu se modifier à ce point sans que nous ne soyons en mesure de percevoir cette métamorphose ?

C'était curieux comme un choix tenait souvent à peu de choses, comme certains éléments bien organisés pouvaient orienter le cours d'une existence dans la bonne ou la mauvaise direction.

J'avais tant de souvenirs en commun avec Elizabeth, tant de bribes du passé auxquelles je pouvais me raccrocher. Quelques mois plus tôt, elle tapait inlassablement sur le clavier, s'attelant chaque jour avec une dévotion toute monastique à la traduction d'Anthony Burdell.

Soudain, je songeai au roman auquel elle travaillait avec ardeur. L'équipe de Constellations allait attendre sa livraison qui n'arriverait jamais. Ils n'avaient plus aucun moyen de nous joindre, et de toute façon, je n'allais pas les appeler. Un contact de plus avec le monde extérieur allait se diluer dans l'espace.

À quoi allait bien pouvoir ressembler la vie sans Elizabeth ? Comment Sullivan et moi allions-nous nous organiser ? Nous devions nous trouver un nouvel équilibre, une existence à deux, celle d'un homme et de son fils, qui nous correspondrait.

Nous avions faim. Nous ne pouvions quitter l'île. Et puis nous étions seuls, terriblement seuls, isolés des autres. Tel était donc le terrible constat, implacable, indiscutable, que je devais faire après trois mois de présence sur Paradise Island.

À la tombée de la nuit, j'expliquai longuement à Sullivan que sa maman, bien que l'ayant toujours profondément aimé, avait perdu la raison peu à peu, comme un nageur qui n'a plus pied en s'éloignant progressivement du rivage.

Je voyais bien que mes explications ne le convainquaient guère, mais malgré notre douleur, il me fallait bien mettre des mots sur cette étrange situation, ce drame qui nous touchait tous les deux.

Certes, mon fils était encore un enfant, mais je savais qu'il possédait en lui la faculté de comprendre ce qui nous arrivait.

L'idée s'imposa à moi naturellement. Nous devions enterrer Elizabeth dans cette contrée sauvage, nous livrer à ce rite nécessaire pour nous deux. C'était là l'unique moyen de nous reconstruire. Cette étape s'avéra vite indispensable pour nous permettre de survivre.

En quelques minutes, je filai au garage réunir quelques outils.

J'entassai pelles et pioches dans le coffre de la Chevrolet, juste à côté du corps recouvert d'Elizabeth.

Lorsque la nuit fut définitivement tombée, j'installai Sullivan du côté passager. Je me mis au volant et nous prîmes la route en direction de la forêt.

69

J'avais garé la Chevrolet au fond d'un sentier à peine visible, encastré entre les arbres.

J'allais transporter le corps d'Elizabeth, et je savais que je ne pouvais pas le faire longtemps.

Je ne pouvais demander à mon fils de m'aider, mais je ne pouvais pas non plus le laisser dans la villa. La vallée était devenue trop dangereuse pour me permettre de le laisser seul. Mais je voulais aussi que Sullivan soit avec moi dans cette épreuve. Nous allions la traverser ensemble, et Dieu seul savait où elle nous mènerait.

Je laissai Sullivan à l'arrière de la voiture et sortis les outils du coffre.

Chaque coup de pioche éventrait un peu plus le destin. Le pic peinait à s'enfoncer dans la terre gelée. Je frappais le sol avec la dureté d'une masse de forge sur une enclume.

Peu à peu, le trou apparaissait, s'élargissait. Le tombeau de celle que j'avais aimée prenait forme devant moi.

Je creusais, encore et encore. La terre s'ouvrait comme une brèche, une faille immense séparant mon cœur en deux.

De l'endroit où je me trouvais, j'apercevais la silhouette de mon fils dans la voiture. Je devinais l'ombre de sa tête derrière la vitre, tournée vers moi.

Je frappais et refrappais le sol de granit, faisant voler des éclats de terre. Ils s'éparpillaient tout autour, lambeaux de ma propre existence.

Après plus d'une heure, j'eus enfin le sentiment d'avoir un espace suffisamment large pour y enfouir la dépouille de ma femme. Alors, toujours en laissant mon fils dans la voiture, je sortis le corps d'Elizabeth enveloppé de couvertures.

Je plongeai le corps dans son linceul de terre.

— Papa, je peux venir ?

Sullivan avait baissé la vitre. Il avait suivi toute la scène par la portière.

— Je veux lui dire au revoir, moi aussi.

J'avais voulu l'emmener sur les lieux pour le protéger, mais à présent, je réalisais combien il avait réellement besoin d'être là avec moi, à mes côtés.

— Viens, nous allons lui dire au revoir ensemble ! lui lançai-je.

La portière s'ouvrit, et je le vis s'avancer vers moi.

Nous étions tous les deux assis de chaque côté de cette sépulture improvisée.

Je murmurai dans la pénombre :

— Regarde ta maman une dernière fois avant de lui dire adieu.

Doucement, je dégageai le haut de la couverture. Ses paupières étaient baissées, ses traits reposés.

— On dirait qu'elle dort, dit Sullivan, ne parvenant à détacher son regard du visage de sa mère. On a presque l'impression de la voir respirer.

La réaction de cet enfant était incroyable. Il se trouvait au bord du gouffre, devant les portes de la mort, et il l'acceptait, la comprenait. Il savait qu'il ne reverrait plus jamais sa mère, et il semblait aborder cette vérité tragique, cette réalité implacable, avec toute la sérénité d'un sage.

La peau d'Elizabeth était d'une pâleur impressionnante.

J'approchai l'extrémité de mes doigts de ses cheveux, et descendis jusqu'à son front, glacé.

Sullivan tendit la main pour toucher les joues d'Elizabeth.

— Au revoir, Maman, l'entendis-je murmurer.

Je remontai le drap, dissimulant cette fois à jamais les traits de celle que j'avais aimée.

Soudain, comme sous l'effet d'un spasme, j'éclatai en sanglots ; mon corps entier était secoué de convulsions.

Je disposai mes mains en arrondi et commençai à ramener de la terre vers la fosse. Le moindre de mes balayages formait un monticule, que je faisais basculer aussitôt dans le trou.

Très vite, la couverture fut entièrement recouverte de terre. Au loin, le coassement des grenouilles redoublait d'intensité. Nous devions nous trouver à proximité d'une mare.

De façon à recouvrir entièrement l'espace, je m'aidai de la pelle. Mes mouvements étaient mécaniques, empreints d'une force têtue.

Bientôt, le grand rectangle offrit à notre vue une terre noire et granuleuse, parsemée de branches et de cailloux. Mon fils et moi avions devant nous une double tombe, celle d'une mère et d'une épouse.

Puis, nous nous agenouillâmes devant elle, posant la pelle à proximité.

— Il faut dire une prière, non ? suggéra Sullivan.

— Je ne sais pas, répondis-je.

— En général, c'est ce qu'on fait toujours dans ces moments-là.

Mon fils me regardait et attendait un geste de moi.

— Oui, sans doute, dis-je à voix basse, c'est vrai que c'est ce qu'on fait dans la plupart des cas, mais je ne crois pas en Dieu. S'il existait, je crois que ta maman serait toujours parmi nous.

Néanmoins, Sullivan ferma les yeux. Je le vis marmonner des paroles en fermant les yeux.

J'attendis quelques minutes encore.

Alors, nous nous relevâmes pour marcher vers la voiture en silence.

Au-dessus de nous, la lune, témoin involontaire, éclairait la forêt.

70

Une fois revenu dans notre villa, Sullivan s'était endormi sur un canapé du salon.

Je tenais sur les nerfs sans toutefois parvenir à m'effondrer complètement.

Je le désirais ardemment. C'était sans nul doute la chose la plus salutaire qui aurait pu m'arriver. Pourtant, je n'arrivais pas à craquer, à m'écrouler vraiment.

La présence de Sullivan me retenait. Je savais secrètement que je ne pouvais pas me permettre de baisser la garde devant lui. Quelle que soit la nature du danger, je devais continuer à me battre.

À bout de forces, mon fils avait réussi à sombrer dans le sommeil. Quant à moi, je demeurais debout, les mains dans les poches, immobile derrière la baie vitrée. J'observais l'extérieur, comme si le monde que je voyais par la fenêtre était devenu un spectacle.

Désormais, cette île était mon continent, la terre que j'habitais, et il m'était impossible de la quitter. C'était mon unique repère pour aborder le futur.

Le creusement de la tombe d'Elizabeth, de nuit, au milieu de la forêt, était si surréaliste que j'avais peine à y croire.

Combien de fois nous étions-nous persuadés que, malgré les difficultés, l'amour allait tout résoudre, que c'était là l'unique moyen. Il fallait néanmoins se rendre à l'évidence : nous allions devoir quitter cette villa et affronter le danger en le regardant bien en face.

Je savais que les moments que nous passions dans cette maison appartiendraient bientôt au passé, que ce dernier allait nous engloutir, telle la lave du Vésuve.

Les placards étaient presque vides. Il fallait monter une nouvelle expédition, mettre un plan sur pied et le mener à exécution.

Dehors, malgré la température qui descendait, les lézards étaient toujours regroupés autour de la piscine. Toujours plus gros, ils se déplaçaient en colonies, circulant entre les cafards, les escargots géants et les crapauds, rassemblés comme chaque soir autour du plongeoir.

Les premiers arbustes masquaient pratiquement la vue de la colline. En quelques semaines, la végétation avait poussé, obstruant le panorama du reste de la vallée, ce qui renforçait la sensation d'isolement déjà très forte.

J'étais convaincu qu'il nous fallait quitter ce lieu. Pourtant, je n'arrivais pas à trouver le courage nécessaire pour me lancer dans cette entreprise, peut-être parce que je savais déjà qu'une fois en route, il nous serait totalement impossible de faire marche arrière.

J'étais porté par une volonté à toute épreuve. Pendant plusieurs décennies, j'avais vécu. Aujourd'hui, j'étais dans la survie.

Sullivan dormait profondément, semblant habiter une planète plus paisible que la mienne. Il avait cette étonnante faculté de récupération, même après ce drame qui, de toute façon, le marquerait jusqu'à la fin de ses jours.

Quant à moi, j'étais devenu un homme moderne avec deux genoux à terre. Un temps, j'avais cru dompter la vie, mais finalement, c'est elle qui avait remporté la victoire, et haut la main. Les armes, je les avais déposées pour m'en remettre au destin. Voilà exactement où nous en étions aujourd'hui.

Notre maison serait bientôt prise d'assaut par d'autres habitants aussi affamés que nous, persuadés que notre réfrigérateur et nos placards contenaient des merveilles qu'eux ne possédaient plus. Il était même surprenant que nous n'ayons pas encore subi l'invasion d'autochtones aux intentions les plus néfastes. Après le spectacle de leur comportement au Sunny Store, je pouvais envisager que le pire restait à venir.

Trouver de la nourriture se doublait d'un autre objectif, tout aussi primordial que le premier : quitter l'île, par tous les moyens. Chacune de mes expéditions s'était soldée par un échec. Je devais réessayer, je n'avais pas le choix. Réussir s'avérait obligatoire.

Il me restait la voiture. Elle roulait bien, mais le niveau d'essence avait largement baissé depuis ma dernière sortie, et secrètement, je savais que trouver du carburant ne serait pas une mince affaire. La station d'essence du Sunny avait dû être mise à sac depuis bien longtemps, et il y avait fort à parier que les réservoirs des voitures environnantes devaient être à sec. J'allais donc devoir réduire mes futurs trajets.

Quant à mon fusil, il fonctionnait parfaitement. J'en avais fait la triste expérience sur l'homme que j'avais tué dans sa maison, et quelques heures plus tard, lorsque j'avais abattu Elizabeth à bout portant.

Après un bref passage en revue, je réalisai que je possédais suffisamment de cartouches pour tenir quelques jours.

Je devais programmer une nouvelle tentative d'évasion, mais dans l'immédiat la seule chose qui m'importait était de dormir un peu.

71

Tout était prêt sur la banquette arrière de la Chevrolet : sac contenant un minimum d'affaires essentielles, bouteille d'eau et thermos de café pour nous permettre de tenir le coup.

J'avais conscience de jouer ce soir ma tentative de la dernière chance. Si j'échouais, c'en était définitivement terminé de notre avenir ; nous étions condamnés à finir tôt ou tard notre vie sur cette île.

Sullivan s'était préparé, lui aussi, un sac rempli de choses importantes. Il attendait dans l'obscurité, recroquevillé sur la banquette arrière de la voiture, blotti contre le thermos bien chaud.

Pendant ce temps, je me livrai à ma dernière inspection des pièces. Je parcourus les chambres au pas de charge, traversai l'immense salon, fis le tour de la piscine, arpentai la terrasse.

J'avais essayé de penser à tout, de ne négliger aucun détail.

Enfin, j'appuyai sur l'interrupteur et plongeai la maison dans le noir.

Je fermai à clé, même si je savais que cette mesure était totalement illusoire. À la moindre occasion, la villa serait occupée par des bandes armées qui n'hésiteraient pas à tout saccager et à s'emparer de ce qui leur tomberait sous la main.

Je pris place dans la Chevrolet, posai le 22 Long Rifle à côté de moi, sur le siège passager, et bouclai ma ceinture.

J'ajustai le rétroviseur intérieur. Dans le miroir, j'entrevis le visage grave de mon fils. Lui aussi avait compris que nous étions en train de brûler nos dernières cartouches.

Je mis le contact. Le bruit félin du moteur parcourut une seconde mes entrailles avant d'investir l'habitacle. Voilà, nous y étions. Nous pouvions démarrer.

Les phares de la Chevrolet balayaient la route déserte, perçant la nuit de trouées de lumière comme des yeux phosphorescents capables d'engloutir des kilomètres avec une voracité reptilienne.

D'instinct, j'avais pris le chemin de l'embarcadère, sans savoir si nous avions la moindre chance de pouvoir rallier la rive opposée. Mes tentatives précédentes s'étaient avérées toutes infructueuses, aussi je n'avais rien à perdre d'essayer à cet endroit plutôt qu'à un autre.

À l'arrière, Sullivan était toujours silencieux. Je percevais presque son souffle haché dans l'obscurité. Mes doigts crispés s'enfonçaient dans le skaï du volant. Je jetais régulièrement un œil dans le rétroviseur et regardais mon fils, toujours blotti contre le thermos.

Soudain, sa voix brisa le silence :

— Papa, tu crois vraiment qu'on va réussir ?

J'étais rongé par le doute, la peur et l'angoisse viscérale de lui répondre.

Que pouvais-je lui dire pour le rassurer ? Quelle explication lui donner ?

J'étais terrifié et déterminé à la fois, mais laissai passer un certain temps avant de lui répondre. Il me fallait trouver les mots justes, la formule adaptée qui préserverait mon fils de tout danger.

— Écoute-moi bien, Sullivan, on n'a pas le droit de partir perdant. On ne peut que réussir. On DOIT réussir ! conclus-je d'une façon expéditive.

À peine avais-je terminé ma phrase qu'une explosion retentit sous le véhicule. D'instinct, j'écrasai de toutes mes forces la pédale de frein. Aussitôt, le hurlement des pneus vint me vriller l'intérieur du ventre. Mes poings serrèrent le volant. Je parvins à redresser la voiture tant bien que mal, rectifiant une embardée qui nous entraînait vers le bas-côté.

— Protège-toi ! hurlai-je à mon fils. Mets tes mains devant ton visage.

Machinalement, je rentrai la tête dans les épaules.

La voiture s'immobilisa après plusieurs dizaines de mètres. Le pare-brise n'avait pas explosé sous le choc. Je tournai la tête vers Sullivan, qui écartait peu à peu ses mains de devant ses yeux.

La Chevrolet était en travers de la route. Sur l'asphalte, même sous la lueur de la lune, j'entrevoyais les grandes traces de pneus en zigzag.

— Tu n'as rien, mon grand ?

— Non, Papa, ça va. Je t'assure.

Mes doigts se glissèrent dans l'ouverture de la poignée. La porte s'ouvrit. Alors, je me dépliai pour sortir. J'avais mal partout, avec la terrible impression de revenir d'un séjour passé dans un tambour de machine à laver.

Je fis quelques pas en me tenant les reins.

Je soufflai un grand coup avant de m'agenouiller sur le bitume. La Chevrolet était basse, écrasée sur elle-même, comme posée à même la route. Deux pneus étaient à plat.

On n'avait pas tiré sur la voiture. Cela venait forcément de la route. Nul besoin d'être un grand détective pour parvenir à cette conclusion.

Je demandai à mon fils de ne pas descendre. J'en avais pour quelques minutes seulement.

Je remontai la route en partant des traces de pneus.

Après une centaine de mètres, je découvris une longue bande de toile noire, hérissée de pointes. Celle-ci faisait toute la largeur de la route. Elle avait été posée à cet endroit en attendant qu'une voiture se présente, ce qui n'avait pas manqué d'arriver.

Nous étions tombés dans un piège. Une présence humaine n'allait pas tarder à se manifester. Il nous fallait fuir le plus vite possible.

À peine étais-je parvenu à cette constatation qu'un premier tir retentit. L'impact vint frapper le gravillon de la chaussée avec un claquement aigu.

Un second sifflement suivit un peu plus loin.

Enfin, une pluie de tirs rapprochés se mit à marteler le capot de la voiture, telle une chute de grêlons.

Le pare-brise avant fut pulvérisé. Les deux phares explosèrent.

Il n'y avait plus aucun doute : ceux qui avaient placé ce ruban de pointes sur la route ne voulaient pas seulement nous effrayer, mais cherchaient à nous abattre, purement et simplement.

L'ombre d'une forêt se profilait. Même si les premiers arbres se trouvaient encore loin, en coupant à travers champ, et avec un rythme soutenu, nous pouvions atteindre rapidement la lisière des bois.

— Viens ! criai-je à mon fils.

Je saisis la main de Sullivan, et nous nous jetâmes à corps perdu dans le champ.

C'était l'hiver. La terre était gelée, glissante et parsemée de rocailles. La saison ne permettait pas de se dissimuler derrière les plantations. Nous risquions de tomber à chaque enjambée.

Derrière nous, les tirs continuaient, un peu plus espacés. Avec l'effet de la course, la peur s'estompait. Les secondes qui s'égrenaient laissaient moins d'espace à la panique.

Ma main serrait celle de Sullivan. Sous mes doigts, je sentais ceux de mon fils. Nos yeux ne quittaient pas la terre, évitant devant nous les ornières et les pierres susceptibles d'entraîner notre chute. À intervalles réguliers, nous relevions la tête : les premiers arbres de la forêt nous faisaient face. Nous n'en étions plus très loin. Il ne fallait pas ralentir notre chute.

Lorsqu'enfin nous parvînmes dans notre retraite, nous cessâmes instantanément d'être des cibles. Les tirs s'arrêtèrent aussitôt.

Malgré moi, je savais qu'il ne fallait pas relâcher notre effort. Nous continuions, mètre après mètre, arbre après arbre. Nous dévalions une pente entre les troncs, frôlés par les branches. Certaines, plus longues que d'autres, nous lacéraient le visage. Dans la pénombre, seule notre respiration saccadée se faisait entendre.

Nos jambes ne nous portaient plus. Notre cœur allait exploser. Pourtant, nous continuions.

Après plusieurs minutes dans cette forêt touffue, je commençai à ralentir ma vitesse. Derrière moi, à seulement quelques foulées, je sentais l'épuisement de Sullivan, mais mon fils poursuivait sa course, portée par l'instinct de survie.

Alors, n'en pouvant plus, je m'arrêtai enfin, m'appuyant contre un tronc. L'enfant s'arrêta lui aussi près de moi, s'adossant contre le même arbre.

Incapable de lui parler, je lui adressai un sourire en fermant les yeux.

Nous étions sauvés, mais jusqu'à quand ?

72

C'était la nuit. Il faisait froid. Nous étions seuls. Notre voiture était en panne. Nous ne savions où aller.

Impossible de retourner dans notre villa – dans ce chez nous qui n'était pas New York – car nous nous étions trop éloignés. Nous n'avions nul endroit où nous rendre, aucune adresse. Et puis surtout : nous avions terriblement mal. Nos jambes ne nous portaient plus. Notre visage n'était plus que plaies, à force de griffures répétées. Pourtant, il nous fallait bien poursuivre notre marche et sortir de cette forêt.

Au loin, les tirs avaient cessé. Que voulaient ceux qui faisaient cela ? Que cherchaient-ils ? Notre voiture ? De l'essence ? Ce que nous étions susceptibles de transporter ? Ou peut-être simplement nous. Une seconde, cette terrible pensée que nous étions la raison de cette embuscade m'effleura. Sur cette île, où nous n'avions plus rien à manger, l'idée ancestrale du cannibalisme jaillit du fin fond de mon cerveau. Des images surgissaient pêle-mêle : des gravures en noir et blanc retraçant l'épopée de la mission Donner, où bloqués dans les neiges, des explorateurs avaient eu recours à l'anthropophagie pour survivre. Je songeai également à *La Route*, ce roman désespéré de Corman McCarthy que j'avais lu au moment de sa sortie, et qui contait le long périple d'un homme et de son fils dans un monde dévasté, où rodaient des bandes de pillards, affamés de chair humaine. Ce roman m'avait profondément marqué. Curieusement, il me semblait vivre avec Sullivan des épisodes issus de ce livre.

Je me laissai glisser le long du tronc, le dos calé contre l'écorce, jusqu'à m'asseoir au pied de l'arbre. Une buée épaisse et vaporeuse sortait de ma bouche à chacune de mes expirations. Le froid m'étreignait, serrait mes membres dans ses mâchoires acérées. Chaque parcelle de mon corps était écrasée, broyée, réduite à néant. Je savais qu'il nous fallait poursuivre notre chemin, que nous devions absolument émerger de cette forêt, mais je n'en avais plus la force.

Je n'avais aucune idée de l'itinéraire que nous devions emprunter. J'étais perdu.

Sans boussole, de nuit, nous n'avions aucun repère.

— Qu'est-ce qu'on va faire, Papa ?

Je levai la tête. Sullivan se tenait devant moi, debout, le regard plongé dans le mien. Il attendait une réponse, et je ne pouvais lui en donner une. Pour la première fois, je me sentais totalement démuni, sans aucune solution à proposer. La majeure partie de mon existence, j'avais enjolivé des propos qui n'étaient pas forcément le reflet de ce que je pensais. Pour parvenir à mes fins, j'avais souvent menti, parfois triché. Mais cette fois, égaré dans la pénombre et la froidure, j'étais face à mon fils, face à moi-même, incapable de berner qui que ce soit. Il me semblait que je me trouvais brusquement devant la responsabilité la plus importante de mon existence.

— Je ne sais pas, m'entendis-je murmurer.

Puis, je me repris, comme réveillé tout à coup par un électrochoc. Je devais trouver quelque chose, très vite. J'étais son père. Je ne pouvais pas le laisser dans cette incertitude. Je devais lui donner une direction, un cap, un espoir.

Je serrai la mâchoire et me relevai, prenant appui contre le tronc. Je pointai l'index dans la direction opposée à celle par laquelle nous avions pénétré dans cette forêt, et déterminé, lançai :

— Nous allons continuer par là, jusqu'à ce que nous quittions les bois. L'île est petite, donc la forêt ne doit pas être très importante. Ensuite, nous marcherons à travers champs jusqu'à la première maison que nous trouverons. Là, nous aviserons.

J'ajustai sur mes épaules le sac à dos, ramassai le 22 Long Rifle à mes pieds, et machinalement, tâtai la poignée de balles au fond de ma poche.

Par chance, j'avais pensé à m'emparer du fusil au moment de l'embuscade, et je ne regrettais nullement ce réflexe primaire.

— Tu es prêt ? lançai-je à Sullivan.

— Oui, Papa.

— D'accord. Alors, on y va !

Nous commençâmes notre marche nocturne en slalomant à travers les arbres.

J'avais pris la tête de notre expédition, prenant soin d'écarter les branches traitresses susceptibles de blesser mon fils dans sa course. J'entendais ses pas derrière moi, en harmonie avec son souffle court.

Grâce à la lumière de la lune qui filtrait à travers les branches, je parvenais à voir notre chemin. Je contournais les obstacles – rochers proéminents, troncs découpés, à la base arrachée – et signalais chaque piège à Sullivan.

Nous progressions en silence, l'un derrière l'autre.

Au détour d'un massif de ronces, j'entendis la voix de mon fils derrière moi :

— Pourquoi tu as tué Maman ?

La question me perfora les entrailles à la vitesse d'une balle.

— Parce qu'elle était en train de te tuer, fut la seule réponse que je trouvai.

— Mais pourquoi Maman voulait-elle me tuer ? Elle ne m'aimait plus ?

Je m'arrêtai soudainement et me tournai vers lui :

— Que les choses soient bien claires, Sullivan : ta maman t'aimait profondément, jusqu'au jour où elle est devenue folle. À partir de ce moment, nous ne pouvions même plus nous parler. Je lui ai tiré dessus pour te sauver, parce qu'elle était en train de t'étouffer avec un oreiller. Mais elle ne savait plus ce qu'elle faisait ! Ce n'était pas vraiment ta maman qui faisait cela, c'était une autre personne. Tu comprends ?

Mon fils restait silencieux. Je poursuivis :

— Nous allons essayer de garder tous les deux les meilleurs souvenirs d'elle, les plus beaux. Et maintenant, on n'en parle plus, d'accord ?

— D'accord, répondit Sullivan.

73

— Papa ?

— Oui ?

— J'ai faim.

Je fouillai au fond de mon sac à dos et en sortis une pomme que je tendis à Sullivan.

— Merci, Papa.

À peine l'eut-il prise que j'entendis mon fils mordre avidement dans le fruit.

Le pauvre gosse devait crever de faim depuis des heures. N'y tenant plus, il avait fini par craquer.

Des pluies torrentielles s'étaient abattues sur l'île pendant que nous marchions. Impossible de sortir de la forêt, sous peine d'être véritablement laminés par ce déluge. Il fallait attendre, à l'abri.

Pendant tout ce temps, mon fils n'avait rien dit, gardant secrète sa faim, mais cette fois, je devais me rendre à l'évidence : il allait s'évanouir s'il ne mangeait pas.

Cette pomme était pratiquement tout ce qu'il me restait. Au moment où je la lui donnai, je fermai les yeux en mordant mes gencives. Je sentis deux larmes couler, aussitôt noyées par la pluie. Mon estomac me tiraillait.

Alors, pendant que les trombes d'eau se déversaient sur la forêt, nous nous assîmes tous les deux sur une plaque de mousse.

Sans même réfléchir, je pris Sullivan et le serrai contre moi. J'avais retrouvé mon fils et me sentais bien, plus apaisé que terrifié, confiant dans cet avenir désespéré. J'avais enfin quelqu'un à protéger. C'était essentiel à cette nouvelle vie qui s'organisait malgré moi.

À partir de maintenant, je n'allais plus jamais quitter mon fils. J'allais veiller sur lui, être témoin de tout ce qu'il ferait, de ce qu'il deviendrait. Nous avions tellement de temps à rattraper, tant de moments perdus à jamais. En aimant Sullivan comme je le faisais, en le chérissant du plus fort que je pouvais, c'était aussi une façon de retrouver l'amour porté à sa mère.

J'avais payé un lourd tribut pour nous avoir tous plongés dans l'enfer. Cet amour retrouvé, soudain et inattendu, prenait des allures de renaissance.

Désormais, j'avais mon fils. Nous serions deux, donc infiniment plus forts pour lutter contre le monde.

Les choses allaient changer. Elles ne seraient ni pires ni meilleures qu'avant, simplement différentes.

Peu à peu, la pluie se fit moins forte. Je commençai à envisager la possibilité de sortir de notre retraite et de regagner la civilisation, le monde des hommes, si nous pouvions encore parler d'humanité.

Un champ à perte de vue s'étendait devant nous. Dans la nuit, nous n'en percevions pas les limites. Sa surface semblait infinie. C'était comme un objectif impossible à atteindre. Mais il avait cessé de pleuvoir, et nous devions reprendre notre route.

Dans cette demi-pénombre, dans ce paysage seulement éclairé par la lune, nous reprîmes notre périple, à l'aventure, sans la moindre certitude de rallier un quelconque havre de paix.

Comme pour la première partie du voyage, j'ouvrais la marche. Sullivan suivait quelques mètres derrière. J'entendais le bruit mat de ses pas sur la terre gelée.

Il faisait froid. Nous avions remonté le col de nos anoraks. Nous avancions, les mains dans les poches, légèrement voûtés, comme pour braver les éléments. Après une bonne dizaine de minutes à marcher dans le silence nocturne, j'entendis à nouveau la voix de mon fils derrière moi :

— Papa ?

Une autre question survenait, peut-être encore plus angoissante que les précédentes, une question à laquelle je n'avais sans doute aucune réponse à apporter. Pourtant, une fois de plus, je devais faire comme si je détenais la vérité.

— Oui ? murmurai-je, quelque peu anxieux.

J'attendais la suite, mais étrangement elle ne vint pas; enfin, pas de la façon dont je l'avais imaginé.

— Et si on ne trouve pas de maison ?

J'aurais pu anticiper bien des questions, sauf celle-ci. Effectivement, je n'avais pas envisagé la possibilité de ne pas trouver ce qui nous était maintenant plus que nécessaire : vital. Une villa, une demeure, une résidence, nous pouvions la nommer à notre gré, mais pour nous deux, notre Graal s'appelait en fait une maison.

Nous avancions main dans la main. Je sentais la sienne, plus petite – encore une main d'enfant – au creux de la mienne.

J'étais littéralement terrifié, mais je ne devais pas le montrer. Chaque pas signifiait une épreuve à surmonter, une victoire à remporter.

La terre était gelée, le paysage figé. Cette région était devenue un pays que plus personne ne pouvait reconnaître.

Lorsqu'on choisit une route, on ne sait pas toujours ce qui nous attend au bout, et Sullivan et moi étions dans cette situation. Nous progressions sur un chemin qui ne semblait mener nulle part. C'est alors que je l'entrevis au loin, derrière les branches d'un arbre : une maison. LA maison providentielle que nous cherchions déjà depuis pas mal de temps.

Quand Sullivan l'aperçut, un sourire naquit sur son visage.

Cette maison était bien plus qu'une aubaine : une délivrance.

74

Nous restâmes un moment de l'autre côté du portail, dissimulés derrière un groupe d'arbres, en retrait de la grille.

Devant nous, à quelques dizaines de mètres, s'élevait une maison semblable à la nôtre. Elle aussi avait été conçue selon les plans de l'architecte Richard Meier.

Dans mon dos, je sentais le poids de mon sac sanglé sur mes épaules. Je songeai un instant à tous ces *homeless* de Washington Square, qui avaient pris pour habitude de transporter le contenu de leur demeure dans un caddie. Sullivan et moi avions tout dans notre sac, et ce seul bagage nous suffisait à transporter tout ce que nous possédions.

De l'endroit où nous nous trouvions, nous n'apercevions aucun mouvement derrière les fenêtres. Aucune pièce n'était allumée. L'accès principal restait désespérément fermé. Dans le cas présent, deux hypothèses s'offraient à nous : soit la villa avait été abandonnée, et nous pouvions encore rester là pendant longtemps, soit il y avait quelqu'un, un individu terré chez lui, et qui, pourquoi pas, nous observait depuis un certain temps.

Vu le nombre important d'habitations qui avaient été laissées à l'abandon dans les dernières semaines, j'optai davantage pour la première supposition. Nous ne pouvions rester ainsi des heures entières. Nous devions savoir.

Le portail n'était pas très haut. Par chance, il n'était pas garni de pics acérés à son sommet. Et surtout, il me semblait que c'était le bon moment pour tenter quelque chose.

Alors, nous sortîmes de notre retraite et escaladâmes la grille. Deux minutes nous suffirent à passer de l'autre côté.

L'absence de voiture garée devant la maison me conforta dans l'idée que les occupants n'étaient plus là.

Pénétrer à l'intérieur de la villa s'avéra un jeu d'enfant. La porte d'entrée avait été refermée, mais une grosse pierre ramassée dans le jardin fit l'affaire pour briser un carreau de la baie vitrée. L'espace ouvert laissait ainsi le champ libre à ma main pour déverrouiller la porte-fenêtre.

Quelques secondes plus tard, nous nous trouvions au centre du salon. Ce dernier ressemblait au nôtre, à celui que nous avions avant notre exil : meubles précieux, table basse, piano, canapés, pratiquement dans les mêmes coloris. Dans un angle de la pièce, posé sur un secrétaire, un cadre trônait, contenant la photo traditionnelle d'une famille américaine typique : les parents, deux enfants, visages enjoués et sourire de circonstance. Où étaient-ils maintenant ? Où avaient-ils pu fuir ? Avaient-ils réussi à quitter Paradise Island ?

D'instinct, je me rendis dans la cuisine, le fusil pointé devant moi, un doigt sur la gâchette. Sullivan me suivait, marchant trois mètres derrière moi.

Mon inspection du réfrigérateur tourna vite au fiasco : les grilles de séparation permettant de recevoir les aliments étaient désespérément vides. Ma perquisition des placards s'avéra tout aussi infructueuse.

Rien. Il n'y avait rien à manger dans cette maison.

— Tu n'as rien trouvé, Papa ?

La voix de Sullivan surgit derrière moi, me vrillant les tympans. La faim taraudait mon fils. Le pauvre gamin avait une volonté de fer. Il avait résisté toutes ces heures sans rien exprimer. Il était comme moi, au bord du gouffre, mais ne disait rien.

La cave était vide aux trois quarts, ne contenant qu'outils, vélos, pneus de voiture et un rameur d'appartement. Là encore, rien à se mettre sous la dent. La visite du garage donna le même résultat.

La terrasse donnant accès à la piscine était dans le même état que la nôtre : jonchée de feuilles mortes et de branches cassées arrachées aux arbres par de fréquentes tempêtes. La surface de l'eau ressemblait davantage à un marigot putride qu'à un bassin.

Comme chez nous, d'énormes lézards circulaient sur les dalles, à la recherche d'une zone de chaleur introuvable. Crapauds et cafards leur tenaient compagnie. Une colonie d'escargots, à la taille démesurée, était regroupée près de l'échelle d'accès au petit bassin.

Non loin de la piscine, j'aperçus un vieux barbecue à la grille trempée. Posée contre le barbecue, une longue fourchette en fer, destinée à piquer côtelettes et entrecôtes, rappelait une époque pas si lointaine où la nourriture se trouvait encore en abondance sur l'île.

C'est en posant le regard sur un lézard que l'idée jaillit brusquement. Même si les cuisines de toutes les maisons étaient vides, l'île contenait suffisamment de créatures pour se nourrir. Ces lézards avaient maintenant la taille d'iguanes. Leur chair devait être ferme, et une fois cuite, mangeable. D'une certaine façon, cette viande était à notre portée. À l'apparition de l'homme, la chasse avait été le premier métier. Sur cette île, elle allait devenir le dernier.

Ma main s'approcha doucement de l'énorme fourchette métallique. Mes doigts se refermèrent sur le manche de bois que je serrai fort au moment où je l'éloignai du barbecue.

Parmi les lézards, j'en repérai un gros, à la démarche lente et empruntée.

Je m'approchai du groupe et l'isolai des autres, tel un chien de berger qui écarte un élément du troupeau.

Puis, déterminé et précis, j'abattis mon arme sur la tête de l'animal. Sous la force du coup, j'entendis le crâne du reptile exploser. Les autres s'enfuirent aussitôt, demeurant quelques mètres en arrière. La queue de ma victime fouetta l'air avant de se figer, immobile.

75

Dans le garage de la maison, j'avais trouvé une pochette contenant quelques allumettes et un grattoir. La famille qui avait quitté les lieux avait dû l'oublier dans sa précipitation.

Elle était dissimulée derrière une boîte à outils contenant de vieux tournevis rouillés, ainsi que quelques marteaux et pinces à la peinture écaillée.

Il ne faisait pas encore trop froid, et j'avais décidé de faire cuire notre prise à l'extérieur.

Le barbecue semblait avoir traversé plusieurs décennies d'intempéries et il fallait user de patience pour faire naître une étincelle à peine visible.

Lorsque la flammèche devint une flamme minuscule, Sullivan et moi nous efforçâmes de l'entretenir, tels les premiers hommes ayant réussi à capturer le feu, faisant sortir un souffle léger de nos bouches arrondies.

J'avais du papier journal dans mon sac – j'en transportais toujours avec moi – et en l'associant aux rares feuilles que nous réussîmes à trouver, le feu prit peu à peu sur le socle rouillé.

Il prit rapidement, faisant danser sur la tôle une belle flamme bleu orangé.

J'installai le lézard sur la grille, posé bien à plat, les pattes écartées. Sa tête écrasée – du moins ce qu'il en restait – pendait sur le côté. Sa queue dépassait légèrement du barbecue, tombant dans le vide.

Alors, nous restâmes debout, près de l'appareil, et attendîmes.

Les mains dans les poches, emmitouflés dans nos vêtements, nous sautillions sur place pour atténuer l'effet du froid, les yeux rivés sur l'animal.

Je replaçai du papier journal sous la grille, tandis que Sullivan déposait quelques brindilles sous le ventre du reptile.

Il nous fallut un bon quart d'heure pour constater les premiers signes d'une éventuelle cuisson.

Notre odorat était flatté peu à peu par les effluves de chair brûlée. L'odeur ressemblait à celle du poisson. Ce n'était pas désagréable, c'était déjà cela.

Les écailles se tordaient sous les flammes, se craquelant l'une après l'autre, se colorant d'une teinte roussie. La graisse s'échappant de l'animal s'écoulait de temps à autre par fines gouttelettes, et tombait sur la grille en libérant un pschitt à peine audible.

Je regardais Sullivan : il attendait patiemment, les mains dans les poches, les yeux fixés sur le lézard en train de cuire, le regard vague, mordillant ses gencives.

Il tourna la tête vers moi. Nos regards se croisèrent. Le sien était digne, calme, empli de sérénité et de résignation ; un regard profond d'adulte, taciturne, sombre et angoissé, dans un corps d'enfant.

Le reptile dégageait une odeur de terre brûlée qui emplissait nos narines jusqu'au cerveau.

Je n'avais jamais fait cuire de lézard, c'était mon premier reptile, mais a priori, il me semblait que la cuisson était parvenue à son terme.

Je ramassai une branche, et appliquai l'extrémité sur la peau noircie, puis prononçai enfin la phrase libératrice :

— Voilà, je crois que c'est bon.

J'ouvris mon sac à dos et en sortis une assiette en plastique (j'en avais toujours sur moi).

Je l'approchai du barbecue et fis rouler l'animal afin qu'il se place en son centre.

Nous étions accroupis dans l'herbe, autour de l'assiette, les yeux rivés sur le reptile calciné.

Des images me revinrent à l'esprit, celles des survivants uruguayens bloqués dans les Andes à la suite d'une catastrophe aérienne, de cette équipe de rugby prisonnière des montagnes. J'avais lu leur récit. J'avais encore en mémoire les pages racontant ce moment où ils avaient décidé de manger de la chair humaine pour se nourrir. Ils avaient raconté avec émotion et intelligence ce passage à l'acte, cet instant déterminant où le plus courageux d'entre eux avait porté à sa bouche un morceau découpé sur un cadavre, et l'avait avalé sans mâcher. À cette seconde même, il avait su qu'il ne mourrait pas, et que tous ceux qui l'imiteraient survivraient.

Manger un lézard ne pouvait pas être pire, pensai-je.

Je sortis mon couteau, en libérai la lame, et la posai contre une des pattes arrières du lézard. Alors, j'appuyai fermement et découpai la chair. Après tout, ce n'était pas plus extraordinaire que les cuisses de grenouilles.

Sans prendre mon temps, sans vraiment réfléchir, je portai la patte à ma bouche, l'ouvris, et sentis malgré moi mes incisives se serrer sur la prise. Mes dents détachèrent un morceau de viande, mes molaires le broyèrent, et quelques secondes plus tard, il était dans mon estomac.

Pendant toute l'opération, Sullivan ne m'avait pas quitté des yeux. Instinctivement, je savais que si je l'avais fait, il le ferait à son tour.

— Alors ? me lança-t-il.

— Ce n'est pas si mauvais que ça. C'est une chair ferme ; ça manque juste un peu de sel.

Je découpai la deuxième patte arrière et la tendit à mon fils. Il la prit avec précaution et la tint dans sa main en la contemplant avec méfiance. Il allait franchir le pas de lui-même. Je ne devais pas le brusquer. Pour l'encourager, je détachai un second morceau de viande, que je me mis à mâcher. Je l'observais d'un air persuasif.

Alors, lentement, je le vis lever la main jusqu'à sa bouche. Ses lèvres s'écartèrent malgré lui. Il ferma les yeux en détachant un petit morceau de la patte du lézard.

Je baissai les paupières après qu'il eut dégluti, et expirai fort.

Quelle que serait notre issue, nous ne mourrions pas de faim.

76

Cette maison abandonnée nous convenait parfaitement. Nous décidâmes d'y rester quelques jours, le temps de reprendre des forces.

Pour ce qui était de la nourriture, cela ne changeait rien à notre situation, car les placards étaient vides.

Après deux ou trois jours passés dans cette villa, nous finîmes par nous habituer à la chair de lézard. Par bonheur, j'avais toujours sur moi un petit bocal contenant du sel (j'avais fini par en trouver au fond d'une remise), ce qui permit d'assaisonner nos prises au fil des jours. Comme pour la première fois, nous les faisions cuire sur le barbecue, restant souvent à côté de la grille, contemplant, immobiles, la progression de la cuisson.

Ces lézards qui peuplaient désormais Paradise Island étaient des animaux plutôt dociles, dont les déplacements s'avéraient extrêmement lents. Il n'était donc pas difficile d'en capturer un. Nous avions choisi le lézard, car c'était sans doute l'animal qui nous posait le moins de problèmes psychologiques, mais si l'aspect ne nous avait pas rebuté, nous aurions pu tout aussi bien jeter notre dévolu sur les grenouilles ou les cafards.

Je me souvenais avoir lu autrefois, dans un livre qui contait par le menu détail le récit de naufragés qui tentaient de survivre sur une île, que les scarabées contenaient des protéines très riches et assuraient un apport vitaminique important permettant de tenir quelques jours. Pourtant, un jour, j'essayai. Je choisis un gros cafard et le ramassai. Je le déposai sur la grille où cuisait déjà le lézard. Je regardai sa carapace luisante aux reflets vert émeraude se ternir progressivement. Puis, j'attendis près du feu, les yeux rivés sur le petit corps. Mais au moment de m'emparer du scarabée et de porter à ma bouche son cadavre carbonisé, je maintins ma main en suspension dans les airs, le poignet légèrement incliné.

Grenouilles et cafards ayant subi, eux aussi, une métamorphose aux proportions semblables à celles des lézards, je fis une ultime tentative pour en faire mon quotidien. Malheureusement, ce fut sans espoir : je n'y arrivais pas.

Malgré cela, nous continuâmes à accompagner quotidiennement notre « viande » de légumes, et plus particulièrement de salade.

Nous nous contraignions à ingurgiter toutes sortes de feuilles, nous obligeant à mâcher longtemps afin d'en extraire tout le suc, ainsi que l'essentiel des éléments nutritifs.

Quant à notre soif, elle se trouvait étanchée en permanence par l'eau du robinet, qui par miracle fonctionnait encore, du moins dans cette maison.

Dans cette villa immense, aux dimensions proches de la nôtre, nous choisîmes deux chambres mitoyennes. Le souci permanent de la sécurité m'habitait toujours. Nous étions déjà passés au travers de suffisamment d'épreuves pour ne pas baisser la garde, emplis d'une trop grande confiance, et trop négligents dans notre vigilance.

Les fenêtres de nos chambres donnaient sur l'extérieur. Quant à la baie vitrée offrant une vue panoramique sur une partie de la vallée, elle constituait une vigie impeccable permettant d'observer le moindre mouvement d'un ennemi potentiel.

Après quelques jours, nous nous étions parfaitement habitués à notre nouvelle résidence. Nous connaissions bien les lieux et nous y évoluions avec aisance. Nous avions chacun nos quartiers, notre territoire bien à nous. Quand le soir arrivait, nous redoublions de prudence, chacun fixé à son poste d'observation.

Dans la journée, nous sortions peu. Nous passions une partie de la matinée à repérer le lézard qui allait constituer notre repas du midi, et parfois même du soir.

Sullivan avait compris l'extrême difficulté dans laquelle nous vivions, mais il faisait tout pour ne pas laisser transparaître son inquiétude.

Nous ne nous étions pas parlés depuis une éternité, et depuis les quelques jours qui avaient précédé la mort d'Elizabeth, j'avais pour la première fois l'étrange sensation de découvrir mon fils. Nous continuions à prendre nos repas à l'extérieur, autour du barbecue, partageant ensemble ce met si délicat que représentait la chair de lézard.

Nous n'éprouvions plus aucune appréhension pour manger. Grâce au sel que je conservais avec moi tel un trésor, nous avalions des parties entières du reptile sans rechigner.

Le comportement de ces animaux était pour le moins absurde, car bien qu'exterminés au fur et à mesure (j'en tuais au moins deux par jour, parfois trois ou quatre, tout dépendait de notre appétit), ils ne cessaient de proliférer. Chaque matin, ils semblaient encore plus nombreux que la veille. Ma réserve de sel s'épuisait progressivement, mais je savais que nous pouvions encore tenir quelques jours avec ce que je possédais. Je savais surtout qu'à un moment donné il nous faudrait forcément diversifier notre nourriture, que nous ne pourrions pas continuer à consommer ainsi des lézards à longueur de journée.

Nous restâmes quelques jours de plus dans cette maison, nous nourrissant de cette viande grillée, et engloutissant des litres de cette eau sucrée dont le goût n'avait pas changé depuis le jour où nous en avions bu pour la première fois.

Nous survivions et nous nous organisions. Je retrouvais mon fils. Nous nous parlions, évoquant des souvenirs de sa mère, des lambeaux de son enfance perdue.

Là, dans cette maison isolée qui n'était pas la nôtre, je songeais à notre vie d'avant, lorsque nous vivions encore à New York, lorsque j'étais le patron d'APS, cette puissante société que j'avais fondée.

À cette époque, j'ignorais l'existence de Paradise Island, et nous vivions heureux tous les trois.

77

Le Sunny Store était sans doute le seul endroit de l'île où de la nourriture pouvait être conservée en grande quantité. C'était un entrepôt gigantesque, une sorte de Fort Knox de l'alimentation, un réfrigérateur colossal, gardé aussi farouchement qu'une réserve d'or. C'était là-bas qu'il fallait retourner, mais pour espérer se rendre sur le parking, il nous fallait impérativement un véhicule. Nous n'avions plus de voiture depuis longtemps, très exactement depuis le jour où la Chevrolet était tombée dans un traquenard, et où j'avais perdu le contrôle de sa conduite. Nous étions donc condamnés à nous rendre à pied jusqu'au supermarché, ce qui représentait une marche impressionnante, d'autant plus que nous étions épuisés. Et puis, de là où nous nous trouvions, j'avais du mal à estimer la bonne direction à prendre.

Le Sunny se trouvait à l'ouest de l'île. En marchant d'un bon pas, et en coupant à travers bois, nous pouvions atteindre la vallée dédiée à cet ancien temple du consumérisme, cette valeur aujourd'hui disparue. Car ici, mon argent ne valait plus rien. Même si j'avais trouvé une valise contenant un million de dollars, qu'aurais-je pu en faire, à part me chauffer avec les billets ?

Je proposai à Sullivan de passer deux jours supplémentaires dans cette villa. Je n'étais pas particulièrement attaché à cette maison, mais je me sentais personnellement encore trop faible pour monter une expédition et me lancer à l'aventure avec mon fils. Mais surtout, je ne savais pas vraiment dans quelle direction partir. Je ne voulais pas prendre de risque et finir par jouer avec la vie de mon fils.

Sullivan acquiesça. En un seul coup d'œil, il saisit la gravité de la situation. Inconsciemment, il avait compris que s'il voulait survivre il devait remettre entièrement son destin entre les mains de son père. Un soir que j'étais sur le point de m'endormir dans un sofa du salon – presque identique à celui que nous possédions – j'entendis une voix à côté de moi :

— Papa ?

Je sursautai et ouvris les yeux. Sullivan se tenait face à moi, immobile au-dessus du canapé. Je me redressai :

— Qu'est-ce que tu veux ?

— Je ne veux rien, mais j'ai peur. Si on venait nous chercher ici ?

— Personne ne viendra nous chercher ici. C'est hors de question. Nous nous trouvons à l'écart, éloignés de tout, et en plus je suis armé. Personne n'approchera, je te le promets.

Il me dévisageait, sceptique. Je sentais que je ne l'avais pas convaincu.

Pour dissiper toute crainte en lui, je saisis l'arme au pied du canapé – je ne la laissais jamais très éloignée de moi – et la brandis au-dessus de ma tête en proclamant :

— Pour me la prendre, il faudra me passer dessus !

Je souris en songeant aux mots, quasi identiques, qu'avait prononcés Charlton Heston lors d'un congrès, lorsqu'il était président de la National Riffle Association. Étrange comme ma propre histoire rejoignait ses propos. Cela m'avait semblé si surréaliste lorsque l'acteur vieillissant avait lancé cette déclaration. Bien que foncièrement républicain, comme toutes les grandes fortunes de la finance aux États-Unis, je n'avais jamais vraiment adhéré aux convictions extrémistes véhiculées par le comédien. Pourtant, aujourd'hui, sur cette île, nous étions revenus à l'âge de pierre. Chacun devait défendre bec et ongles le peu qu'il possédait. Chaque chose, chaque bien, même le plus insignifiant, était jalousement gardé. Mais alors que j'expliquais à mon fils les bienfaits d'une arme à feu, il me lança :

— Maman me manque.

Je le regardai, désemparé, et fermai les yeux.

— Elle me manque à moi aussi, et même si nous étions moins proches ces derniers temps, je peux t'assurer que je l'aimais vraiment. J'aurais donné ma vie pour elle, comme je la donnerais pour toi, mais il était de mon devoir de te protéger.

— Tu l'aimais vraiment à ce point ? demanda mon fils.

— Oui, même si ça ne se voyait pas.

Mon garçon baissa la tête, songeur.

— Pourquoi nous sommes venus ici, Papa ?

Comme un enfant pris sur le vif, je bredouillai :

— Je suppose que j'ai cru en un monde meilleur, à une existence plus facile et plus belle pour nous trois. Comment aurais-je pu deviner ce qui allait se passer ? Si seulement j'avais pu anticiper un tel cauchemar.

Je restai songeur un instant avant de me ressaisir :

— Allez, tu devrais aller te coucher maintenant. Demain matin, nous essaierons de partir tôt pour nous rendre au Sunny. Un bon lézard grillé, et on se met en route juste après.

J'arrachai péniblement un sourire à mon fils.

C'était notre dernière nuit dans cette maison. Je savais que le lendemain je devais absolument trouver autre chose. Nous ne pouvions continuer ainsi. Désormais, c'était une question de vie ou de mort.

78

Nous quittâmes la maison aux premières lueurs du jour. L'aube naissante était comme une protection. Elle nous entourait, nous enveloppait.

Nous marchions l'un derrière l'autre, moi en tête et Sullivan quelques mètres derrière moi, réglant son pas sur le mien.

Ma démarche était sûre, mon allure déterminée. Pourtant, au fond de moi, c'était le chaos total. J'ignorais vraiment ce que nous allions trouver. La seule chose dont j'étais à peu près sûr était la direction, celle de la vallée où se trouvait le Sunny.

Je savais secrètement que si nous pouvions trouver de la nourriture, c'était forcément là-bas et en nul autre endroit. Même si une bande armée tenait le supermarché, il était impossible qu'elle en ait épuisé toutes les réserves.

Le matin, j'avais choisi un énorme lézard. Sa chair était particulièrement ferme ; nous avions réussi à en tirer le maximum pour chacun.

J'avançais à un rythme soutenu, sans relâcher la cadence. Je savais que Sullivan était capable de suivre, et j'essayais de ne pas faiblir. Nous coupions à travers champ et en lisière de forêt, toujours tout droit, gardant le cap, tel un équipage de marins.

De temps à autre, je m'arrêtais pour sortir la gourde d'eau fraîche. Sullivan buvait quelques gorgées et me la passait.

Nous buvions, puis nous repartions.

Alors que nous longions la ligne de partage des bois, je pensais à notre avenir, et tentais d'anticiper. Si par bonheur nous réussissions à nous échapper de Paradise Island, comment se déroulerait notre vie à tous les deux désormais ? Comment pourrait-elle se dérouler ? Je n'en avais pas la moindre idée.

J'allais devoir repartir à zéro, et surtout assurer l'avenir de mon fils.

Nous étions encore loin du centre commercial, mais nous apercevions le toit d'un immeuble surplombant les arbres. La terrasse blanche dépassait légèrement de la cime.

J'étais tellement habitué aux maisons, aux villas avec piscine, que j'en avais oublié que quelques constructions de trois ou quatre étages pouvaient parsemer ça et là le décor.

Les immeubles étaient-ils comme les villas : déserts ?

Nous approchions du quartier. Je songeais à Elizabeth. Une douleur soudaine m'étreignit. Elle pénétra mon âme de part en part, telle une pointe acérée. Pour la première fois depuis longtemps, je mesurais l'angoisse de l'absence. Le manque me paralysait. Pourtant, je devais continuer à avancer, toujours plus loin et plus vite.

Quelques mois plus tôt, nous étions si heureux, si amoureux, si prévenants l'un pour l'autre. Comment tout cela avait-il pu changer aussi rapidement ? Comment avais-je pu entraîner ceux que j'aimais dans un tel chaos ? Malheureusement, mes questions restaient sans réponse. Je n'avais rien vu arriver. Notre vie d'avant appartenait au monde du rêve, comme si nous ne l'avions jamais vécue. Les larmes me venaient aux yeux, mais je ne devais rien laisser paraître. Sullivan marchait à mes côtés. Je ne devais permettre aucune prise à l'émotion. C'était un combat de chaque instant.

— Si c'est bien, on peut rester ? lança la voix derrière moi.

Je ne répondis pas immédiatement. Je laissai passer quelques mètres avant de lui dire :

— J'ignore ce qu'on va trouver, Sullivan, je n'en ai aucune idée. Il faut aviser une fois sur place. Désormais, cela doit devenir notre devise.

L'entrée du premier bâtiment devait se trouver à une centaine de mètres, quand je m'arrêtai brusquement.

Un portail entrouvert donnait sur une cour intérieure.

Je levai les yeux vers les fenêtres fermées. Pour la plupart d'entre elles, les rideaux étaient tirés, et on ne voyait rien. Peut-être que derrière certaines d'entre elles, des yeux nous observaient.

J'avais une méfiance relative, un curieux pressentiment. Non seulement ce lieu était vide, mais il était hostile.

Je m'arrêtai à quelques mètres de la porte d'entrée. Sullivan se tenait à mes côtés.

Il fallait savoir, maintenant.

J'entrai le premier dans un vestibule délabré. Sur ma gauche, une série de boîtes aux lettres à moitié défoncées faisaient face à un mur décrépi sur lequel étaient collées quelques affiches partiellement arrachées.

Cet état de désolation était paradoxal lorsqu'on songeait au fait que cette construction était récente, et habitée seulement depuis trois mois.

Cet immeuble, comme d'ailleurs tous ceux de la vallée, ne comportait que quatre étages en comptant le rez-de-chaussée. Il n'y avait pas d'ascenseur.

La cage d'escalier, totalement blanche, était silencieuse. Aucun bruit ne provenait des étages supérieurs.

79

J'avais déjà franchi une dizaine de marches quand je m'aperçus que Sullivan était resté au bas de l'escalier.

Je me retournai et découvris son expression : il était terrifié.

Littéralement pétrifié, il semblait incapable de se détacher de la base de la rampe.

— Qu'est-ce que tu fais ? Tu ne viens pas ? lui demandai-je.

Il souffla et prit sa respiration avant de me parler.

— J'ai peur, Papa. Je ne sais pas ce qu'il y a là-haut, ce qu'on va trouver.

— Moi non plus, je ne sais pas; n'empêche que si on n'y va pas, on ne saura jamais ! On continuera inlassablement à se demander ce qu'on aurait pu trouver.

Je redescendis les quelques marches nous séparant, et lui tendis la main.

Pendant quelques secondes, il ne fit aucun geste. Je crus alors qu'il ne bougerait jamais, puis progressivement, imperceptiblement, son bras se leva et sa main se tendit vers la mienne.

Je la saisis et l'attirai vers moi, puis entourai fermement son épaule de mon bras.

— Allez, suis-moi. On va essayer de trouver quelque chose à manger. Je suis certain que quelqu'un a oublié une boîte de conserve.

Sur le premier palier se trouvaient deux portes, et il devait en être ainsi sur chacun des paliers des étages supérieurs.

Je repensai soudainement à la visite de l'île par Ralph Bogolan. Je me rappelai qu'il avait évoqué ces immeubles où l'architecte n'avait conçu que deux appartements par palier. Vu les superficies envisagées, deux logements constituaient un maximum. Nous nous trouvions au milieu du palier, à égale distance de deux portes.

Je m'approchai de celle de gauche. Sullivan, tétanisé, n'osait bouger.

Je frappai timidement, et attendis.

Mon fils me regardait, anxieux.

Je frappai à nouveau. Aucun son n'était perceptible derrière la porte. Je plaquai la paume de ma main sur la surface lisse : elle ne bougea pas.

J'envisageai deux hypothèses : soit les occupants se trouvaient à l'intérieur, terrés comme des animaux vivants dans la crainte que leur territoire ne soit visité, soit ils avaient quitté les lieux depuis longtemps.

— Peut-être l'autre, murmurai-je en jetant un œil à la seconde porte.

Je renouvelai l'opération, qui s'avéra également sans succès.

Avec Sullivan, nous attendîmes suffisamment longtemps pour réaliser que nous n'avions aucune chance de découvrir quoi que ce soit ici. Nous devions essayer à l'étage du dessus.

Je montai donc une nouvelle volée de marches, les mains crispées sur la crosse du fusil.

La même scène se répéta. Nous nous trouvions exactement au même endroit, là encore à égale distance de deux portes.

Comme à l'étage inférieur, je frappai à la porte de gauche, qui elle aussi ne laissa passer aucun bruit.

— Y'a quelqu'un ? lançai-je.

Il fallait savoir. Il fallait trouver à manger… pour survivre. Mon fils était contaminé par la peur. Il avait le visage fermé et la bouche entrouverte.

— Arrête, Papa ! Et si on nous entend ? s'écria-t-il.

— Mais, Sullivan, qu'on nous entende… c'est justement le but !

C'est à cet instant précis que j'entrevis le rai de lumière qui balaya le sol, parcourant subrepticement la moquette.

Je n'avais pas entendu la porte s'ouvrir derrière moi quand je me retournai.

En pivotant, j'aperçus dans l'encadrement de la porte la silhouette d'un homme qui nous tenait en joue.

Le coup partit au moment même où je levai mon fusil.

La déflagration explosa dans mon cerveau quand je vis le corps de Sullivan projeté en arrière.

Je n'eus que le temps de lever le canon et de tirer : l'arme de l'homme tomba à terre et l'inconnu s'écroula devant la porte avec un bruit sourd.

Sullivan gisait sur le sol, couché sur le dos, une rosace de sang dessinée sur son anorak, une fleur écarlate lui maculant le ventre.

Ses yeux grands ouverts me regardaient.

Pour la première fois depuis une éternité, les mots qui me manquaient tant se déversèrent avec un flot de larmes.

— Sullivan, mon amour, mon enfant, mon tout petit, mon bébé ! Ne pars pas ! Ne me laisse pas tout seul ! Papa a besoin de toi !

Ses yeux restaient fixes. Ses lèvres ne bougeaient pas d'un millimètre.

Je m'agenouillai près de lui et le pris dans mes bras, telle une *pietà*.

Son corps était encore chaud, mais je sentais bien qu'à l'intérieur le froid avait déjà imposé sa loi.

— Sullivan, parle-moi ! Regarde-moi ! Je t'en supplie !

Je ne parvenais à détacher mon regard du sien, totalement vide, sans expression.

Et puis soudainement, je m'écroulai sur le corps de mon fils, envahi de tremblements, en proie à des convulsions. J'étais en train de comprendre ce qui venait de se produire : on avait tué ce que j'avais de plus cher au monde, la raison pour laquelle j'existais encore sur cette île, pour laquelle je m'étais tant battu pour que nous puissions survivre.

Après Elizabeth, le destin m'arrachait mon fils, mon unique espoir de continuer le combat. Et même si je venais d'abattre froidement celui qui avait fait cela, ça ne changeait absolument rien à la douleur, et à l'enfer qu'allait représenter maintenant mon existence.

80

Je restai longtemps allongé près du corps de Sullivan, tenant serré son anorak entre mes bras. Je demeurai dans cette position jusqu'à ce que mes yeux ne pussent plus verser une seule larme.

Au fil des heures, je sentis ses membres se refroidir, sa peau devenir glacée. J'avais toujours l'impression qu'il allait bouger, que les doigts de sa petite main que je tenais au creux de la mienne allaient remuer, même imperceptiblement. J'attendais un mouvement, une vibration, mais rien ne se produisit.

Et puis, lorsque la nuit fut tombée, je compris que je devais bouger, que la vie elle-même continuait, même si elle n'avait désormais plus aucun sens.

Je m'agenouillai, pris mon fils entre mes bras, comme lorsqu'il était bébé, que je le portais endormi de la voiture jusqu'à sa chambre, et commençai à descendre les escaliers.

Je sortis du vestibule.

Au pied d'un arbre s'étendait une pelouse, un carré de verdure protégé.

Sous la lueur lunaire, l'herbe offrait des reflets bleutés. J'y allongeai Sullivan, en tenant délicatement sa nuque dans ma main droite, comme pour un nourrisson. Puis, je posai mon sac à dos à côté du fusil.

Voilà tout ce que je possédais à présent : une maison dans un sac, un fusil pour lequel il ne me restait que quelques cartouches, et un enfant mort que je n'avais pas assez aimé.

Je devais l'enterrer, comme j'avais enterré Elizabeth quelques jours plus tôt. Mais je n'avais rien pour creuser. Ni pioche, ni pelle, ni bâton, ni caillou pointu, absolument rien pour percer ce sol gelé.

J'allais donc devoir laisser mon fils en cet endroit, l'abandonner à cette terre que j'avais tant voulu fuir, mais pour laquelle toutes mes tentatives d'évasion avaient échoué.

Je le tirai contre l'arbre, laissant sa tête reposer contre la base du tronc. Puis, je m'assis à côté de lui, tenant sa main gelée dans la mienne et regardant la lune.

Comme Sullivan, je fermai les yeux, sauf que moi je pouvais les rouvrir.

Alors, des images me revinrent en mémoire. Je me revoyais au catéchisme lorsque j'étais enfant. Mes parents m'avaient obligé à assister aux séances du Révérend Johnson. Je ne comprenais rien à son discours et le fait de prier me semblait totalement inutile. Déjà, enfant, je n'arrivais pas à comprendre pourquoi autant de gens priaient pour ce qu'ils n'avaient pas, alors qu'ils auraient mieux fait de dépenser ce temps et cette énergie à l'obtenir.

Où était Dieu aujourd'hui ? Je ne le voyais pas quand je regardais le visage de cire de mon fils, quand je repensais à sa mère, recouverte par la terre de la forêt.

Il y avait bien longtemps que Dieu nous avait abandonnés. Dieu était-il sur les champs de batailles de l'Histoire, quand les hommes disparaissaient dans cette grande hécatombe ? Se cachait-il dans le champignon d'Hiroshima ? Derrière les barbelés d'Auschwitz ? Dans les charniers de Bosnie ? Dans les tipis enflammés de Sand Creek ? Qui pouvait encore croire qu'il existait ? Pourtant, là-bas, sur le continent, loin de cette île, les églises étaient pleines, résonnant de cantiques et de chants d'espoir. Quand je regardais les traits bleutés de mon fils, je savais bien que c'était faux. J'avais envie de hurler, de crier au monde entier que Dieu était le dernier des salauds pour avoir permis cela, et que finalement, croyants ou non, nous finissions tous par y passer. C'était un leurre, une escroquerie organisée, et tout le monde jouait la comédie. On m'avait fait croire depuis l'enfance que Dieu me protègerait, qu'il veillerait sur moi si je lui accordais ma confiance. Je lui avais offert mon âme, je m'en étais remis entièrement à lui, et aujourd'hui, voilà comment il me remerciait, comment il me dédommageait en me prenant ceux que j'aimais.

Je savais que je ne pourrais pas rester ainsi longtemps, mais je n'arrivais pas à partir. J'avais accompagné mon fils pendant toutes ces années. Même si je n'avais pas toujours été très présent à la maison, même si je n'avais pas été totalement disponible, je l'avais vu grandir, changer, se transformer peu à peu en un homme qu'il ne deviendrait jamais.

Il ne faisait pas encore trop froid. Je m'allongeai près de lui, me blottissant contre son corps. Je ne lâchai pas sa main, lui caressai la joue. Même creusé par la mort, son visage avait encore ses rondeurs d'enfant.

— Sullivan, mon tout petit, murmurai-je dans la nuit.

L'envie d'éclater en sanglots s'empara à nouveau de moi, mais je me retins. Et puis mes yeux étaient secs, mon cœur vide. J'avais trop donné, trop déversé.

Je devais partir, laisser mon fils ainsi, son corps en proie aux bêtes sauvages, aux corbeaux qui ne tarderaient pas à tourner autour de l'arbre. Je devais l'abandonner à jamais, ne pas me retourner, comme si je ne l'avais jamais eu, comme s'il n'était pas né et n'avait jamais existé. Je l'étreignis une dernière fois, de toutes mes forces. J'embrassai ses joues froides, le serrai dans mes bras. Puis, je ramassai le sac et le fusil, et me levai.

Je restai un moment à le regarder. Il semblait dormir profondément.

Je fermai les yeux et fis demi-tour. C'était la dernière image que je voulais garder de lui. Je marchai droit devant moi et franchis le portail. J'emportais ma douleur avec moi, mais je savais que pour survivre, je devais continuer à avancer.

81

Lorsque j'ai quitté l'immeuble, lorsque j'ai laissé Sullivan au pied de son arbre, je ne me souviens plus exactement combien de temps j'ai marché.

Il faisait nuit. J'ai parcouru des kilomètres sans m'arrêter.

Bien sûr, je n'avais ni boussole ni GPS. J'avançais mécaniquement en mettant un pas devant l'autre, l'esprit totalement vide, le regard fixe rivé sur l'horizon, avec une démarche d'automate.

Je ne me retournais pas.

Je progressais à une allure rapide, mon fusil à la main, mon sac à dos sur les épaules. Dans mon portefeuille, j'avais une photo d'Elizabeth et de Sullivan.

Je ne pensais absolument à rien. Je laissais derrière moi l'amour d'une femme et d'un enfant, un passé devenu désormais inutile, encombrant, une vie entière anéantie en quelques secondes. Mais devant moi, au bout d'une route improbable que je parcourais, il n'y avait absolument rien.

En l'espace de quelques mois, j'avais fait des choix qui n'étaient pas les bons, et comme dans un jeu de casino, j'avais tout perdu : ma femme, mon fils, mon équipe, ma société, ce pour quoi je m'étais battu depuis toutes ces années. Et que devenait un homme sans ces repères ? Un fantôme ? Un être invisible qui ne servait à rien ?

Je remontai le col de mon anorak pour ne pas laisser de prise au froid.

Dans le ciel gris, quelques flocons voletaient, épars, légers, telles des lucioles de coton.

Où devais-je aller ? Dans quelle direction ? Vers quel ailleurs ? Je n'avais plus de futur, plus d'amour non plus. Je les avais laissés tous les deux contre un arbre. Maintenant, j'étais seul. Car la solitude, la vraie, c'était cela : un homme dont le lendemain serait de toute évidence aussi triste que le présent. Tout en marchant, j'essayais de réfléchir, de trouver des idées, des choses que j'allais pouvoir faire, des actes à exécuter pour ma survie. Mais rien ne venait.

Ce que je voulais avant tout, c'était fuir. Ne plus être là, quitter cette île maudite sur laquelle je n'aurais jamais dû venir.

J'essayais d'imaginer le monde extérieur. Avait-il changé ? À quoi pouvait-il bien ressembler aujourd'hui ?

J'étais un homme mort, mais debout. Immobile en dedans, mais actif à l'extérieur.

Je marchais vite pour éviter de penser à mon fils, à ma femme. Sullivan me manquait déjà. Je n'arrêtais pas de songer à ce moment où je l'avais laissé au pied de l'arbre, quand je tenais sa petite main dans la mienne. À ce moment-là, c'était sûr, j'avais remis mon âme au diable, ou à quiconque voudrait s'en emparer.

Si je continuais à vivre, ce n'étais pas pour moi, c'était pour me souvenir encore et toujours de mon fils, pour ne pas m'arrêter de penser à lui.

Après plusieurs kilomètres, je m'arrêtai et dévissai le bouchon de la gourde. L'eau coula au fond de ma gorge. Je fermai les paupières en m'asseyant sur l'asphalte. J'avais faim. La chair de lézard ne me suffisait plus. Je devais trouver autre chose de comestible. Il existait forcément un appartement quelque part, ou peut-être même une maison, avec un placard où un paquet de gâteaux secs avait été oublié. Je rêvais d'une boîte de conserve, même périmée.

J'avais cru un instant que la souffrance d'avoir perdu mon fils aurait définitivement supprimé la faim, mais tout était tragiquement comme avant.

Au loin, derrière de grands arbres, j'aperçus le sommet d'une résidence.

Peut-être y avait-il encore pour moi un mince espoir de continuer à être un homme ?

82

Trois voitures étaient garées devant la résidence. Elles n'avaient pas dû rouler depuis longtemps. Sur chacune d'entre elles, une pellicule de givre recouvrait le pare-brise. Elles ressemblaient à des bêtes, tassées sur elles-mêmes, paralysées par le froid.

La faim ne m'avait pas fait perdre mes réflexes : le fusil pointé en avant, je pénétrai dans le vestibule.

Ce dernier était complètement vide, n'offrant à ma vue qu'un désert de marbre immaculé.

Comme dans l'immeuble précédent, aucun bruit ne filtrait.

Sans relâcher mon attention, ni la pression de mon doigt sur la gâchette, j'inspectai le hall d'entrée. Des gerbes de prospectus dépassaient des boîtes aux lettres.

Pourtant, au fond, j'apercevais une lumière, ou plutôt un reflet lumineux. J'avançai sans baisser la garde, prêt à tirer.

La porte d'un appartement du rez-de-chaussée était restée entrouverte. Elle était presque fermée, et on distinguait à peine l'ouverture.

En gardant mon fusil d'une main, je plaquai la paume sur la porte et la poussai légèrement. Celle-ci pivota sur ses gonds pour laisser apparaître une moquette vert clair.

Je progressai dans le couloir, le canon du fusil dirigé devant moi, prêt à l'emploi.

Puis, après un moment, n'y tenant plus, je murmurai :

— Y'a quelqu'un ?

J'entrai dans un salon totalement blanc, semblable à l'intérieur de la villa que nous habitions. Le décor était standard, à l'image de ces magazines de mode qu'on feuillette parfois dans les salles d'attente de cabinets médicaux. Au mur, des reproductions de Bacon et de Munch ; une bibliothèque garnie de volumes présentant un dos doré à l'or fin, le même pour chaque livre.

Suspendue dans le couloir : une arbalète et trois viretons. Je la soulevai et la décrochai de la tapisserie. Elle avait été installée ici en décoration ; j'allais en faire une arme redoutable. Je devais mettre tous les atouts de mon côté. Il me fallait songer à cet instant précis où je n'aurais plus de cartouche, où mon fusil ne servirait plus à rien.

Dans la cuisine, j'ouvris à la hâte les portes des placards. Un énorme paquet de céréales me sauta aux yeux. Les couleurs vives évoquaient davantage le mirage que la réalité. Je retournai le paquet sur la table de la cuisine : des centaines de charançons crapahutaient au milieu de pétales de maïs.

Je visitai les pièces sans m'attarder.

Muni de l'arbalète et du fusil, j'entrai encore dans deux appartements dont la porte avait été laissée ouverte : rien.

Je devais poursuivre mon périple encore plus loin, car l'immeuble était vide, et je devais en trouver un autre.

Je marchai longtemps, le sac sur le dos, tenant dans une main l'arbalète – dans laquelle un vireton était engagé – et dans l'autre le fusil chargé, prêt à l'emploi.

De temps à autre, je marquais une pause pour sortir le thermos d'eau fraîche. J'étanchais ma soif de quelques rasades, puis repartais.

Mon esprit était vide. Je ne pensais à rien. Je tenais sur les nerfs. C'était de cette détermination dont dépendait ma survie.

Mais à présent, j'étais seul, sans aucun avenir. Ma vie était réduite à quelques photos de ma femme et de mon fils que je transportais avec moi. Alors, à quoi bon survivre ?

La neige recommençait à tomber à gros flocons. Le rideau serré de leur chute masquait la visibilité. Au loin, je pouvais entrevoir une forme blanche, difficile à repérer, mais suffisamment visible au milieu d'un champ de neige : une maison.

Plus je m'approchais, plus je constatais qu'elle était en tous points semblable à la nôtre.

C'était étrange, j'avais presque le sentiment de revenir chez nous. Une sorte de retour aux sources, en quelque sorte.

Le portail n'était pas fermé. Je le poussai et pénétrai dans le domaine.

Bien sûr, la chose qui me saisit d'emblée, et j'en fus presque tétanisé tant sa vision était incroyable, inespérée, était qu'une voiture se trouvait dans le garage, aux portes grandes ouvertes.

La perspective soudaine d'une présence à l'intérieur de cette maison me fit retrouver des réflexes momentanément disparus. Je passai la sangle de l'arbalète autour de ma tête, la faisant retomber sur mon épaule.

La porte était manifestement fermée, m'interdisant tout accès par une voie « normale ».

Je collai ma tête contre une vitre, encadrant mon visage entre mes mains. J'essayais de voir à l'intérieur : rien n'était vraiment visible, sauf une grande pièce vide à la décoration plutôt standard.

Si tous les accès étaient fermés, il en restait tout de même un qui n'avait pas été bloqué. S'il était possible d'entrer dans le garage, alors une porte donnait forcément sur l'intérieur de la maison. Aucun garage n'avait un accès purement extérieur.

Je longeai une Ford noire imposante, me glissant entre les portières massives de l'engin et les parpaings gris du mur, et me faufilai ainsi jusqu'au fond du garage.

Bien sûr, mon hypothèse se vérifia sur le champ : une porte donnant sur un escalier menait au premier étage. Elle était entrouverte.

J'entrai et montai les marches une à une, la crosse serrée contre moi.

Je débouchai dans un vestibule totalement blanc, aux murs nus. Un vrai décor d'hôpital.

Je progressai pas à pas, la peur au ventre, les yeux rivés sur la porte suivante que j'allais ouvrir.

Qu'allais-je découvrir ? Quel enfer ? Quel paradis ?

Devant moi s'étendait un salon immense, une table déserte sur laquelle rien n'était posé, excepté un vase sans fleur à l'intérieur. Les fauteuils et les canapés étaient vides, à l'exception d'un pull jeté négligemment sur un sofa.

Je me tenais immobile au milieu du salon, un doigt sur la gâchette.

C'est alors qu'il me sembla entendre un bruit qui provenait d'une pièce donnant sur le salon.

Je bloquai ma respiration et écoutai plus attentivement.

Je sentais comme une présence à côté, sur ma droite, derrière une autre porte.

Je m'approchai. Le bruit était plus perceptible, comme une mastication. Je crispai une main sur le fusil, et en posai une autre sur la poignée, que je tournai lentement.

La scène que je découvris s'imprima dans la rétine de mes yeux en un flash aussi violent qu'immédiat.

Un homme et une femme étaient agenouillés devant le corps d'un jeune enfant. Ils relevèrent la tête vers moi, la bouche et le menton maculés de sang. C'est alors que je saisis la scène dans son ensemble : une des cuisses de l'enfant était à moitié dévorée.

La moquette blanche était, elle aussi, couverte de sang. Des traces partaient du corps jusqu'à la porte.

J'aurais pu lever mon arme et les abattre tous les deux, mais j'en fus incapable. Devant l'horreur de cette scène, devant son incompréhension, je dévalai à toute volée les marches menant au garage.

Quelques secondes plus tard, je courais sur la route.

Je courais pour ne plus penser, pour oublier ce que je venais de voir, ce que je ne voulais ni comprendre, ni analyser, ni pardonner.

Je courais sous la neige, emplissant mes poumons d'air frais. Je ne savais pas où j'allais. La seule chose que je voulais, c'était fuir, définitivement, et ne plus revenir.

L'embarcadère. C'était là que je devais retourner, pour tenter un dernier passage, quitte à y laisser la vie.

83

Je marchai longtemps, puis, épuisé par les kilomètres, m'arrêtai pour m'assoir au pied d'un arbre.

Je ne parvenais à chasser de ma mémoire la scène dont je venais d'être le témoin. Pour reprendre les mots d'Albert Einstein lorsqu'il parlait des États-Unis d'Amérique, j'avais le sentiment que nous venions de passer de la barbarie à la décadence sans connaître la civilisation. Quelques mois seulement après notre installation, nous étions désormais réduits au cannibalisme. Nous avions atteint le degré zéro de la monstruosité sans nous en rendre compte, totalement incapables de faire face, de réagir, de nous révolter, ou simplement de fuir.

Une « expérience ». C'était le terme qu'avait employé jadis Ralph Bogolan pour désigner notre séjour sur l'île. On ne pouvait si bien dire.

Notre première entrevue dans son bureau, lorsqu'il avait sorti le catalogue, paraissait si lointaine. Après tous ces mois, ce rendez-vous semblait surréaliste.

Et puis brusquement, au détour d'une réflexion, je songeai : et si Rupert Masterton nous avait orientés vers Paradise Island en en connaissant parfaitement les risques ? En sachant exactement ce qui allait nous arriver ?

Je me ravisai aussitôt : je connaissais Rupert Masterton depuis des années. Nous avions démarré ensemble. Il avait été mon associé depuis le début, de toutes les batailles, de tous les combats, chaque fois présent à mes côtés.

C'était impossible. Et pourquoi aurait-il fait cela ? Oui, c'était une hypothèse totalement saugrenue. Pourtant, la maxime de Sir Arthur Conan Doyle, extraite du *Chien des Baskerville*, me revenait en tête : « une fois que vous avez éliminé l'impossible, la seule chose qui reste, même si c'est improbable, est forcément la vérité ».

Cette citation du grand écrivain britannique, père de Sherlock Holmes, ne m'avait jamais quitté. J'y avais souvent songé, dans mon métier, et en de bien d'autres circonstances. Elle s'était souvent avérée exacte. Mais j'avais beau faire un effort d'imagination, je ne voyais nullement comment mon ami de toujours aurait pu me faire plonger dans une telle histoire. Quant à Ralph Bogolan, quel intérêt son agence aurait-elle eu d'organiser tout cela ? Sacrifier volontairement des acheteurs aux fortunes conséquentes, les perdre délibérément sur une île, sans espoir de retour, s'avérait un délire sans aucun fondement.

Non, de toute évidence, je ne parvenais à trouver une place logique et cohérente à cet agent immobilier dans le scénario que je tentais d'échafauder.

Il me manquait un élément pour comprendre, un paramètre essentiel que je n'arrivais pas à identifier.

Je m'efforçais par tous les moyens de réfléchir, mais chacune de mes pensées me ramenait inévitablement vers le visage livide et glacé de Sullivan allongé au pied de l'arbre, immobile, comme cristallisé dans cette position figée où je l'avais laissé.

Il fallait que je me lève, ou même plus simplement que je me tienne debout sur mes deux jambes, ce qui n'était d'ailleurs pas forcément la même chose. Mais j'avais beau m'y préparer et ne cesser de me répéter que j'avais l'obligation de survivre : rien n'y faisait, et je restais désespérément cloué au sol, avec les visages de Sullivan et d'Elizabeth devant moi.

J'allais mourir là, c'était certain, oublié de tous, à l'écart du monde, en admettant bien sûr que le monde continuait à exister en dehors de Paradise Island. Ma mort serait inutile, totalement invisible, inaudible et indolore.

Appuyé contre le tronc de l'arbre, je levai les yeux vers un ciel blanc et sans nuage : peut-être, quelque part, étais-je encore en vie.

84

Je devais traverser une partie de l'île à pied, sous la neige qui continuait à tomber drue, et dans le froid.

Je n'avais aucune certitude de pouvoir atteindre le continent, et j'ignorais comment, mais je devais m'accrocher à cette idée.

Par un réflexe naturel, et étrange dans ces circonstances, je m'aperçus après plusieurs kilomètres que je marchais sur le côté gauche de la route, de manière à voir une éventuelle voiture venir en face, et afin de ne pas gêner celle qui viendrait de derrière. Mais depuis combien de semaines n'avais-je pas vu de voiture circuler ?

J'avançais à pas mesurés pour ne pas glisser, la tête baissée, rentrée dans les épaules.

J'avais enfilé mes gants, mais je tenais fermement mon fusil.

Voir au travers des flocons n'était pas facile. Je plissais les yeux, à la limite de les fermer, réaction instinctive pour me protéger. Je continuais à avancer, rectiligne dans ma course. J'avais le souffle court, mais saccadé. J'ignorais vers quoi je me dirigeais. Je n'avais pas la moindre idée de ce vers quoi je marchais et de ce que j'allais découvrir. Mais c'était un fait, je devais continuer.

Et puis, brusquement, comme si par un remarquable effet d'optique un brouillard s'était soudainement dissipé, j'entrevis un point au bout de la route.

Plus j'avançais, plus je m'apercevais que ce point bougeait légèrement, qu'il n'était pas une simple aspérité dans ce paysage de neige, qu'il se déplaçait, tout comme moi. Ce point était une silhouette humaine, et je m'en approchais progressivement.

Peu à peu, je commençais à relever le canon du fusil. Cet homme encapuchonné était peut-être un ennemi. Je ne pouvais pas me permettre d'avoir un mauvais réflexe, ou de lui laisser sa chance. J'allais devoir faire usage de mon arme. J'avais encore quelques cartouches, et il ne fallait pas les gaspiller.

Je me trouvais à présent à une vingtaine de mètres de l'homme. Je m'arrêtai, levai mon arme, et le mis en joue, sans parler.

Il s'arrêta, comme figé brutalement dans sa marche.

Nous nous tenions à quelques mètres l'un de l'autre, sans qu'aucun de nous deux ne fasse le moindre geste.

Nous restâmes longtemps face à face, silencieux.

Malgré les traits creusés par la fatigue, la barbe naissante, je reconnaissais peu à peu son visage.

Il se tenait devant moi, celui que j'avais cherché si longtemps, la clé de voûte de cette île, le gardien du temple.

Après toutes ces semaines, qui représentaient une éternité, je m'efforçais de réaliser, sans pourtant y parvenir.

— C'est vous ? murmurai-je, Steve Jones ?

Le vieil homme me dévisageait, hagard, l'air absent, comme s'il était aveugle.

Puis, après quelques secondes, il ouvrit la bouche :

— Oui… maintenant, je vous reconnais.

Il fronçait les sourcils, paraissant chercher ses mots.

— Vous habitiez une grande maison sur la colline, avec votre femme… et votre fils, je crois.

— Mr Jones… souris-je. L'homme à tout faire de l'île, le factotum indispensable, incontournable.

Il avait sur le dos un sac énorme, contenant sans doute toutes ses affaires, et à la main un jerrycan presque vide.

— Toujours à vanter les mérites de l'eau de Paradise Island.

Il me fixait en esquissant un sourire.

— Ah oui… l'eau. Ils me payaient bien pour cela… Très cher, même.

Je le regardais, sans vraiment comprendre ce qu'il était en train de me dire.

— Qu'est-ce que vous voulez me dire par là : ils me payaient ? Qui vous payait ?

— Mais Adrian Perry. Notre cher Adrian Perry. Il me remettait régulièrement un chèque en me faisant promettre de n'en parler à personne. Alors, j'obéissais : je n'en parlais à personne. Mais ne vous méprenez pas : Adrian Perry recevait les ordres de bien plus haut.

Je le regardais, interloqué.

— Quels ordres ? Écoutez, Steve, je ne comprends rien à ce que vous racontez.

Le vieil homme regarda l'extrémité de ses chaussures, couvertes de neige, puis leva les yeux vers moi, affichant un léger sourire de compassion.

Je sentais l'énervement me gagner.

— C'est vrai, vous ne pouvez pas comprendre. D'ailleurs, qui comprendrait ? À part moi, personne ne savait.

— Mais personne ne savait quoi, nom de Dieu ? hurlai-je. Est-ce que vous pouvez arrêter de parler une fois pour toutes en phrases sibyllines et obscures.

Steve Jones soupira, puis planta ses yeux dans les miens.

— Bon d'accord. Je vais tout vous raconter.

— Il serait temps, soupirai-je.

— De toute façon, foutu pour foutu, j'ai plus rien à perdre.

— D'accord. Alors, allez-y, je vous écoute.

— Vous ne me croirez jamais, mais… tant pis : j'y vais. Tous ceux qui ont acheté cette île, les promoteurs, les hommes d'affaires, les milliardaires en tous genres, tous ces types qu'on ne voyait jamais, ou si peu…

— … Comme Adrian Perry, l'interrompis-je.

— Oh lui, il n'était qu'un pion. Mais tous les autres, tous ces gens invisibles mais pourtant bien présents, ils me donnaient beaucoup d'argent pour que je conseille à tout le monde de boire l'eau du robinet.

Je le regardais, atterré, incapable de prononcer un mot.

— Et c'est vrai qu'elle était rudement bonne cette putain de flotte, avec son petit goût sucré ! continua Steve Jones.

J'étais désemparé. J'avais du mal à rassembler mes idées.

— Pourquoi vous me parlez de l'eau, Steve ?

— Vous ne comprenez pas ? Cette eau, vous deviez la boire absolument ! Et j'étais là pour ça !

— Mais pourquoi ? haussai-je le ton.

— Écoutez, tout ce que je sais, je le tiens de Perry, et seulement de lui. Un jour, j'ai surpris une conversation derrière la porte de son bureau. Je sais bien que ça ne se fait pas, mais je me suis arrêté et j'ai écouté. Ils parlaient d'une expérience, une foutue expérience commanditée par le Gouvernement, avec bien sûr le concours de l'armée.

Sans m'en rendre compte, j'avais baissé mon fusil, et il pendait malgré moi le long de ma jambe.

Steve Jones continua son récit :

— Bien avant que n'arrivent les premiers habitants; au tout début, en fait, une société est venue explorer l'origine de la source, ainsi que les cours d'eau. C'était la Cobalt Company, la même qui s'occupait de l'installation des nouveaux occupants. Ils ont déversé quelque chose dans la rivière qui parcourait toute l'île, et aussi autour, sur les différents rivages. J'ai vu tout cela. J'en ai été le témoin direct, mais je n'ai jamais vraiment su de quoi il s'agissait. C'était une mission top secret. Ils faisaient ça la nuit. Une fois, je les ai observés, mais ils ne m'ont pas vu. Je m'étais posté très loin. Ils déversaient dans l'eau un liquide bleuté, par bidons entiers. Puis, le produit se diluait très vite.

Je continuais à le fixer, sans pouvoir parler.

— Mais Adrian Perry devait bien savoir ce que c'était, à quoi ça servait ? demandai-je.

— Il ne m'a jamais rien dit. Je n'étais que l'homme à tout faire. Quand je lui ai demandé à quoi servait cette eau, il m'a simplement répondu que désormais les gens ne seraient plus les mêmes, que cette eau les changerait, progressivement mais définitivement. Et puis, c'est devenu très vite irréversible. L'eau déclenchait la soif, et réclamait de ce fait encore une plus grande consommation d'eau. Une fois que vous aviez commencé à en boire, c'était fini : vous ne pouviez plus vous arrêter. Elle agissait exactement comme une drogue. L'organisme en réclamait toujours plus.

— Pourquoi avoir fait une chose pareille ?

— Je ne sais pas, murmura Steve Jones en baissant les yeux pour regarder ses chaussures. Presque tous ceux que je connaissais sur cette île sont morts. Ici, je n'ai plus personne. Je veux juste trouver un coin tranquille pour mourir, à l'écart du monde. Ensuite, je m'en remettrai à Dieu, et j'attendrai patiemment qu'il m'envoie un signe. Et s'il n'y a aucun message, je verrai bien à ce moment-là…

Alors, il reprit sa route, simplement en m'adressant un petit signe, comme il faisait habituellement avec sa visière de casquette.

Je le vis s'éloigner, portant son gros sac à dos, partant en quête d'un endroit tranquille et discret où il pourrait passer ses derniers jours.

Finalement, je me dis que, moi aussi, je devais peut-être trouver un tel endroit.

85

J'ai marché une journée entière dans le froid et la neige. À la tombée de la nuit, je suis arrivé devant une autre villa.

Comme chez nous, il y avait une piscine à l'extérieur, recouverte d'une bâche de plastique bleue pour la saison d'hiver.

Dehors, sur la terrasse, il n'y avait plus ni cafards ni lézards, ni grenouilles, ni crapauds. La chute de température avait chassé les rares animaux qui jusqu'ici avaient résisté.

Au milieu du salon, un vieil homme était couché sur un sofa, vêtu d'une robe de chambre, la bouche et les yeux grands ouverts, tournés vers le plafond. Sur la moquette, à côté du canapé, étaient posés une bouteille de whisky et un verre renversé.

De quoi était-il mort ? Sans doute d'une attaque cardiaque. Ou peut-être avait-il versé dans son verre une dose suffisante pour ne pas voir à quoi ressemblerait son avenir.

Le sous-sol était aménagé en réserve. Un véritable garde-manger, de quoi tenir un siège.

C'est là que j'ai vécu pendant des semaines, caché dans les entrailles de cette maison, à la lueur du seul néon qui éclairait mon antre.

J'étais entouré de dizaines de boîtes de conserve et de paquets de céréales. J'avais de l'eau, autant que les robinets de cette maison continueraient à m'en fournir.

Pour la première fois depuis des semaines, je pouvais manger et boire à ma faim.

Je dormais beaucoup, veillais à faire de l'exercice et lisais tous les livres que j'avais réussi à trouver dans cette villa. Tout ce qui me tombait sous la main était accueilli comme un cadeau de la Providence. J'avais trouvé des classiques – Melville, Hemingway, Faulkner, Conrad – mais aussi Ballard et Pynchon, dont les volumes emplissaient l'essentiel de mes journées.

Le poste de télévision était renversé et cassé. J'avais trouvé une radio portative, mais les piles étaient rouillées à l'intérieur. Je ne pouvais donc recevoir aucune nouvelle du monde extérieur.

Je vivais en réfugié, en clandestin, caché dans mon sous-sol comme une bête au fond de son terrier, guettant chaque mouvement, chaque souffle en provenance de l'extérieur.

J'ai vécu ainsi pendant des semaines, partageant mon temps d'ermite entre littérature et sommeil, me nourrissant de fruits au sirop et de biscuits.

Sullivan hantait mes pensées, revenant régulièrement comme un poisson remonte à la surface pour respirer. J'avais beau m'immerger dans la littérature, revisiter l'univers de ces grands auteurs, le visage de mon fils se tenait en embuscade derrière chaque mot, chaque geste. Tel le *Chat Noir* d'Edgar Allan Poe, ou les battements du *Cœur révélateur*, j'étais l'otage de mes pensées, prisonnier de mes propres souvenirs, enfermé dans une boucle mentale d'où tout désir d'évasion était impossible.

Je revoyais mon enfant à toutes les étapes de sa vie. Ses sourires et ses réflexions m'accompagnaient, me portaient, me poussaient à continuer. Mais à quoi me servait-il de vivre à présent ? J'étais seul, et rien ne justifiait que j'eusse occupé encore une place dans ce monde.

Je songeais à Elizabeth, à cet amour perdu à jamais, à cette femme que j'avais tant aimée, tant désirée, et que j'avais supprimée. J'avais été le meurtrier de ma propre passion. Je ne cessais de revoir le moment de notre rencontre, et toute cette vie que nous avions traversée ensemble, toutes ces épreuves au quotidien, nos métiers, nos voyages, et notre enfant qui était arrivé pour souder cet amour, pour l'incarner.

Et puis un jour, n'y tenant plus, j'avais décidé de sortir.

86

J'avais tout préparé au fond du garage. J'avais rempli mon sac de conserves et de gâteaux. J'avais un jerrycan de trois litres d'eau. J'étais prêt à partir.

Je vérifiai une dernière fois l'intérieur du sous-sol, jetant un ultime regard à mon refuge.

J'eus beaucoup de mal à ouvrir la porte de la maison. Elle semblait avoir gelé avec le froid. Mais après un moment, et à force de pressions répétées, j'y parvins. Elle s'entrouvrit, puis céda enfin pour s'ouvrir complètement.

Je demeurai sur le seuil, éberlué.

Devant moi, à perte de vue, s'étendait un désert de glace.

Le relief des collines avait disparu sous un blanc uniforme.

Les arbres étaient devenus des poteaux immaculés, plantés jusqu'à l'horizon.

J'avançai jusqu'au portail délimitant l'entrée de la villa, mon fusil dans la main droite.

Le tracé de la route était moins visible, mais je parvenais tout de même à repérer le chemin.

Alors, je commençai à marcher.

La route était recouverte d'une épaisse couche de neige verglacée.

Je progressais prudemment, en veillant à ne pas tomber, ni même à glisser légèrement.

Avec le temps et l'expérience, mes pas se firent plus sûrs. Je n'hésitais plus à faire de grandes enjambées. J'étais prudent, mais assuré dans mes mouvements.

Un panneau de bois se profilait à l'horizon, mais de là où je me trouvais, il m'était impossible d'en déchiffrer les lettres.

Ce ne fut qu'à une trentaine de mètres que je parvins à lire ce qui était écrit, en grosses lettres peintes en noir : EMBARCADÈRE.

Le panneau se terminait par une flèche indiquant la direction. Je me trouvais à deux miles du ponton d'embarquement. Je touchais enfin au but. Je retrouvais l'énergie disparue depuis ces derniers mois.

Les questions affluaient. À cette heure, l'embarcadère, sans doute le seul et unique de Paradise Island, était-il saturé de gardiens ?

Quand je parvins à l'extrémité du ponton, je me sentis l'âme d'un guerrier.

Devant moi, à perte de vue s'étirait une mer gelée d'où émergeaient çà et là quelques formes.

Des voitures à moitié enlisées parsemaient l'étendue.

Je remarquai quelques corps ensevelis jusqu'au torse. Des bras tendus étaient figés dans un geste d'adieu, comme un instantané du destin.

Le bras de mer avait dû geler en quelques secondes, paralysant dans l'instant tout ce qui se trouvait à sa surface.

Plus la moindre menace ne subsistait. Je pouvais traverser tranquillement. La couche de glace était si épaisse qu'elle ne risquait pas de se briser.

Je fis quelques pas et parcourus très rapidement une bonne distance, m'éloignant du rivage. Je repensais à toutes mes tentatives manquées, à mon canot pneumatique crevé par une balle, à cette eau glacée qui avait failli m'emporter.

Plus la berge disparaissait derrière moi, plus je m'éloignais de ce cauchemar dans lequel j'avais perdu à la fois ma femme et mon unique enfant.

L'avenir était devant moi. Je marchais sans relâche, passant entre les voitures à demi englouties et les corps cristallisés dans une dernière expression.

J'abordai enfin la rive d'en face, celle dont j'avais tant rêvé.

Je posai alors le pied sur la berge.

J'étais de retour en Amérique, chez moi.

Je m'arrêtai un instant, profitant de cette pause pour boire un peu d'eau, à même le jerrycan.

J'étais un homme d'un autre âge, hirsute, avec une barbe de plusieurs semaines, loqueteux, sale. Je revenais d'entre les morts. Je faisais partie d'un monde disparu.

Une colline se dressait devant moi, comme un dôme de neige. Je devais en faire l'ascension pour découvrir ce qu'elle cachait.

Courbé sous le poids du sac à dos, je marchai pas à pas, m'aidant de l'arbalète et du fusil comme bâtons de ski.

Les visages d'Elizabeth et de Sullivan m'aidaient. C'était pour eux, par eux, que je continuais.

J'arrivais au sommet.

J'y étais presque.

J'allais redevenir un autre homme, retrouver mon passé, ou bien fonder mon avenir.

Ma vie d'avant pouvait renaître, je le sentais.

Encore un mètre à parcourir, trois foulées, et j'allais atteindre le haut de la colline.

Et ce fut le dernier effort, l'ultime poussée.

Je m'arrêtai, fixant la vallée.

Devant moi, une ville s'étendait. La neige avait disparu. Les arrêtes tranchantes des immeubles étincelaient sous le soleil. Les cohortes de voitures circulaient, et les rues fourmillaient de gens pressés marchant dans toutes les directions.

Alors, je m'agenouillai dans la neige, le regard tourné vers le ciel, emporté par un fou rire.

Et je sentis aussi des larmes couler sur mes joues.

FIN

Remerciements

Romain Naudin, mon éditeur, qui m'a contacté juste après la lecture du manuscrit, pour sa détermination et sa confiance.

Mikaël Ollivier, ami écrivain et scénariste, qui fut un des premiers lecteurs de *Paradise Island.*

Liliane Tamussin, fidèle lectrice et amie de longue date, qui grâce à son talent de correctrice a su débarrasser le texte de ses imperfections.

J.G. Ballard, dont l'esprit a plané autour de moi pendant l'écriture de ce roman.

Et bien sûr Stephen King, car il est un peu notre maître à tous.

MOISSONS NOIRES
www.gesteditions.com

Par ce logo, nous témoignons d'une volonté de réduire les impacts environnementaux liés aux activités de l'imprimerie. Nous choisissons un imprimeur impliqué dans la réduction des gaz à effet de serre. Le choix de nos papiers assure que la production a été faite à partir d'un produit à base de bois et a suivi le cahier des charges d'une gestion durable des forêts européennes.
Achevé d'imprimer chez CPI Firmin Didot (163838) en France en avril 2021 pour le titre « Paradise Island ».

Suivi éditorial : Céline Garcia
Conception graphique : Guillaume Bertineau
Composition : Kathleen Pasquet-Izoulet

Dépôt légal : premier semestre 2021

11, rue Norman-Borlaug
79260 La Crèche
05 49 05 37 22
contact@gesteditions.com